·刘教授经典导读·

宇宙的真理

刘慈欣科幻文学解读

刘莘 著

广西师范大学出版社
·桂林·

献给悦悦、涓涓、逍逍

并纪念你们童年的快乐老家

经典阅读　思维促进

（总序）

　　我们生活在一个急剧变化的时代，一个充满不确定性的时代。这个时代，信息过载是常态，越浅的东西传播越快。各种终端涌来的信息，就像一场迫不得已的集体狂欢。

　　这个时代，人工智能加速演化，机器算法峥嵘初露。人类正被自己的创造物，带向一个难以预料的未来，一个被期待也被诅咒的美丽新世界。

　　这个时代的孩子是不幸的。他们被巨量的信息噪声包围，扰乱了成长的宁静。很多孩子被大人世界过强的竞争意识带向了输不起的起跑线。放飞心灵的世界尚未打开，就因输赢、分数、攀比和焦虑变成了心灵的囚徒。越来越多的孩子成了丧失好奇心的小大人。

　　这个时代的孩子是幸运的。他们成长于一个崭新的文明地平线，有机会目睹人类的生物智能与机器的非生物智能的有机融合。一种新的文明或将在不远的将来诞生，这个时代的孩子很可能会成为那个文明的见证者和催生者。

在这样的时代，必须重新思考孩子的成长，寻找引领成长的有效办法。而成长，特别是有趣味和有创造性的成长，离不开阅读。

为什么阅读？不能把阅读等同为吸收信息或获取知识，更不能将阅读仅仅理解成语文学科的事情。阅读，是人类利用文字符号理解自我和建构世界的不二路径。阅读，以及由阅读激发的生命经验的涌动与丰富，是阻止机器算法破坏人类尊严的天然屏障。人是思想的芦苇，以阅读促进思维，是阅读的关键目的。

阅读什么？信息过载的时代，必须为孩子的阅读做"有思想的减法"。减去非优质读物，减少机械呆板的程式化阅读。阅读经典，是阅读的最佳选择。每一本经典都是一个精彩的世界，那里有美，有知识，有思想的光辉。阅读经典，让孩子沉浸其中，遇见富有想象力的人或事，遇见未来更好的自己。

怎样阅读？浅阅读导致人的浅薄，深阅读成就人的思想。深入阅读一本经典，胜过浏览十本图书。深阅读是一次探险：读者、文本与作者，将构成一道情感共鸣和思想交织的独特风景；深阅读是一场对话：一个心灵与另一个心灵在冲突或和解中，认识他者也认识自己；深阅读是一种自由：阅读者抛弃功利拒绝说教，让精神在无拘无束中达到应有的高度和深度。

这套丛书挑选有益于思维促进和建构积极价值观的经典名著进行引导和阐释。这些名著之所以堪称经典，是因为语言优美，内容有趣，思想丰富。被选中的名著特别适合中小学生阅读，也益于成人阅读。经典之所以是经典，是因为它们不仅具有跨年代的阅读价值，也具有跨年龄的吸引力。这套丛书对这些经典名著的解读也适合不同年龄段的人阅读，只不过，年龄稍长或更有生活阅历的人，感受会更深，看到的风景也会更多。

《爱与思：儿童文学经典解读》特别适合中高年级的小学生和中学生阅读。该书挑选了十部脍炙人口的儿童文学名著和一部儿童哲学名著进行解读，每个解读都包含一篇"读前引导"和两篇或多篇"读后引导"。"读前引导"为尚未阅读过原著的读者而创作，目的是以尽可能少的剧透去调动读者阅读原著的兴趣。经典名著的深入阅读会使人产生意犹未尽的感觉，并催生进一步交流的愿望，"读后引导"就是为了满足这种需求。每一篇"读后引导"都有明确的主题，非常有助于读者结合已有的生活经验去拓展自己的思维和建构积极的价值观。这本书也可独立阅读，读者可在最短的时间内了解那些名著并感受它们的魅力。有机会阅读原著之后，再重新阅读本书，也会有相应的收获和启发。亲近经典的方法是多样的，正如思想成长的道路是自由的。

《归去来兮：安徒生的童话世界》是集安徒生童话诠释、安徒生童话新译和安徒生成长传记为一体的深度解读安徒生的书。安徒生是人们熟悉度很高但又很容易以"熟悉"或"阅读过"的名义被错过的伟大作家。小学低年级的孩子因为阅读过安徒生童话改编的语文课文，他们长大后容易对安徒生童话形成一个"幼稚"的印象。然而，安徒生童话的特点却是意象开阔、行文优美、思想深刻。在成长的过程中深入阅读和真正理解安徒生童话，特别有助于发展对于美好事物的鉴赏力和抵御丑恶事物的免疫力。毫无疑问，这样的能力涉及思维、情感和价值关怀，帮助未成年人发展这样的能力，对于在信息爆炸和垃圾信息无所不在的时代形成健康人格极为重要。当然，这本著作也适合童心尚存的成年人阅读，他们更易明白，为何童年故乡对于所有人都有深远的意义。

《宇宙的真理：刘慈欣科幻文学解读》挑选了刘慈欣重要的科幻小说进行了诠释和思想上的拓展，包括最著名也最复杂的《三体》三部曲。有人说，刘慈欣以单枪匹马之力将中国科幻小说提升到了世界级的水平。更恰当的说法也许是，刘慈欣拓宽了世界科幻文学的视野，创造了崭新的叙事母题和叙述方式。阅读杰出的科幻文学作品，对于青少年放飞想象，从与日常生活很不一样的视野来理解世界和自己，具有不可替代的意义。科幻文学虽然是文学的一个子类，但杰出的科幻作品往往融文学虚构、科学知识和哲学思想于一体，能够在宏大且复杂得多的时空框架中，展开传统文学无力涉及的话题。这部以诠释为主的作品，有助于读者理解刘慈欣科幻小说蕴涵的深刻思想，也有助于读者点亮对于宇宙的惊奇，以及对于人生在世的意义的思考。

《〈论语〉引导：进入孔子的精神世界》旨在帮助青少年切己地理解《论语》以及孔子师徒的言行思想。尽管孔子堪称中国人的精神之父，而且《论语》具有怎样夸赞也不过分的文化意义，但绝大多数青少年阅读《论语》时仍然有隔靴搔痒的感觉。时代的差异，年代的久远，语言的变迁，文本的简约，普通语文课的刻板印象，国学传播者习以为常的崇拜式讲解，都构成了理解障碍。然而切己却是至关重要的，否则，在成人世界的教育文化的压力之下，青少年只好无意识地学习迎合，要么有意识地进行叛逆。可是，前者助长伪的心性，后者加深真的无知。本书挑选《论语》中的重要段落予以解读，将它们植入由波澜壮阔的宏观历史与生动真实的个体生命共同架构起来的背景画卷之中，带领青少年"穿越"回孔子的时代，使他们与古人产生真正的共鸣。在阅读该书的过程中，读者能够自己去探寻《论语》中那些伟大箴言的意义，从而推动人格和思维的健康发展。

以上四部作品，主题各异，风格不同，但都旨在培养青少年深度阅读的素养和习惯，并以此为契机促进他们理解世界和自己的思维能力。在创作这四部作品的过程中，作者有意识地应用了推进深度阅读和促进思维发展的理念与方法。从事青少年阅读事业的教师，以及愿意通过阅读与孩子一起成长的家长，在阅读一些篇章后，当能有所体会。总之，这套丛书是作者自己阅读这些经典并受其感染之后的再创作，希望这些文字能够致敬经典，以及承载于其中的思想。

经典永存，思想不朽。

是为序。

刘 苹

2020 年 12 月

目 录

前 言 /001

刘慈欣短篇科幻解读

科幻的视域 /003

精神的故乡 /015

宇宙的真理 /034

人的上升 /045

《三体》三部曲解读

非人的宇宙史诗 /065

黑暗森林法则 /171

宇宙伦理学 /192

上帝的微笑 /211

原创小说

乡关何处 /243

后 记 /304

前　言

　　《宇宙的真理：刘慈欣科幻文学解读》可供不同年龄和不同层次的读者阅读。科幻小说是文学的一种形式，好看和精彩是广泛传播的最重要前提。刘慈欣的科幻小说之所以老少咸宜，是因为人人都关心小说中涉及的话题，更因为作者有创作科幻故事的强大的想象力和坚实的知识储备。尽管刘慈欣的科幻小说人人都可以阅读，但由于作品涉及了一定的科学知识，还含有深刻的思想，透彻理解刘慈欣作品的多维意蕴并非一件易事。

　　本书适合这样的读者阅读：他们想要真正理解刘慈欣科幻小说中的丰富思想，也想借此机会提升自己的思维能力。刘慈欣的科幻小说是由文学、科学和思想三个维度共同支撑的。本书的目的不是去回答原著中的科学问题，也不是在文学批评的传统意义上去判断风格的优劣和人物塑造的得失。本书的目标是帮助读者把握刘慈欣科幻小说中的精神力量和思想旨趣。

但本书不会简单归纳刘慈欣原著的思想，那种做法不仅无趣，也对不住刘慈欣小说思想的丰富性和启发性。

本书将透过刘慈欣科幻小说中的一些名篇，去拓展性地解读隐含在情节中的思想。为了使解读生动有趣，会不时插入一些文学性的叙述或情节补充。有些时候，本书的解读超出了原著的思想边界；另一些时候，本书的解读注入了与原著的思想立场相反的思考。无论哪种情况，都有助于读者深入把握刘慈欣科幻小说的思想，也有助于读者独立推进在相关问题上的思考。总体而言，各种层次的读者都可阅读本书，因为思想本身是有弹性的，会向思维能力和特质不同的读者显现不同的内容。

本书的首篇文章是《科幻的视域》，对科幻小说的性质和刘慈欣科幻小说覆盖的主题有一个整体性的概述。无论读者此前是否读过刘慈欣的作品，都可以首先阅读《科幻的视域》。本书的主干部分是对《流浪地球》《朝闻道》《诗云》《三体》等脍炙人口的作品的解读，与前三部小说对应的解读文章分别是《精神的故乡》《宇宙的真理》和《人的上升》。正常情况下，读者最好先阅读刘慈欣的原著。本书的每篇解读文章都贯穿着原著情节，即使只读这些内容也可获得对原著的概括性了解。当然，这些解读文章的重点是开启思维，原著的情节只起铺垫和辅助作用。

本书对《三体》三部曲的解读占了一半多的篇幅。《三体》三部曲有一百多万字，内容庞大而复杂。为了帮助读者把握这三部深刻而有些费解的长篇大作，本书以《非人的宇宙史诗》为题，对《三体》三部曲的故事情节进行了概述，其间还穿插有一些必要的评论和阐释。没有时间阅读《三体》三部曲原著的读者，即使只阅读《非人的宇宙史诗》也可在一定程度上感受到《三体》的魅力。对于已经读过《三体》三部曲的读者，《非人的宇宙史诗》有助于回顾和理解刘慈欣这部科幻巨著的主干内容，以及事件、角色和思想之间的逻辑关系。

已经阅读了《三体》三部曲或《非人的宇宙史诗》的读者，可以阅读旨在解读《三体》的三篇文章，分别为《黑暗森林法则》《宇宙社会学》和《上帝的微笑》。这三篇文章就《三体》中的一些有趣思想进行了阐释，有些内容拓展和深化了原著的思想，有些内容提供了理解原著思想的不同视野。即使这些深度阐释依据的思想与《三体》中的一些思想预设相冲突，也不妨碍读者对《三体》的喜爱。事实上，正是因为《三体》如此具有思想激发力，提出一些不同的想法才有意义。尽管《三体》是思想深刻的科幻小说，但仍然不能将小说中的思想灵感等同于严肃思想，就像不能将科幻等同于严谨的科学。阅读本书的三篇解读文章，读者会获得一些超越《三体》的思想视野，因为这些文章本身就是为了启迪思想。

本书的最后附有一篇名为《乡关何处》的原创小说，它依据的是《流浪地球》的故事背景，想要叙述太阳爆炸后，流浪地球上的人类在未来两千年的岁月里将会发生什么。撰写这篇小说只有一个原因，那就是本书作者在阅读《流浪地球》后被深深打动了，想要借一篇后续小说探讨人类在时间长河中的命运和在宇宙深空里的归宿。无论《乡关何处》是否受读者欢迎，这篇小说都可视为"大刘"的一个资深读者在以自己的方式表达敬意。

刘慈欣短篇科幻解读

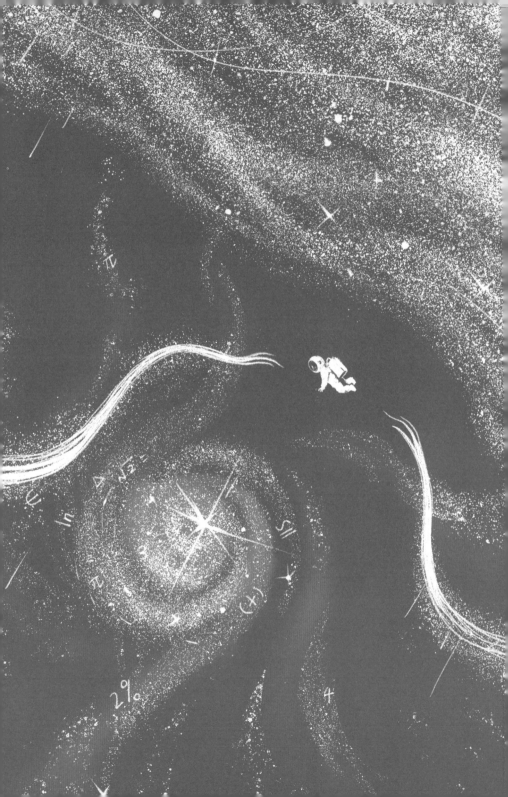

科幻的视域

刘慈欣是我国著名的科幻小说家，他创作的长篇科幻小说《三体》的第一部赢得了世界科幻文学的最高成就奖——"雨果奖"。刘慈欣的科幻小说在全球拥有大量的忠实读者，其中一位就是美国前总统奥巴马。在结束他的两届总统任期之前，奥巴马阅读了《三体》第一部的英译本。奥巴马的文学修养很好，他非常热爱莎士比亚这样的古典文学大师，奥巴马本人的自传体小说《我父亲的梦想》就具有很高的文学水准。

奥巴马读到《三体Ⅰ》①的英文译本后，痴迷于故事的内容，却因第二部还未翻译成英文而非常苦恼。据说，刘慈欣曾收到一封来自美国白宫的电子邮件，这封邮件声称奥巴马总统特别喜欢《三体》，还说总统的工作实在太枯燥了，如果能尽快看到第二部和第

① 在本书中，凡是出现《三体》的地方，都代表作为整体的《三体》三部曲。《三体》的第一部书名就是《三体》，但为了区别，本书用《三体Ⅰ》来表示。

三部的英译本，将不胜感激。结果刘慈欣把这封英文邮件当作垃圾邮件删掉了。一年多以后，已卸任总统职位的奥巴马，终于如愿以偿地在一次关于未来教育的大会上专程拜访了刘慈欣，当上了这位科幻作家的超级粉丝。在一次接受美国媒体的电视采访时，奥巴马说，刘慈欣的《三体》用宏伟的想象力关心宇宙的命运，而他则时常陷入与国会的政治斗争，相比之下，真是太渺小了。

以上这些背景信息说明刘慈欣及他的《三体》如何受欢迎。其实，在创作《三体》之前，刘慈欣已经发表了大量脍炙人口的科幻小说，长篇小说如《超新星纪元》《球状闪电》，短篇小说如《鲸歌》《地火》《带上她的眼睛》，等等。本书要解读的是刘慈欣的三部中短篇科幻小说，分别是《流浪地球》《朝闻道》《诗云》，以及著名的长篇科幻小说《三体》三部曲。

这里，我们先来问一个问题：什么是科幻小说？

"科幻"两个字分别代表"科学"和"幻想"，科幻小说属于虚构类的文学。我们读的书大致可以分为虚构类图书和非虚构类图书两类，科幻小说属于虚构类的，而我们的教材、科学书、历史书则属于非虚构类的。小说也有纪实性质的，它们有时改编或加工自真实故事，但大多数小说的情节和人物是虚构的。尽管如此，小说中的人物或情节总能使读者联想到自己或他人经历过的生活，无论情节多么离奇，人物多么夸张，读者仍然感觉在现实中是可能存在的。可以说，虚构小说描绘的可能生活，能够帮助读者走出自己狭小的现实生活，从而开阔他们的人生视野。

很多小说是虚构的，但却不是虚幻的，如《水浒》中关于武松或李逵等梁山好汉的故事。但《西游记》这样的小说不仅是虚构的，而且完全是幻想的。孙悟空三打白骨精的故事，以及这些超现实角色拥有的法力或魔力，在现实世界没有对应物，它们全凭借作者的想象。幻想类小说具有特别的魅力，在其中，人的想象力可以任意驰骋而不再受现实的约束。幻想的世界本身很有趣，它们就像具有魔幻色彩和离奇线条的绘画作品，正因为找不到现实世界的对应物，才能够满足或激发人的好奇心，从而具有不可替代的价值。尽管超越现实，幻想小说往往会借助不可思议的情节或角色去表达作者对人世间的重要事情的看法，譬如，什么是善或恶，什么是美或丑，怎样培养勇敢、忠诚、坚毅等美德，等等。《爱丽丝梦游仙境》《哈利·波特》就是闻名世界的幻想小说的典型代表。

科幻小说也有幻想的特色，描写的事件或世界是超越现实的。但科幻小说因为有科学的约束或引领，与纯粹的幻想小说有根本的不同。科幻小说是随着人类科学的发展而诞生的。在古代，无论是东方还是西方，都没有科幻小说这种文学形式。世界公认的第一部科幻小说是《弗兰肯斯坦》，创作于1818年，已经是工业革命在现代科学技术的基础上取得巨大成果的19世纪。凡尔纳的《海底两万里》是早期科幻小说的杰出代表，这部小说初次发表于1869年。那个时候，人类科技已经取得了长足进步，距哥白尼于1543年发表著作创立"日心说"已有三百多年了。

在哥白尼之前，人们都以为人类居住的大地是宇宙的中心。在1522年麦哲伦率领舰队成功绕行地球之前，绝大多数人类成员甚至还没有地"球"的概念。人们看到太阳每天东升西落，就像是围绕大地在旋转。再加上月亮与天上的繁星看起来也是围绕大地在运行，人们很容易接受"地心说"，认为地球是宇宙的中心。当然了，在哥白尼的时代，即使是最富想象力的头脑所构思的宇宙，与我们今天形成的对宇宙的认识相比，也是极其简陋和微不足道的。无论怎样，哥白尼创立的"日心说"，更好地解释了太阳系内的天体运行的规律，经过长时期的观察验证和传播后，渐渐得到了人们的承认，太阳系的空间模型开始清晰起来。地球和其他行星是围着一个比它们大得多的火球在运行，年复一年，周而复始。至于众多的恒星，当时则被认为是处于静止的状态，构成了宇宙的背景。问题是：为什么地球或其他行星总会有规律地围绕太阳运行？为什么围绕地球运行的月亮不会掉下来，而树上的苹果则会掉到地上？

到了17世纪，随着数学的发展，人类学会了更深入地运用数学语言去描述物理世界。站在伽利略、开普勒这些科学巨人的肩上，牛顿于1687年发表了《自然哲学的数学原理》，证明了万有引力定律，对物体的运动规律进行了统一的说明。微小的事物如鱼翔浅底、鹰击长空，宏大的事物如潮起潮落、日升月落，皆可由少量公式予以说明和解释。只要掌握了事物运行的前提条件，凭借这些公式就可以对它们的运动变化做出准确的预测。人类终于意识到，我们生活于其中的宇宙是可以被人类自己的理性所理解的，而无须像过去那样通过诉诸神话或宗教去解释。

牛顿之后，人类的科学技术继续大步前进。到凡尔纳出版《海底两万里》的1869年，人类已经对光、电、磁、声等现象有了深刻的认识。随着电的使用以及制造技术的进步，人类获得了探索和驾驭世界的超凡能力。这种能力可以上天可以入海，就像人类在自己的童年时期幻想的诸神那样伟大。轮船、汽车、飞机、潜艇、飞船的发明，只是时间的问题，毕竟深奥的科学原理已越来越多地得到了揭示，等待的只是技术的累积和飞跃了。随着科学技术的发展和影响力越来越大，人类的生活方式、社会组织形式甚至价值观都跟着发生了改变。想象一下，一位公元 5 世纪的人穿越到 15 世纪，和一位公元 15 世纪的人穿越到 21 世纪，他们的所感所思有什么区别。第一位穿越者不会觉得人类社会有多大的变化，而第二位穿越者一定会非常震惊、迷惑乃至无所适从。到 19 世纪的后半叶，像凡尔纳这样的早期科幻作家，已经敏锐地意识到科技的持续发展，将带给人类完全不同的未来。

在科技不发达的农耕时代，人们不可能形成关于"未来"的概念。农耕生活高度依附于大地母亲的丰裕和慷慨。寒来暑往，四季轮回，现在是过去的延续，未来是过去的重复。太阳底下无新事，未来就像覆盖大地的天空，斗转星移却又亘古不变。可是，现代科学的诞生和发展，使一切都变了。哥白尼改变了人类的宇宙图景，牛顿则揭示了在整个宇宙中都普遍有效的物理规律。凭借可以被理解的科学定理，人类发现，不断运动着的物理世界既可以被解释还可以被预见。是的，从某种意义上讲，科学赋予了人类预见未来的能力。牛顿时代，人们已经可以通过计算，准确预见一颗彗星再次临近地球轨道的时间。今天，人们可以越来越精确地预报天气，在古人眼中神秘至极的风、雨、雷、电，已经成为科学可以解释、预报甚至人为模拟的平凡的自然现象了。

随着人类科技能力的增强，越来越多的自然秘密被揭示了出来，又有越来越多的不解之谜在等待着我们。人类在认识物理世界上取得了重大进步，也在认识自身的道路上穿透了由迷信、习俗和禁忌构成的迷雾。自达尔文于 19 世纪中叶发表《物种起源》以来，有越来越充足的科学证据表明，曾经被视为上帝创造的人类，其实是在地球复杂的生态环境下，由较低级的动物通过漫长的岁月进化而来的。现代生物学发现，人类与鼠类在基因层面的相似度居然高达 90%。基因技术的突飞猛进，能让电影《侏罗纪公园》中恐龙复活的科学幻想成为现实。理论上讲，未来的基因技术甚至可以将老鼠的基因与人的基因进行结合，创造出听觉灵敏、体型小巧、大脑聪明的新生命。科学之所以成功，是因为它能够解释和预见世界的变化，更因为它有改变和创造世界的能力，包括创造新的生命形态。可是，科学技术的快速发展，也将使人类文明诞生以来我们熟悉的世界变得陌生。人类在科学时代的真实处境是，具有解释和预见能力的科学，正在使世界变得越来越难以解释和不可预见。

　　现代科学各分支的快速发展，都离不开人类在计算机科学上取得的巨大成就。今天，一部智能手机的运算能力，已经超过半个世纪前人类首次登月时所凭借的所有计算机的运算能力的总和。从某种意义上说，计算机的发明，意味着人类创造了一种新的智能形态。科学可以帮助人类发明征服自然的工具，大到飞机、轮船、火箭，小到纳米级的芯片和机器人。科学还可以创造大自然无法演化的事物，如一种新型材料和一种新生命形态。这些发明创造固然意义重大，但新智能的产生却有完全不同的意义，很可能会颠覆人类对文明的理解和想象。人类的智能体现在记忆、学习、运算、推理、判断、想象、创造等思维活动上。今天，机器智能在想象和创造上还没有大的突破，机器智能还没有获得像人类那样的自我意识。但在记忆和运算这两个方面，机器智能就像光速运行的宇宙飞船，早已绝尘而去。

有些科学家预测，在 21 世纪之内，机器智能将在各个方面超过人类智能，甚至会诞生出专属于机器智能的自我意识。当然，机器的"自我"与人的自我会有本质的不同。在网络技术越来越发达的万物互联时代，只要是联上了网和有数据传递的事物，都可能变成一个超级人工大脑的"身躯"和"四肢"。人工智能既可以长得像一些科幻电影里的人形机器人，也能以万物为躯体。这样的超级机器智能有怎样的自我意识，已经远远超过了人类的想象。换言之，人类或将创造出一种超乎自己想象的智能，这种智能以今天人类的科技视野来看几乎无所不能，就像古人心中的神。过去，科学诞生于对迷信和古老神话的突破。未来，科学将演化出一种全新的智能，一种我们现在无法理解甚至永远无法理解的"神"。这种"神"有可能按照自己的想法和意志介入世界，包括地球所在的太阳系和更遥远的宇宙。

让我们假设，距离地球一千光年以外有一种完全不同于人类文明的外星文明。在遥远的未来，那个文明遇到了诞生于地球的超级人工智能。这种智能是人类文明的结晶，它是脱胎于人类文明母体的一个完全的异类。这个异类在一千光年以外遭遇了另一个异类。也许，它们具有同等的智能水平，它们之间会发生我们完全无法理解的交流或冲突。也许，那个外星文明的智能水平仅仅相当于今天或过去的人类，而诞生于我们人类文明的那个超级智能要么感觉索然无味，要么会唤起它在茫茫宇宙漂泊数千年之后对于地球和人类的思乡之情。假如你是那个外星文明中的一员，你会如何看待和理解这种从未见过的天外来客呢？你遭遇的这种新型智能可能是庞大无比的智能宇宙飞船及其上的机器人，也可能是人类智能与机器智能融合后的一种新的生命体，还可能是你无法理解的一大团看起来凝固而又有弹性的光。这些想象是当代科幻小说的题材，与早期科幻小说已经有了本质上的区别。

造成这种区别的，是人类科学的急速发展。是的，我们对宏观世界的探索已经远到一百几十亿光年和宇宙诞生之初，对微观世界的探索已经深入到很难用人类语言描述的隐秘诡异的基本粒子。我们的生命科学已经揭开了生死的秘密，不远的将来，新的生物技术甚至可以使人获得永生。至于人工智能，它现在看起来还像一个步履蹒跚的婴儿，可一旦进入青春期，很可能会有一场彻底的智能叛逆，从而完全改变对智能和文明的定义。我们今天对未来的这些想象，很可能在浩渺的银河系之内或之外的某些行星上已经变成了现实。也许，只是宇宙的时空尺度过于庞大而地球过于遥远和渺小，它们还没有发现我们。也许，智能发展到那个程度，对地球这样的行星及其上演化出来的文明一点都不会有兴趣。也许，我们人类文明曾在发育的某个阶段受到过一个或多个外星文明的影响，它们早已离我们而去，就像今天的人工智能将在未来离我们而去。

宇宙、生命、智能、文明，这些关键词构成了刘慈欣科幻小说的宏大主题。刘慈欣自20世纪90年代开始创作科幻小说以来，这些主题就反复在他的笔端流动。刘慈欣的科幻创作之旅刚开始的时候，他也许并没有那样明确的主题意识。类似于你向池塘投入一块石子，激起的第一个涟漪是美丽易逝的。涟漪激起了你的兴趣，你投入的其他石子产生了更多的涟漪，它们相互缠绕，互相渗透，你中有我，池塘中流动的画面此起彼伏，变得丰富而生动。刘慈欣的科幻创作之旅也是这样。这些宏大主题关联在一起，有的像小石子投出的小涟漪，有一种静谧之美，有的像大石子激起的大涟漪，层层叠叠，光影交错，令人心神荡漾。

关于宇宙，刘慈欣可以在他的小说中创想出与人类已知的宇宙非常不同的存在样态，在其中，时空结构扭曲怪诞，平行世界神秘莫测。关于生命，刘慈欣能够想象出在完全不同于地球生态条件下演化的物种的诸多细节，以及当它们成为智能生命后的宇宙观与我们有什么不同。关于智能，刘慈欣有惊人的想象力，他能从细节上探讨远高于人类的智能，也能够描述智能在宇宙深空中以光速飞行并在另一个行星上复活的故事。关于文明，刘慈欣认同智能等级决定文明等级，他可以刻画在物质和能量之间有能力进行自由转换的高级文明，也能够从宇宙社会学的视野严肃探讨文明的多样性和文明在宇宙中的生存法则。工程师出身的刘慈欣具有丰富的科学知识和很高的科学素养，他的想象几乎总是游走在科学理论允许的边界之内，而他对超越人类经验的事物的描写，又总是充实着科学的细节，感觉硬朗而真实。刘慈欣的科幻小说之所以迷人，还在于他有文学家的丰富想象和哲学家的深邃思想。在刘慈欣的科幻世界里，往往能够看到科学、文学和哲学的共舞。科学、文学和哲学合作创造了生生不息且不断变幻的想象与思想的涟漪，那里有惊人的事实和可能性，有令人错愕的美，还有玄妙的思想奇迹。

在刘慈欣脍炙人口的众多科幻短篇小说中，特别推荐《朝闻道》《诗云》《流浪地球》，长篇科幻小说则首推《三体》三部曲。《朝闻道》讲述了一位物理学家的遭遇，他醉心于研究宇宙物质构成的秘密，负责建造了全球最长的粒子加速器。就在这位物理学家和他的团队即将启动设备进行一次全新的粒子碰撞实验之时，遭遇了比地球文明高若干级别的外星文明使者的阻拦。使者以地球人的形象出现在这群科学家面前，告诉他们，这个被阻挡的实验一旦实施，将毁灭地球和整个太阳系。这个外星使者说，他属于宇宙中的"排险者"，这个群体专门监视宇宙中正在兴起的高级文明，以免他们因自己的好奇心而"玩火自焚"。这个故事的内容出人意料，结局极为震撼，其中面向宇宙的智慧发问既令人困惑又使人着迷。

《诗云》则虚构了三种等级的宇宙文明的冲突与对话，不幸的是，人类文明处于文明阶梯的最下端。人类的命运极其悲惨，他们就像今天地球上的猪、牛、羊一样，存在的唯一目的就是成为处于文明第二等级的"龙族"的食物。"龙族"是科技能力远超人类的一个外星物种，它们征服了人类并爱吃人的肉。"龙族"发现，懂得欣赏诗歌的人的肉最好吃。"龙族"圈养人类，要求人类中的诗人为其他人上诗歌课，就像今天的人类用音乐为动物营造舒适的环境，只是为了残忍地杀掉它们吃更鲜美的肉。《诗云》的想象奇特诡异，但却不违背已知的科学原理，等级不同的三种文明之间的对话和有趣的结局，把人引向了科学与艺术的哲思。

　　《流浪地球》没有出现外星人和外星文明，这篇小说描述的是人类在极端宇宙条件下的故事。太阳即将爆炸，地球将被气化，人类面临灭顶之灾。为了拯救自己和已知的宇宙间的唯一文明，人类不得已动用全球力量，利用所有的高科技手段，像发射火箭那样将地球发射出太阳的引力范围之外。地球上的人类将在宇宙深空中过上数千年的高速漂泊的黑暗生活，直到按计划逼近另一颗恒星。这颗恒星将用它的巨大引力捕捉地球，使之成为这个新太阳系的一颗新的行星。《流浪地球》画面宏大，气势磅礴，故事情节曲折，大灾难就像一面巨大的透视镜，将人类的优点和缺点统统放大。这是一部充满悲怆感的具有伟大想象力的史诗般作品。读这样的作品，才能够体会到奥巴马的感叹：宇宙浩大，人类渺小。

　　《三体》三部曲无疑是刘慈欣目前影响最大的科幻小说，有人说他以单枪匹马之力，将中国科幻创作推高至世界顶尖水平。更合理的说法也许是，《三体》提升了科幻文学的世界影响力，拓宽了人类科幻文学的话题。无论怎样，《三体》都可以列入"不读会使人终生遗憾"的那类巨著，既挑战读者的理解力，也激发人类的想象力。《三体》情节跌宕，叙述缜密，人物众多，各种悬念和故事反转会牢牢抓住读者的心，让人欲罢不能。更重要的是，《三体》以科幻小说的形式，触及了一系列永恒的大问题，包括科学的本质、文明的兴衰、善恶的根源、智能的演变、思维的秘密、自由的意义、宇宙的生灭，等等。毫不夸张地讲，《三体》不仅故事精彩，还试图给出理解宇宙的上帝视角，使人难免生出宇宙太浩大、人生太渺小的感慨。

　　然而，刘慈欣创作科幻小说的目的并不是要摧毁生活在这颗小小星球上的人们的现实感。即使是读完他的长篇小说《三体》三部曲，我们在受到深深的震撼之余，也不愿意将现实放逐于幻想，而愿意在远远超越狭小局促的日常生活的层面上，在宇宙的广度和深度上，去探寻和重建人类存在的现实感。在刘慈欣的科幻小说中，思想自由流浪在宇宙的深空。思想流浪到哪里，哪里就会被思想吞噬，并在被思想消化的过程中发出璀璨的光芒。

精神的故乡
《流浪地球》解读

一

读完《流浪地球》①后，你有怎样的心情？震惊，难过，庆幸？或者，有一种说不清道不明的混合感受？先说庆幸吧。我们生活在一个适合人类居住的地球上，这是何其幸运！地球距离太阳约1.5亿公里，自西向东自转，转一圈是一天。地球同时围绕太阳旋转，转一圈是一年。地球的直径约12700公里，周长四万余公里。地球的表面面积约5.1亿平方公里，其中约71%为海洋，约29%为陆地。从太空观看，地球是一颗美丽的蓝色星球。在人类已知的宇宙中，地球是唯一有生命存在的天体，是包括人类在内的上百万种生物的家园。对于个人，地球真是太大了，日

---

① 《流浪地球》收录于《带上她的眼睛：刘慈欣科幻短篇小说集I》(刘慈欣著，四川科学技术出版社，2015年版)。

常生活中你甚至意识不到它是一个"球"。但地球相对于太阳又是极小的。

太阳的直径大约是 139 万公里，是地球直径的 109 倍，体积大约是地球的 130 万倍。换句话说，太阳的肚子里可以装得下 130 万个地球。当然了，太阳是一个高温的气体星球，任何固体物质在其中都会瞬间融化。太阳靠着内部物质的核聚变向太空释放光和热，它的表面温度高达 6000 摄氏度，中心的温度更是高达惊人的 2000 万摄氏度。可是，温度在太空中下降得很快。水星是距离太阳最近的行星，即使在太阳光直射之下，表面温度也只有四百多摄氏度，而在距离太阳数十亿公里的冥王星上，温度则会下降到零下二百多摄氏度。过去，天文学家认为冥王星是太阳系的第九大行星，并认为它处于太阳系的边缘地带。现在，天文学家已经将冥王星剔除出了大行星系列，太阳系只有水星、金星、地球、火星、木星、土星、天王星、海王星八大行星了。根据人类的现有认识，冥王星之外，还有广阔的空间是属于太阳系的。所谓太阳系，就是指以太阳为中心，受太阳引力约束的所有天体的集合体，包括行星、彗星、小行星、星际物质等。有一种估算认为，太阳引力可以控制大约两光年的范围。我们知道，光每秒钟可以跑大约 30 万公里，是宇宙中运行速度最快的。太阳发出的光，要两年时间才飞得出太阳系。人类的宇宙飞船若以每秒 30 公里的速度飞行，以这个速度飞出太阳系要大约两万年的时间！

如果你觉得太阳系已经大得不可思议，就想想太阳系所在的银河系吧。银河系核心地带的半径约有 7000 光年，太阳距银河系中心的距离约 2.3 万光年，银河系外层的球状区域的直径有 7 万光年。太阳以每秒 250 公里的速度围绕银河系中心运动,旋转一圈要用 2.2 亿年。银河系中大约有 4000 亿颗恒星,太阳只是其中很不起眼的一颗。据天文学家的一种估计,已知的宇宙中有大约 2 万亿个类似于银河系的星系。宇宙之大,令人眩晕。人们禁不住会想,在那么大的宇宙中,只有毫不起眼的太阳附近那个叫"地球"的微尘上有生命和高级文明,这是多么的庆幸!是啊,仔细想一下,如果地球距离太阳稍近或稍远一点,地球的环境就不可能支撑生命演化。如果没有大气层的保护,地球白天和夜晚的温差会高达几百摄氏度。如果没有磁场的存在,地球将遭受被称作"太阳风"的带电粒子流的直接轰击,根本不可能形成大气层。如果没有地球的倾斜度,春夏秋冬将消失,所有的动植物都会灭绝。任何一个条件的改变,地球上都不会有生命,更不用说有人类了。人类在感慨自己是如此幸运的同时,难免会觉得,怎么可能只有地球上才有生命呢?宇宙那么浩渺,难道不会产生别的生命形态甚至别的高级文明吗?

在很多科幻小说或电影中,都有关于外星生物或文明的描述。在人类的想象中,外星生物有各种形态,有长得像人的,有长得像虫子的,还有长得不像地球上任何生命形态的完全的异类。外星文明在科幻小说家的笔下,也有完全不同的样态。在一些想象中,外星文明就是人类梦想中的高级文明,那里科技发达,道德高尚,环境优美,那个文明的拥有者关心和同情人类的命运,会在不期而至的天灾中帮助人类。在另一些想象中,外星文明完全异于人类文明,从生存环境到生物相貌,从个体到群体,从语言到思维,都是完全异质的。甚至,拥有高级文明的外星生物是否使用语言，它们的思维模式如何异于人类，都有不同的想象。在这些想象中，外星生物的审美情趣更是不同于人类，它们对我们眼中的美完全没有感觉，而它们心中的美则可能令我们感到恶心或恐怖。异质的外星文明可能具备完全异于人类的道德价值，甚至，它们可能根本就没有道德观，不明白什么是善或恶。遭遇这样的外星文明，对于人类很可能是一场噩梦！

　　比噩梦更恐怖的是现实。《流浪地球》就为我们刻画了一个想象的现实。这个故事并没有真实发生，所以是想象的。这个故事的所有想象都不是纯粹的幻想，很多内容都有科学依据，所以是想象的现实。《流浪地球》描写了一个令人震撼的故事：太阳即将爆炸，地球和人类面临灭顶之灾。衬托这个故事的，是寂静的宇宙和无边无涯的孤独。这种孤独不是风花雪月里的个人心境，而是在生存和毁灭之间跋涉的整个人类的命运。人类是地球上千百万年生物演化的最高成就。在物种与物种之间，部落与部落之间的残酷竞争中，孤独不会降临人类。人类文明的早期，有些族群相信万物有灵，有些族群相信法力各异的诸神，有些族群相信天地间的唯一真神。无论哪种情况，人类都不孤独。那个时候，可以崇拜，可以信仰，可以跟随。哪怕这一切在流浪地球上的人看来是虚假的，但对于曾经的当事人和当时的文明也是有意义的。

　　可是，自从人类掌握了科技这个最高的"巫术"，一切都改变了。望远镜里看不到神，显微镜里显不出灵，物质隐秘的微观结构中也没有神灵。人类不仅有足够的证据和充分的理论解释自己的起源，还可以用科技手段引导自身的进化。科学时代的到来，一切都要讲证据和数据，数学成了宇宙间的通用语言，理性变成了新神。传统巫术消失了，神成了可有可无的历史遗迹。虽然仍有神秘的现象，但那不过是驱动人类科技进步的动力之一。总之，科学技术发展到哪里，传统意义上的神灵就隐退到哪里。科学驱赶了神，在给人类带来力量和自信的同时，也带来了深深的孤独。早在地球流浪之前，人类就会问：为什么会有地球这个奇迹？为什么会诞生追问存在目的和生命意义的人类？

迄今为止，人类一直试图与可能存在的外星文明建立联系。可是，直到数个世纪之后的流浪地球上，也没有迹象表明，偌大的宇宙存在着其他的高级文明。早在 20 世纪 50 年代，就有科学家构造了著名的"费米悖论"。时空尺度这么大的宇宙，早该有比人类先进上百万年甚至千万年的高级文明。这些文明很可能已经学会了控制和使用恒星甚至黑洞级别的能量，甚至早已实现了利用时空弯曲的超光速飞行。考虑到宇宙那样浩渺，具有类似能力的高级文明就算没有天上繁星那样多，绝对数量也很惊人。按照人类的理解，高级文明中的智能生物对外部世界充满好奇是必然的。它们也会孤独，也会有寻找新的文明的冲动。它们的科技那样发达，为什么发现不了地球文明呢？

地球人早在 20 世纪 70 年代就向宇宙深空发射了向外星文明示好的飞船。那条被命名为"旅行者一号"的飞船，携带了大量的人类文明信息。以那个时候的信息存储技术制造的镀金唱片，可以保存十亿年之久，其中有用数十种人类语言向外星文明带去的问候。除了发射宇宙飞船，人类还建造了功能强大的巨型射电望远镜，去监听宇宙深处数十亿光年甚至百亿光年以外传来的电磁波信号。在地球流浪之前的几个世纪中，人类监听了几乎整个宇宙，却没有发现任何智能信息。假设外星高级文明有比人类更发达的科技，它们发现人类向宇宙发射的智能信号应该更加容易。可是，宇宙深空除了以各种噪声来回答人类的探寻，一无所有。"费米悖论"想要说的是，如果有高级外星文明，就不可能没有它们的踪迹。如果确实没有它们的踪迹，就意味着地球很可能是宇宙中唯一的高级文明。然而，相比宇宙中充斥着高级文明，只有我们这颗行星上有高级文明，似乎更加令人不可思议。这就是《流浪地球》的背景。人类没有可依靠的对象，孤独而又无法理解这种孤独。人类面临灭顶之灾，很可能也是宇宙中唯一的文明的灭顶之灾。拯救地球，既为了拯救人类，也为了拯救宇宙中唯一的智能之灯。

二

《流浪地球》是这样开头的："我没见过黑夜，我没见过星星，没见过春天、秋天和冬天。""我"出生的时候，地球已经在人为干预下停止了自转。一万二千台地球发动机把整个北半球照得通明，人类要靠着这些发动机的巨大推力挣脱太阳的引力。每台核能发动机高达万米，从地面上看起来就像通天柱，是倾斜的，感觉摇摇欲坠。这就是"我"出生时的世界，一个梦魇般的世界。那时，纽约和上海这样的沿海城市已经被海水淹没，只有摩天大楼的塔尖时隐时现，在波涛汹涌的海面露出，像溺水者最后的挣扎。上环球体验课的"我"和同学们在大海上航行，听说要看到太阳了，都非常恐惧。为了缓解我们

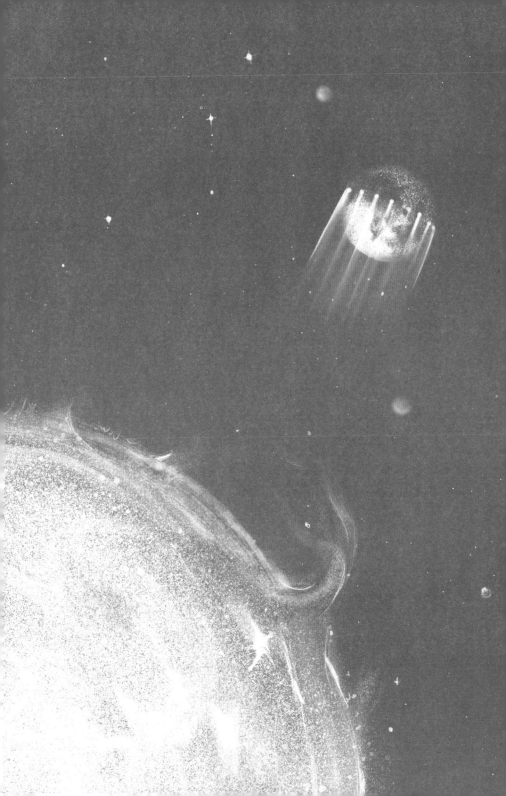

内心的恐惧，老师回顾了人类的近代史。人类恐惧太阳仅仅是过去三四个世纪的事。那时，科学家们发现，太阳内部的氢转化为氦的速度突然加快，太阳将发生大爆炸。经过大量的探测和计算，这个令全人类恐怖的担忧成为定论。

人类宣判了太阳的死亡。太阳不知道自己要死了，也不害怕自己的死亡。人类则不一样。人有苦乐感知力，还有一个思想和意识的世界。真正的恐惧源于对恐惧的意识。三四个世纪前，人类还像古人那样赞美太阳，他们把"光明""壮美""伟大"这些形容词毫不吝啬送给了现在这个"魔鬼"。是的，现在的太阳是一个随时可能发怒的"魔鬼"。这个"魔鬼"会突然长大数百万倍，地球将被吞进它的肚子里，瞬间气化掉。"我"出生时已经临近太阳爆炸的时间了，人类的真正苦难才刚刚开始，也可能很快结束。老师告诉我们，人类推动地球逃离太阳的时候很快就要到了。当轮船行驶到地球的黑夜部分，太阳光和地球发动机的光都消失了，我们看见了满天的繁星。那些星星美得令人心醉。老师搂着我们，指着离我们4.2光年远的比邻星，对我们说，那就是我们的新家。老师哭了起来，刚刚还在为如何逃生而争吵的同学们都哭了起来。"所有的人都用泪眼望着老师指的方向，星空在泪水中扭曲抖动，唯有那颗星星是不动的。它是黑夜大海狂浪中远方陆地的灯塔，是冰雪荒原中快要冻死的孤独旅人前方隐现的火光，是我们心中的太阳，是人类在未来一百代的苦海中唯一的希望和支撑……"

"我"见证了地球的启航。月亮首先被抛弃。发动机将月亮推离了地球的轨道，成为太空中一个自生自灭的流浪汉。过去，月亮是人类诗意的灵感源泉，数不清的恋人在月光里许下诺言，什么海枯石烂，什么天荒地老。月亮被抛弃之后，人类的后代将读不懂"举杯邀明月，对影成三人"，也无法理解"月有阴晴圆缺，人有悲欢离合"。即将启航的人类只有悲，没有欢。地球与月亮永远分离了，人类的过去也被连根拔起。在生存面前，过去算什么，诗意又算什么呢。逃离那个即将变为红巨星的魔鬼，是人类唯一的期盼。地球必须去很远很远的宇宙深空流浪。岁月静好不见了，心中的诗意没有了。人类唯一的期望就是活下去，在无穷无尽的苦难中，艰难地活下去。地球启航了，向着远离太阳的方向逃逸。

可是，每当地球驶离太阳到了一定的距离，那个即将发作的魔鬼总会凭借它的巨大引力将地球拉回来。人类必须利用太阳引力，使地球一圈一圈围绕太阳旋转，使绕日运行的椭圆轨道越来越扁。直至某个时候，那个不断变扁的椭圆会被地球挣扎着撕开，那时，人类才能彻底逃离那只看不见的魔爪。这就意味着，逃离计划启动后，地球仍然要围绕太阳旋转几十圈，需要一两代人去承受一年一次临近太阳的恐惧。地球在远日点的时候，人们的内心相对轻松。大海被完全冰冻了，人们穿上全密封加热服，从生活的地下城市升到地面去看已经变得很小很小的太阳。有喝醉的人在冰上打滚，人们通过声嘶力竭的吼叫去释放无时不在的恐惧。远离太阳觉得安全只是一个错觉。如果那个时候的太阳爆炸，人类将随地球变成液体。瞬间变成气体与慢慢变成液体，对人有什么不同吗？那个时候的人类，随时会被这样的问题折磨，这样的生存现实比人类过去最有想象力的噩梦都更像噩梦。那个时候的人类，躲在地下城市里看几个世纪前拍摄的以灾难为题材的电影，他们会觉得那简直就是滑稽的喜剧。

事实上,随着地球的生存状态变得残酷而极端,人类的社会结构、生活样态、心理状态和价值观都会发生很大的变化。《流浪地球》记录了"我"生活的地下城市的一次灾难。以前的人类生活在地上,往地下延伸几十公里都是固体的地壳。穿过地壳就是地幔,厚度接近 3000 公里,那里压力高达数十万,甚至上百万个大气压,温度高达上千摄氏度,能使坚硬的岩石熔化成灼热的岩浆。穿过地幔就是地核,那里的压力可达数百万个大气压,温度高达 6000 摄氏度,相当于太阳表面的温度。地球逃逸计划实施之后,人类在地球表面已经无法生存,不得不进入地壳建设大量的地下城市。由于地球发动机产生的巨大加速度,由重金属构成的地核的平衡被扰乱了,于是波及地幔,导致火山爆发,上千摄氏度的暗红色岩浆渗入了"我"和家人居住的那座地下城市。"我"的妈妈和一万八千名上了年纪的人就这样液化掉了。

在那场灾难中,人们逃生时秩序井然,按年龄大小撤离,老年人被放在最后。在灭顶之灾面前,礼让老人的古老道德对那时的人类就像天方夜谭,毫无意义。人类这个物种的整体生存,已经成为至高无上的目标。为了这个目标,必须成立联合政府。这就意味着,国与国的界限和冲突消失了,人类过去引以为骄傲的民主制度也不管用了。联合政府遇有大事时必须乾纲独断,根本没有时间让民众进行冗长的讨论或辩论。在生死存亡的巨大压力下,生存本身成了人的最大欲望,其他一切都无所谓。个人的生活方式不再是他人关心的话题,想怎样就怎样吧,人们空前宽容。流浪地球上的人们根本无法理解,为什么过去的人类生活在天堂般的地球环境上，他们还要吵吵闹闹、打打杀杀。

苦难遥遥无期。"我"在苦难中长大，有了一场看起来不错的浪漫爱情，却怀着悲壮的心情为自己也为人类延续后代。"我"经历了地球穿越小行星带时遭受重创的骇人过程，知道父亲在驾驶飞船轰击一颗小行星时，与被攻击对象一同化为了碎片。"我"在不可言喻的天灾中，卷入了一场巨大的人祸。"我"是那场人祸的受害者也是施害者。越来越多的人承受不住绵延不绝的痛苦，他们想要逃离苦海。灾难越不近人情，他们越有这样一种感觉：这场大灾难不会是无缘无故的，一定是什么地方出了差错。几个世纪前，人类在启动地球逃逸计划时认为是太阳出了差错。几个世纪后，流浪地球上受苦受难的人，有理由猜测是过去相对不发达的科技导致计算结果出了差错。人们有理由怀疑，为什么银河系有数不清的恒星，偏偏是这颗恒星要爆炸，还要毁灭宇宙中唯一的文明？那个时候，地球已经沿着越来越扁的椭圆形轨道绕太阳转了几十个圈子。每一次地球通过近日点时，人类的神经都会紧张到极点。每一次接近或到达远日点时，又禁不住心情轻松踏实。人类的精神"像是在荡着一个宇宙秋千"，周而复始，受尽折磨。但人们见不到太阳要爆炸的一点点征兆，更加怀疑是几个世纪前的计算错误引起了现在的情绪错误。当地球借助木星引力逃脱太阳引力的控制后，一种无边无涯的空虚感迅速在人类中蔓延开来。

地球和人类将永远离开太阳，那颗在银河系中看起来暗淡平凡的星星，实则是创造了生命和文明奇迹的神圣之物。人们跪在千疮百孔的大地上回望自己的来时路，看着越来越小的太阳，想着自己和未来一百代人都将成为无根漂泊的宇宙游子。这是一场太不真实的噩梦，人们精神上的痛苦已经盖过了灾难和死亡。回家，回家，太阳在哪里，哪里才是故乡！人们的内心呼唤汇成了集体行动的洪流，越来越多的人自己去寻找太阳稳定的证据。越来越多的人开始相信，联合政府借太阳爆炸的计算错误去控制地球，肯定有什么惊天的阴谋。人们越是想不透阴谋的目的，阴谋才越像阴谋。人与人之间信任的阳光不见了，黑暗的阴谋论占据了上风。人们总算找到了这场灾难的原因，阴谋论终于满足了人们的心理需求。于是，控制地球发动机，攻打联合政府，返回太阳引力的怀抱，就成了万众一心的目标。

　　"我"从头到尾目睹了这一场叛乱。"我"的妻子参加了叛军，"我"在政府军中参与抵抗。归乡的渴望使越来越多的政府军战士倒向叛军。"我"在战斗中受伤，但却未能像父亲那样为保卫地球而光荣牺牲。在人民的愤怒呐喊和越来越猛烈的进攻中，"我"的信念动摇了。"我"的理智告诉自己，应该保卫的是地球而不是挟持地球的联合政府，于是做出了比父亲还要勇敢的决定。"我"叛变了，为了保卫地球。联合政府投降了，为了保护地球发动机。当联合政府的首脑们和跟随者共五千人被判处死刑的时候，人们有一种嗜血的快感，仿佛回到了文明诞生前的野蛮的丛林和荒原。当然了，高科技时代杀人是不用见血的。叛军没收了五千个顽固分子的密封加热服的核动力电池，他们被驱赶到结冰的海面上。在零下两百摄氏度的严寒里，顽固分子冻成了冰雕。正当黑暗取得胜利的时候，太阳爆炸了。"我"的眼睛突然失明，太阳以极端的方式揭示了真相，摧毁了人们内心的黑暗。

三

《流浪地球》这部篇幅不大的科幻小说，想象丰富，情节曲折，给人震撼。你读完后有怎样的感受和联想呢？不同的人会有不同的回答。有人会说，太阳怎么可能会爆炸呢？地球流浪的情节太不真实。在这些人的心中，日月星辰的存在是当然的，世界在稳定中运行也是当然的。把这一切视为当然的人，他的思维视野就被自己的想当然固化了。他不会去追问，为什么会有日月星辰，这些天体为什么要这样运行？就算他通过教科书学到了一些物理或天文学知识，他也不会觉得惊奇。他会想，那是该科学家关心的事情，他只关心对自己的生活有利的事。他没有意识到，把思维仅仅局限在日常生活中，既不利于思维也不利于生活。

《流浪地球》以其磅礴的气势，掀翻了人们在日常生活中通常不会注意的信念——譬如大地坚固恒久，太阳每天升起。《流浪地球》帮助我们看到，人类是多么脆弱，文明及其发展要受制于很多条件。太阳的存在及稳定，地球与太阳的距离和自转的角度，以及地球与其他天体的关系，任何一个条件的改变，都将使人类面临灭顶之灾。想想七千万年前，一颗小行星碰撞了地球，导致了地球上当时的霸主——恐龙的灭亡。那颗碰撞地球的小行星改变了地球的生态环境，灭绝了大量的动物，也为后来人类的出现奠定了生物演化的基础。人类及其文明的诞生和发展，依赖于太多好的偶然因素的存在，也依赖于太多坏的偶然因素的不存在。把无数的好坏偶然因素放到一起，我们会看到一个奇迹，那就是，偏偏所有的巧合都汇聚到了地球，偏偏是我们人类得到了这么不可思议的恩赐。

在日常生活中，一个人对另一个人好而不图回报，我们就说前者有恩于后者。考虑到人类的诞生与发展要凭借这么多的偶然和巧合，人们有时禁不住会想，这一切真是偶然吗？这一切只能用巧合去解释吗？让我们想一想，"这一切"包含哪些内容呢？是啊，"这一切"不仅仅指有一个适合人类生存的地球环境，那里春华秋实、风调雨顺，那里阳光适宜，普照万物焕发勃勃生机。"这一切"还包括人类的灵性和思维。我们人类是在这么多不可思议的巧合中才发展了自己的文明，并在历史的曲折长河中才逐渐有了自我的觉醒。觉醒之后的人类必然会追问，这一切是怎么回事？为什么有人类的存在？为什么偏偏人类才有理解天地万物的思维？为什么世界要这样存在？为什么世界不可以以别的方式存在？我们甚至会问，为什么偏偏会有一个世界存在？为什么不可以什么都不存在？自人类文明诞生以来，不同文化中的一代代人，以自己的方式向宇宙深空投出了这样的存在之问。

但投入宇宙深空的存在之问从未得到宇宙的同答。很多人百思不得其解，于是将人的存在甚至整体宇宙的存在，当作一种不可思议的伟大恩赐。对存在及其意义的深深困惑，是人这种存在者的最深刻的本性。这种深刻的困惑会使人自然地联想，会不会有一位更高的存在者，它是这一切不可思议的事情的原因，它是世界的创造者和恩赐者。这种深刻的困惑使不同文化的人以自己的方式为它命名——它是"道"，它是"天"，它是"梵"，它是"耶和华"，它是"第一推动者"，它是"上帝"。从这个视野来看，人类产生宗教信仰是极其自然的。相反，人类不产生宗教信仰才是不可思议的，就像计算机产生宗教信仰是不可思议的。

《流浪地球》在描述大灾难时说："地球上所有的宗教在一夜之间消失得无影无踪。人们现在终于明白，就算真有上帝，他也是个王八蛋。"我们看到，在地球逃逸时代，人类的科技已经相当发达，人类必须通过科学技术的力量掌握自己的命运。放弃科学技术而把人类的命运寄托于各种各样的神，无异于人类的集体自杀。在那种极端条件下，习惯于求神祈福的信仰者最容易动摇，大多数信仰者属于这种情况。他们的心理活动是，神或上帝是有用的才信，如果是无用的何必再信呢。在太阳爆炸的威胁出现之前，求神祈福多少是有用的。要么真有用，要么对信仰者的精神状态有用，至少，无法证明没有用。可太阳的爆炸意味着灭顶之灾，大多数人的宗教信仰会在这种极端情况下崩溃，他们很容易承认自己过去的信仰是虚妄的，他们会转而成为坚定的无神论者。但有一小部分信仰者，他们在极端情况下的信仰反而可能更加笃定。

其中一部分人会相信，太阳爆炸正是他们的宗教教义所说的世界末日或末世。他们强调，只有神或上帝才有毁灭太阳的力量。至于神为什么要毁灭太阳、地球和人类，他们会根据自己信奉的宗教教义做出相应的解释。末世的来临对真正的信仰者来说未必是坏事，说不定还有人会为此而欢喜呢。因为，按照他们的信仰和思维模式，神或上帝终于要兑现启示的诺言了。末世并非虚无，此岸世界的毁灭只是意味着精神向着彼岸世界，向着精神的真正故乡回归。这并不意味着，这类信仰者都会反对人类的地球逃逸计划。他们只是相信，如果世界真要毁灭，那一定是出于神的意志，就像世界的诞生是出于神的意志。他们认为，人类当然要想办法摆脱大自然不利的偶然因素，他们也相信，人最终摆脱不了神的意志。《流浪地球》没有考虑这样的信仰者，也没有根据这种情况去增加剧情的复杂性。读者要有兴趣，可以根据这种情况去改编整个故事，说不定会更加丰富有趣。

你可能很是不解，会问出这样的问题：地球逃逸时代的人类科技比现在要发达得多，为什么还会有宗教信仰者？难道宗教不是与科学相矛盾吗？难道宗教不是科技落后时代的人类愚昧的体现吗？是的，宗教的确诞生于科技不发达的古代。有考古学证据表明，几万年前的古人已经有原始的宗教崇拜。但却没有证据表明，动物会有宗教崇拜，或人工智能会演化出宗教崇拜。思考一下，这是为什么呢？从某种意义上讲，宗教信仰或崇拜标志着精神的诞生。

假设你穿越到数万年前的一个远古部落中，看到一个特别有灵性的人类祖先在一天的劳作或打猎结束后，于夜幕中抬起头久久凝视着天上的繁星。从他的闪闪发光的眼睛中，你能看见好奇的火花，也能听见不解的探询。他模模糊糊地问自己：这个世界是怎么来的？为什么会有一个"我"在这里提问？谁创造了这个世界？创造这个世界的目的是什么？这一切是怎么回事？如果你穿越到几万年前遭遇了这样的祖先，你还会因为那时欠缺科学技术或生活原始简朴而嘲笑他们吗？你的直接的感受会是什么呢？是的，震撼，你会被那个场景深深地震撼。

你之所以能够感到震撼，是因为你不是只懂数学演算和逻辑推理的机器，你是精神的存在者。你的震撼源于那个古人的问题，也因为你发现，这些问题其实也是你自己想要问的问题。换句话说，这些问题是精神固有的问题，这些问题证明了精神的存在。你也许想过，未来的人工智能会不会演化出类似于人类的思维？你可以有一个简单的判断方法，那就是，看人工智能是否会懂得这些问题并被它们深深地震撼。

基于对精神的这种理解，我们再回过头去看人类历史上各种各样的宗教，就会看到不同的东西。我们会发现，宗教有各种各样的形态。人类的宗教史就像人类的精神史，复杂而丰富，不能简单斥之为愚昧。但宗教与迷信时常关联在一起，愚昧与无知的确是宗教兴盛的重要土壤。另一方面，宗教又是人类精神向上运行的重要支撑，寻求从整体上理解世界的宗教精神并不必然矛盾于科学。不可否认，在人类历史上，宗教对科学发展起过约束和阻碍作用。同样不可否认，人类历史上很多伟大的科学家正是在宗教精神的感召下，才投身于宇宙秩序的发现。直到今天，仍然有很多科学家持有深深的宗教信仰，他们与不相信任何宗教的科学家并肩战斗，试图揭示大自然更多的秘密和规律。

但无论有没有宗教信仰，科学家们都会困惑于如下的问题：使宇宙这样存在的基本定律是从哪里来的？是什么在担保这些定律并使它们在宇宙的各个角落都正确？由不同定律构成的宇宙会是什么样子的？宇宙的诞生和演化是盲目的呢，还是有人类完全无法理解的目的？这些问题很难在科学框架获得答案，可这些问题对于人类精神是如此自然，它们本质上与宗教精神相通。《流浪地球》是一部精彩的科幻小说，但因为篇幅的限制，没有办法探讨这些问题或将它们编织进故事情节中。《流浪地球》的故事提醒我们，人类的存在和文明的出现不是当然的，太阳系的存在，甚至宇宙的存在都不是当然的。在小说中我们看到，极端条件下的人类文明会变得面目全非。即使地球有幸逃脱了太阳的引力，人类仍然会在宇宙深空的漂泊中向宇宙发问。有些问题是指向宇宙的，有些问题是指向人类的。我们问自己，人类精神的故乡在哪里？特别是，地球在向着新太阳航行的过程中，人类的精神会发生怎样的演变？

　　《流浪地球》这部了不起的科幻小说非常能够激发我们的思维。如果你意犹未尽，可以放飞自己的想象，去构思人类在投入新太阳温暖怀抱之前和之后将要发生的故事。在未来数千年的宇宙旅行中，随着科技水平的不断提高和生存环境的变化，人类的精神形态也会发生很大的变化。也许，传统意义上的宗教将不复存在，而不冲突于科学的理性宗教将成为人类共同的信仰。也许，哲学、文学和艺术都将从人类文明中消失，只余下能够在关键时刻拯救人类的切实有用的科学和技术。也许，流浪地球上的人类将遭遇比我们的文明高若干等级的外星文明，是福是祸未为可知。当然，更大的可能性是，宇宙中漂泊的人类会一直孤独下去。这很可能意味着，人类文明是宇宙中唯一的文明火种，也是宇宙认识自己的唯一通道。你会不会觉得这种情况才是最不可思议的，而存在着创造宇宙的神反而更好理解？

　　无论怎样，地球飞出太阳系后的每一种可能性都潜藏着不可思议的事情。科幻小说的魅力就在于：在科学原理的约束下，通过极端的想象去揭示人类在宇宙中的位置，并挑战人类在终极存在问题上的已有思考。关于存在的终极问题往往没有科学的答案，它们伴随着人类精神的诞生而在历史长河中反复回响。我们从何而来？世界是偶然诞生的吗？这一切都是怎么回事？宇宙的演化有超越人类理解力的更高目的吗？科学无法解答的这些终极问题，迫使人类精神不断探寻自己的本性和出路。精神终究要向着远方前行，但精神的远方不能用宇宙空间来衡量，精神的居所并不是太阳系之外的另一颗遥远的恒星。或许，人类终将发现，抵达精神的远方就是在更高的层面回归精神的故乡。夜深人静时，抬头看看繁星，感受一下宇宙的深邃与宁静。请给出一个你最想向宇宙提出的问题，使自己随这个问题像流浪地球一样飞向远方。

宇宙的真理

《朝闻道》解读

　　我们借助《朝闻道》[①]来探讨一个问题：什么是宇宙的真理？你或许会想，我怎么可能去回答那些伟大的科学家都回答不出来的问题呢？你是对的，这些问题连最伟大的科学家也回答不了。尽管人类的科学已经相当发达，仍有许多未知之谜等待我们去解开。人类的真实处境是：我们知道得越多，发现自己知道得越少。就像成长中的你，当某一天发现自己很无知，想要学习更多东西的时候，一定意味着你已经学到了很多东西。你的世界被打开了，越来越多的问题或秘密才会向你涌来。把人类整体当作一个成长中的人，你就会懂得那种探索的感觉，有一种想要解开一个又一个自然之谜的冲动。谁让我们是高智能生物呢？成

[①] 《朝闻道》收录于《带上她的眼睛：刘慈欣科幻短篇小说集I》（刘慈欣著，四川科学技术出版社，2015年版）。

为高智能生物，就注定了一种命运——探索未知之谜的道路上没有终点。

这条道路不像我们习以为常的路。地球上的路，无论是汽车或人走的路都是有终点的。我们也会迷路，譬如在大沙漠中不知道该往哪个方向前行。但我们知道总有一条正确的路把我们引出沙漠，问题只是我们能否找到那条路。通往真理的路则非常不同。所谓真理，就是支撑真相的原理——你只有知道了原理才可能知道真相。举一个我们熟悉的例子，苹果要从树上落下，而月亮则不会从天上掉下。这是现象而不是真相。我们问，为什么苹果会从树上掉下来而月亮不会呢？我们想搞清楚这两种不同现象的区别和联系，这个时候，我们就是想要知道真相。牛顿弄懂了真相的原理，就是说，他找到了真理。三百多年后的今天，牛顿揭示的真理成了人类的常识。常识化的真理越多，意味着人类在探索未知的路上走得越深。

我们再回到那个问题：什么是宇宙的真理？我们的目的当然不是回答这个问题，而是弄清楚这个问题的含义。我们吹一个肥皂泡，一个泡泡在阳光下飞起，五颜六色的。假设肥皂泡上有几个会思考的细菌。第一个细菌说："世界真美好，温暖湿润直到永远。"第二个细菌说："这只是我们的感受，不是世界的真相。"第三个细菌说："别去探讨世界的真相，会令我们不安和恐惧的，生活最重要。"第四个细菌说："我们感知的世界是一种表面现象，真正重要的是背后的真理。"几分钟以后，那个泡泡破灭了。当然了，细菌对时空的感知与我们人类完全不同，几分钟时间非常漫长，可以在那个泡泡上繁衍生息若干代。我们回到《朝闻道》，你看物理学家丁仪像不像

第四个细菌？他的妻子方琳像不像第三个细菌？

第一个细菌生活在表面现象中。第二个细菌能够在表面现象与真理之间做出区分，虽然它并不知道世界的真理是什么。设想你做了一场梦，你在梦里有一个五颜六色的世界。你醒来后发现，那个世界就像一个好看的泡泡，破灭并消失了。那个世界再美好，你也知道它不是真的。但你在梦中并不知道那是假的，因为没有真相作为参照系。科学也是这样，就是要通过揭示真相去击穿表面现象。譬如，珠穆朗玛峰与海洋隔得很远，人们很容易得出高山与大海毫无关系这个结论。真相却是：地壳不断发生变化，四千万年前珠穆朗玛峰所在的地方还是一片汪洋大海。再譬如，人类感觉一天之内太阳东升西落，群星围绕地球旋转一周。真相却是：自转的地球被太阳巨大的引力抓住，以每秒 30 公里的速度围绕太阳旋转，运行一周要一年，而太阳则以每秒 250 公里的速度围绕银河系的中心旋转，运行一周要 2.2 亿年。

牛顿发现的万有引力定律可以解释天体的运行。可是，我们这样的高级智能生物必然不会满足于这个层面的真相和这个范围的真理。我们自然会问：为什么会有万有引力定律？这个定律的适用范围有多大？20 世纪初，爱因斯坦证明，时间和空间对于物体的质量和运动具有相对性，这完全不同于牛顿对时空的静态理解。同样是 20 世纪初，物理学家发现微观粒子如光子、电子的运行非常不同于肉眼可见的宏观物体，它们的存在方式极为诡异，在解释它们的过程中，以牛顿为代表的经典力学已经派不上用场。科学的发展意味着，某个层次的真理之上往往有更高的真理。正常情况下，更高的真理能够说明和解释较低的真理，哪怕较低的真理之间看起来是有冲突或矛盾的。物理学家就需要解释，为什么宏观物体的运动遵循牛顿力学的原理，而微观物体的运动遵循别的原理。

你还记得丁仪等物理学家来到真理祭坛最想向外星人提什么问题吗？《朝闻道》是这样描述的："排险者手指向一个方向，物理学家们看到在遥远的黑色深渊中有一颗金色的星星。它起初小得难以看清，后来由一个亮点渐渐增大，开始具有面积和形状。他们看出那是一个向这里漂来的旋涡星系。星系很快增大，显出它磅礴的气势。距离更近一些后，他们发现星系中的恒星都是数字和符号，它们组成的方程式构成了这金色星海中的一排排波浪。宇宙大统一模型缓慢而庄严地从物理学家们的上空移过。"自爱因斯坦之后，物理学家最想获得的，就是对物质世界的结构和宇宙的演化形成统一的解释。

今天，物理家学和天文学家普遍有一个共识，那就是，我们的宇宙诞生于约一百多亿年前的一次"大爆炸"。最初，我们的宇宙是一个密度无限大、体积无限小、温度无限高、时空曲率无限大的一个点，被称作"奇点"。随着大爆炸，一场波澜壮阔的宇宙诞生和演化史开始了。大爆炸之初，宇宙经历了一次暴涨，时间和空间得以展开。随着时间的推移，宇宙中构成星系和恒星的物质形成了，而我们的太阳系大约诞生于宇宙大爆炸之后的 90 亿年。用人类的自然语言对宇宙进行这样的描述是建立在科学观察和论证基础之上的，但这种描述本身并不是科学。现代科学到达了研究物质隐秘结构和宇宙演化的高度后是极为抽象的，必须借助于宇宙间通用的数学语言。宇宙真理有一种摄人心魂的美，正如物理学家丁仪对女儿说的那样："只有当你用想象力和数学把整个宇宙在手中捏成一团儿，使它变成你的一个心爱的玩具，你才能看到这种美……"

你注意到了吗，走向真理祭坛的物理学家们只获得了关于"我们"这个宇宙的大统一模型。这是什么意思呢？想一想我们人类赖以生存的太阳，只是银河系数千亿颗星星中一颗非常不起眼的星星。我们称这些星星为"恒星"，可它们也有生命周期，不会永恒存在下去。你可以想象，如果人类一直在地球上生存下去，如果不具备大规模外太空移民的技术，总有一天，人类和人类文明是会完全毁灭的。但即使这样，我们也能够想象宇宙的存在，一个太阳的毁灭就像一个气泡的破灭，是不影响整个世界的存在的。可是，科学家们还发现，我们的宇宙有开始，很可能也有终结。我们好像能够理解太阳系的生灭，我们如何理解宇宙，也即我们所在的整个世界的生灭呢？

据《朝闻道》记载，外星文明的排险者遵循着"知识密封准则"，不允许把他们这个高级文明获得的宇宙真理传授给人类。排险者说，他们不仅知道人类所在的这个宇宙的全部真理，还知道无数其他宇宙的真理或秘密。他们之所以遵循"知识密封准则"，是因为人类的天性好奇并有极强的探险精神。人类一旦知道了这些真理，他们很可能会在继续探索的过程中，不经意地毁灭掉这个宇宙甚至多个宇宙。关于多个宇宙的情况，人类最了不起的科学家到目前也只有一些猜测。科学家在已经被证明为真的理论的指引下，随着科学仪器越来越先进，会不断从宏观宇宙或微观世界中获得反常的数据或发现反常的现象。反常现象或数据的增多，会迫使科学家们去提供解释。这个时候，原有的理论，哪怕曾经在更低的层面被证明为真的理论也起不了作用。理论就像生命一样，也有自己的生存周期。这就意味着，科学家必须构造出更新的或更高层面的理论。

新的理论不仅有旧的理论的解释力和预见力，还能够解释更多的现象并做出更了不起的预见。新理论替代旧理论，因为更高的真理既可容纳又能超越较低的真理。关于多宇宙的图景是人类科学家在各类数据或证据面前不得已做出的离奇猜想，还没有得到证实。假如确有多个宇宙，甚至有无数个宇宙，我们这个宇宙的生灭好像变得可以理解。无数个宇宙就像无数个气泡，生生灭灭，就像我们人类熟悉的个体生命的生灭。可是，这些宇宙之间是什么关系？某个宇宙的生灭会如何影响别的宇宙？多宇宙的生灭凭借着怎样的原理，无数个宇宙的生灭意味着什么？如何理解和想象包括无数个宇宙在内的整个世界的生灭呢？你看，这些问题，特别是最后一个问题，很像单宇宙生灭问题的放大。就算只有一个宇宙，科学家把它的诞生归为一次"大爆炸"，你也禁不住会问：大爆炸之前呢，宇宙在哪里？你得到的回答很可能是：大爆炸之前没有"之前"，因为，若无大爆炸，既没有空间，也没有时间，何来"之前"？如果你觉得接受不了这样的回答，就需要你自己去探索。也许你以后会成为一个伟大的科学家，能够回答自己曾经提出的问题。

《朝闻道》中的"知识密封法则"是虚构的，就像那个排险者也是虚构的。在真实的宇宙中，追求真理的人类是孤独的，没有可以请教的更高智能，没有监护者，也没有成功的保证。一切都是不确定的。探索真理是最高级别的探险行为，有点像为了传说中的珠宝去挖一个巨大的地道，曲曲折折的，一条路不通就换条路再挖。只不过，这个地道有些迷幻，一条很快就要打通的路可能突然不见了，多个岔口隐隐约约就在前方，你选择走一个岔口，别的岔口就会自动消失。你走得越深，就越不知道是走对了还是走错了。仿佛潜进一个深渊，上下四方的边界消失了，黑暗与光明交错渗透，失望与希望相互转换。

宇宙的这个深渊太大了，蕴含着所有的秘密，但却没人知道"所有"指的是什么。宇宙的深渊就像一个裹挟一切的巨大的梦，又像无穷多真真假假的梦的组合，让清醒的人无所适从，也让最清醒的人无法清醒。丁仪这群科学家就是那样的追梦人，他们追求的终极真理很可能是一场捕捉不住的梦。在丁仪的梦中，他看见了自己"拥有一个量子化的自我，可以在瞬间从宇宙的一端跃至另一端。其实他并没有跳跃，他同时存在于这两端，同时存在于这浩大宇宙中的每一点。他的自我像无际的雾气弥漫于整个太空，由恒星沙粒组成的银色沙漠在他的体内燃烧。他无所不在，同时又无所在"。《朝闻道》中虚构的"知识密封法则"让从梦中醒来的丁仪苦恼不已，但这种苦恼又是多么给人安慰啊！是的，毕竟有"人"知道宇宙的终极真理，哪怕是外星人。这个虚构的安慰想要说明的是，宇宙的终极真理不是梦，追求真理的人也不是梦中人。

你觉得哪种情况更令人气馁呢？一种情况是，高智能生命在追求宇宙真理的路上越走越深，却不知道能否获得层次越来越高的真理，在变幻莫测的真理岔道中，也不知道是否有贯通一切真理的终极真理。另一种情况是，我们这种智能生命被更高智能的生命告知有终极真理，但又被告知，你们这种智能生命不可能获得终极真理，因为你们的智能层次不够。第一种情况令人苦恼又给人希望，哪怕这希望最终不过是一场伟大的梦。第二种情况让人踏实，人类不再孤独，在终极真理的问题上终于有了确定的答案，虽然人类永远不知道答案是什么。正因为如此，第二种情况又令人绝望，特别是在丁仪那样的科学家眼中，"已升得很高的太阳熄灭了，一切都陷入黑暗之中，整个宇宙顿时变成一个巨大的悲剧。这悲剧之大之广他们一时还无法把握，只能在余生不断地受其折磨。事实上，他们知道，余生已无意义"。这种绝望难以被普通人理解。

在深深的绝望中，丁仪向外星人提议，愿意用自己的生命换取真理。丁仪说，他有一个不违背"知识密封法则"的办法，那就是，外星人先将宇宙的终极奥秘告诉他，然后再毁灭他。这真是一个疯狂的想法！在丁仪的妻子看来，他是在自杀，而在丁仪自己看来，这是他与真理融为一体的唯一途径。在家人看来，这些科学家极端自私，为了满足自己的好奇心而不惜抛弃妻儿。可这些科学家宁愿牺牲自己的生命，又说明他们的"私"是与整个宇宙连为一体的。他们的"私"太大了，他们要成全自己的"私"就必须消灭自己，这真是一个奇怪的矛盾。科学家的处境是一个悲剧，科学家的家人的处境则是另一个悲剧。也许，只有当真理的悲剧与生命的悲剧相互碰撞而终结彼此的时候，当事人才会在一瞬间顿悟宇宙的目的和存在的意义。

《朝闻道》有一个戏剧性的结尾。最后一个通往真理祭坛的，是轮椅上的霍金。外星人的笑容因为霍金的提问而消失，笑容变成了恐惧，恐惧变成了悲哀。因为悲哀，外星人的脸不再是机械僵硬的，那个以人形现身的外星人的脸变得生动和富有人情味了。人类最伟大的科学家居然问出了任何一个孩子都可能问的问题：宇宙的目的是什么？这个问题及其回答无法借助高深的数学，也不需要建设巨大的粒子加速器。这个问题看似极浅实则极深。每个孩子都会问：这个世界是怎么来的？孩子喜欢看天上的星星，他们中长大成人后仍然喜欢看星星的人，才会继续追问这个问题。科学家问：宇宙中的物质结构是怎样的？宇宙是怎样演化的？宗教家问：谁创造了宇宙？创世者的目的是什么？哲学家问：宇宙有目的和宇宙没有目的，哪种情况更难以理解？走向真理祭坛的著名科学家霍金居然问出了一个超越科学的问题，使懂得宇宙中全部科学真理的外星人措手不及。超越科学的问题无法被科学解答，意味着科学真理只是全部真理的一部分。

我们可以把具有更高智能的外星人看作未来人类的隐喻。在未来，人类的智能不断提升，将破解一个又一个自然秘密，洞悉一个又一个科学真理。但人类知道得越多，会发现不知道的也越多。通往全部真理或终极真理的"道"在何方？宇宙的"道"在何方？像我们这种具有苦乐感知、爱恨纠葛、意义追求的高级智能生命的"道"又在何方？你知"道"吗？他知"道"吗？我们知"道"吗？因为"道"的复杂性，在人类科技极不发达的大约二千五百年前，有一位叫孔子的智者感叹道："朝闻道，夕死可矣。"用今天的话说就是，早上知道了真理，哪怕晚上去死，都是值得的。孔子当然不具备丁仪那样复杂的科学知识，他们对真理的理解也有很大的不同。但在执着追求真理这件事情上，他们都是人类的杰出代表。丁仪最终化成了一颗火球消逝在茫茫夜空。在与宇宙真理融为一体的时候，他想到了什么？他或许想到了自己的家人，他或许顿悟了宇宙和人生的终极真理而又无法用言语表达。化为虚无的那一瞬，在他残存的意识中也许突然回荡起孔子同时代另一位智者的声音：道可道，非常道。

人的上升

《诗云》解读

一

　　我们借助《诗云》①来探讨一个问题：人何以为人？这个问题听起来有点拗口。当追问某物何以为某物的时候，我们实际上在追问它的本质。譬如，我们可以问，马何以为马？猫何以为猫？马或猫的本质要由动物学家界定，要追溯它们的生物学特征。人也是动物，人也有生物学上的特征。但人的本质显然比马或猫要复杂多了。因为人类有语言，会思维，有社会和文化的属性。特别是，人在面对不确定性的时候，能根据利弊得失或自己的价值观进行推理、判断和选择。人有选择的自由，人有自由的能力，这大概是人与动物的本质区别。

────────────

① 《诗云》收录于《梦之海：刘慈欣科幻短篇小说集Ⅱ》（刘慈欣著，四川科学技术出版社，2015年版）。

在地球漫长的生物进化史中，人类最终从大自然脱颖而出。人类与其他动物区别开来经历了上百万年的时间。在大自然的残酷竞争中，相比其他动物，人类的一些能力明显偏弱。人的力气远不如狮子、老虎等食肉动物，人的奔跑速度远不如斑马、羚羊等食草动物。拿哺育后代这件事来说，人类的婴孩要获得自我生存的能力，至少需要被照顾若干年。反观其他动物如野马，小马驹一生下来很快就会站立，一两天之内，就能随马群奔跑以躲避猛兽的追捕。人类之所以能够幸存下来并最终成为地球的霸主，一定有别的原因。

　　首要的原因是，人类学会了使用和制作工具。一个猿人想吃一根野猪腿骨里的东西，他灵光一闪，试着搬起一块石头去砸骨头，他成功了。这个猿人并不知道，他的灵光一闪意味着什么。想象你穿越到了那个时候，有一套功率极强的脑电波灵感捕捉仪，能够监控整个地球。你的先进仪器有能力捕捉住"灵光一闪"，你能看到什么？最初，灵光一闪的频次很低，要等很长时间才能看到屏幕某处有闪光。假设你的灵感捕捉仪的时间指针是这样的，秒针每走一格是一百年，分针每走一格是一千年，时针每走一格是一万年。最初，要每隔一万年才能监测到几个闪光的亮点，后来，每隔一千年都能监测到比过去一万年更多的亮点。亮点出现的频次越来越高，用石头砸骨头这种灵光一闪在你的监测屏幕上不断出现。你的仪器足够先进，捕捉住的每一种灵感都标有颜色，所以你的屏幕上的闪光是彩色的，黄的、绿的、蓝的、红的，各种色彩及其组合交替变化。

　　你观察到，用石头砸骨头这种灵感的记录开始很少，然后越来越多，而后又越来越少。这说明，用石头来砸骨头，这种类型的灵感最开始是少数猿人群体中特别优秀的个体才有的。随着时间的推移，越来越多的猿人群体中的优秀个体都独自发现了这个秘密。屏幕上相应颜色的闪光频次达到一个峰值之后，你发现这种闪光点会越来越少。那是因为，这种发现已经在不同的猿人群体中传播开来，逐渐变成了大家的常识。只有地球上非常边缘地带的猿人群体，还要借助优秀个体的灵感去发现这个已经被绝大多数猿人群体知晓的常识。总有一个时候，能够监测整个地球的脑电波灵感捕捉仪不再把石头砸骨头当作灵感，这种色彩的闪光将从仪器屏幕上消失，代之以其他颜色的闪光。

人类学会使用和制作工具的道路极为漫长。捡起一块石头砸骨头是最简单的工具使用，与人类有共同祖先的大猩猩偶尔也会使用这样的天然工具。古猿人学会磨尖一块石头割兽皮，或削尖一根树枝当武器，他们在制作工具上就迈出了关键的一步。这时，你的灵感捕捉仪的屏幕上一定会出现另一种色彩的闪光。这一类闪光会持续出现相当长的时间，然后，在某个不经意的时候，你发现灵感捕捉仪上有几处极大的闪光。这些闪光就像照亮黑夜的流星，将灵感捕捉仪的屏幕映衬得十分明亮。原来，一些猿人群体里的超级天才发现了火的用处，并最终学会了人工取火。学会取火和用火，标志着猿人第一次学会驾驭大自然的力量。通过火的使用，人类的祖先将自己提升到了超越地球上所有物种的能量级别。其他动物在面对大自然的风、雨、雷、电的威力下，只会在恐慌中盲目躲避。唯有人类的祖先，学会了利用大自然的力量。在此后百万年的演化中，特别是文明出现之后，人类不断拷问大自然的秘密，直至与其他动物拉开了越来越大的距离。人与动物的差别，有点像神与人的差别。

《诗云》中的"神"与人的区别看起来很大，但却未必大得过人类与地球上其他动物的区别。那个变成"李白"的"神"实际上是宇宙中具有最高智能的物种成员，那个物种被称作"神族"。征服了人类的是吞食帝国，这个物种被称作"龙族"。龙族成员"大牙"对人类的诗人伊依讲，衡量宇宙中文明等级的唯一标准是，拥有这种文明的物种能够进入多少维度的空间。大牙说，吞食帝国的科技水平远高于人类，也只能在实验室小规模地进入四维空间，只能算是银河系一个未开化的原始群落。只有有能力进入六维以上空间的物种，才具备加入宇宙文明大家庭的基本条件。人类生活在三维空间中，我们看地上爬行的蚂蚁，就像看二维空间的生物。高维空间里的生物能够清楚地洞悉低维空间生物的一举一动，反之则不可能。所以，只能在平面上移动的蚂蚁永远不懂能够飞行的鹰眼中的世界。

人存在于三维空间中，也存在于时间中，但人不可能在时间坐标上任意移动，譬如，你不可能在成年后再次回到天真的儿童时代。如果我们把时空看作一个整体，四维空间里的生物就具备一种奇特的本领，它们能够回到过去。四维空间里的生物不受时间流逝方向的限制，就像天上飞的鹰不受二维平面的限制。四维空间里的生物能够穿越时空，就像我们绕过一面墙走到它的另一边，一点都不费力。四维空间的生物具有怎样的思维，已经超越了三维空间里的人的理解。更高维空间里的生物更加神奇，它们不仅可以穿越时间，还可以穿越不同的可能性。你未来可能成为科学家、政治家或企业家，也可能什么"家"也不是。三维空间的你只能实现一种可能性，并且你没有办法把某种可能性作为一个整体来把握。你选择了一条路，就不可能选择另一条路。你可能选择了一条错误的路，铸就了一次错误的人生，但却找不到买后悔药的地方。

四维空间的你能够回到过去，如果不喜欢已经走过的人生路，可以再来一次，所以四维空间的生物不懂什么是后悔。追溯逝去的年华是人类诗歌的永恒主题，但却无法被四维空间的生物所理解，因为它们总可以回到过去，逝去的年华总可以再现。即使这样，四维空间的生物也有自己的局限。如果每过一种自己不喜欢的人生，都要重新回到过去再进行新的选择，你可能会觉这样太麻烦了。你禁不住想要同时看到未来不同的你的生活是什么样子，如果那样，你就必须进入五维空间。在五维空间中，如果你选择当政治家，你可以瞬间穿越到未来去评价自己的选择是否恰当。你不仅能够看到未来的不同可能性，还可以回到过去，凭借你已经看到的未来去选择一种新的生活。你可能仍然觉得不过瘾，你想要像孙悟空那样会七十二变。可是，变成了蟒蛇的孙悟空不可能同时变成一只狐狸，而你想同时拥有未来各不相同的生活，就必须进入六维空间。

在六维空间中，你仿佛同时拥有数不清的你，每一个你都是未来生活的一种可能性。但在六维空间，所有的可能性都是现实的，你能够从一种职业穿越到另一种职业，从一个独特的自己穿越到另一个独特的自己。在六维空间里，你可以在不同的生活中随意转换和跳跃，你的法力比孙悟空的七十二变还要大，因为你的所有可能性都是现实的，你可以像孩子那样任意挑选一个糖果或同时拥有所有糖果。事实上，六维空间的你已经不再是你，因为你已经同时拥有了无限多的你，换句话说，任何一个"我"都等于无限多的我。好了，让我们打住！

六维空间以上，还有五种空间样态。低维空间的生物无法想象高维空间的生物，就像三维空间的我们无法想象六维空间的他们。能够在六维空间中自由穿越的物种，比起化身为"李白"的神族成员还差得太远——严格地讲，不是差得太"远"，而是差得太"维"。十一维空间是三维空间的智能生物的推理极限，真正是"神"居住的地方。今天，人类最有智慧的科学家也只能猜测这个维度的存在，至于那个维度里的生命样态，则只能胡思乱想了。

二

你可以理解，当化身为"李白"的神族成员通过吞食帝国的成员遭遇人类时，他对人类为何会有这样一种鄙夷心情："这种生物的思想之猥琐、行为之低劣、历史之混乱和肮脏……以至于直到地球世界毁灭之前，也没有一个航行者屑于同它们建立联系。"尽管如此，只要"神"愿意，是可以化身到三维空间与人对话的，还可以与人探讨科学和艺术。以此而论，"神"与人的差距，就要远小于学会使用火之后的人类与其他动物的差距。

学会使用火之后，人类在文明的阶梯上继续迈进。为了围捕一头猛兽，一个原始的人类群体也会有严密的分工协作。有持火把专司吓唬之职的，有挖陷阱以逸待劳的，有持武器正面堵截的。猛兽的行踪变幻不定，人类群体的协作也灵活多样。群体协作展示出了丰富的内涵，捕捉一头熊也许只要两种阵势，而捕捉一只虎则需考虑五种可能性。协作分工将人置身于能够理解可能性的智能高度，获得了三维空间内的时间知觉，懂得了未雨绸缪和筹划未来。随着分工协作的深入，人类个体之间需要交流的信息越来越多，个体的智能不断演进，大脑的容量也越来越大。终于有个时候，你的脑电波灵感捕捉仪发现了一个奇怪的现象，屏幕上大块大块的区域突然被一种背景光点亮而不再熄灭。语言出现了！

语言是思维之光，在文明阶梯上的意义甚至超过了火的发现和使用。语言的产生，特别是文字语言的诞生，足以惊天地泣鬼神。在地球的自然演化史上，首次出现了一种超越大自然的力量。借助于语言文字，人类的思想能够被书写、传承和优化。被追捕的猛兽此前已经遭遇了思维的力量。因为有群体分工和协作，猛兽所有的出逃路线都被封死了。再厉害的猛兽，也逃不出思维构成的严密的网。现在，因为有了语言，思维的力量转而作用于思维本身。被书写出来的思想是有用的还是无用的，是真的还是假的，是愚笨的还是智慧的，都要由后来的或更好的思想加以验证。在语言的作用下，思想之光射进了思想的深渊。

随着语言的诞生，文明诞生了。你可以把人类文明视为一个不断演化的超级大脑。语言是这个超级大脑的皮层，负责联通人类文明的各方面成就。文明诞生之初，不同地域的文化是隔绝的。在人类短短数千年的文明史中，不同文化之间经历了持续不断的冲突和融合。特别是随着近几个世纪以来现代科学技术的兴起，人类文明有了明显的趋同走势。今天，地球上不同的地区和国家仍然会有冲突甚或战争，但它们的社会组织方式和对科学技术的使用，已经没有本质上的区别了。人类文明这个超级大脑经历了文化的分割和融合，正在走向一个崭新的阶段。

语言诞生之初，文明的超级大脑充斥着上古时代的神话，人的社会生活和个体行为高度依赖于这些古老的传说。随着文明的发展，人类建立了旨在解释天地万物和人类自身的宗教系统。各大文明都有自己尊崇的神，要么信仰宇宙间唯一的真神，要么崇拜角色、性格、法力各异的多神。超级大脑的思维模式在相当长时间内都是稳定的，人们春耕秋收，敬畏并遵循唯有神才有能力创造的四季交替和生死轮回的规律。这种思维模式并不稳定，人类总有一些杰出代表会在夜深人静的时候凝视星空，倾听天籁之声，并试图窥视宇宙的伟大秘密。他们就像火的发现者与传播者，用自己的思想将超级大脑的神经网络点亮。

现代科学的诞生，彻底改变了这个超级大脑的工作模式。思想翱翔的远方有未知而无禁忌，人类掌握某些科幻小说描述的高科技手段，很大程度上只是时间问题。《诗云》中"神"族成员的凭空造物、穿越时空、终极作诗的技术对于今天的人类而言还没有现实的基础，但这些想象又在一定程度上能从人类已知的科学原理中得到支撑。然而，《诗云》并不是推崇科技的无限发展。恰好相反，《诗云》是要借助于"神"与人的对话，去追问人何以为人。

征服了人类并以人为食的龙族，拥有远超人类的科技力量。它们建造的环形宇宙飞船的直径居然长达五万公里，是地球直径的四倍有余，被劫掠的十几亿人都被装入其中。可是龙族太丑陋了。龙族外貌在人看来是很丑陋，但真正丑陋的是它们的思维。龙族的思维居然没有一点点鉴赏美的能力。龙族的思维中只有科学技术，诗歌及其他艺术没有一点内在价值。诗歌唯一的价值在于，学习诗歌的人，他们的肉质更加鲜嫩可口。"神"族生活于十一维空间，它们不需要通过吞食人这样的碳基生物摄入能量。根据《诗云》的描述，"神"可以轻易地拆毁太阳和行星，也可以任意进行质能转化。"神"族与"龙"族的一个更重要区别在于，前者有科学技术之外的好奇心。欠缺这种好奇心正是"龙"族文明向更高层级文明提升时面临的根本障碍。

　　"神"的好奇心救了伊依，他是这样赞叹中国古典的格律诗的："我穿行于星云间，接触过众多文明的各种艺术，它们大多是庞杂而晦涩的体系。用如此少的符号，在如此小巧的矩阵中包含如此丰富的感觉层次和含义分支，而且还要受到严酷得有些变态的诗律和音韵的约束——这，我确实是第一次见到……"为了满足自己的好奇心，"神"利用地球人伊依的基因，克隆了另一个地球人，它把自己借宿在这个三维空间的肉身中，并称自己为"李白"。有艺术洞见力的"神"知道，它必须亲自经历人类的生活并体验人世间的喜怒哀乐，才能进行艺术创作。为此，"李白"学会了饮酒，学会了创作诗歌。但"神"不好意思将自己的作品拿给诗人伊依看，因为"李白"知道自己并不是真正的李白，它的诗也无法与李白的诗相比。

　　为了证明自己比真正的李白伟大，骄傲的"神"决定走一条纯技术路线去终结诗歌。"神"虽然比"龙"懂艺术，但也与后者一样坚信，技术能超越一切，科学技术就是真神。"神"决定利用太阳系所有的物质去进行终极吟诗。所谓"终极吟诗"，就是把已有的汉字任意组合成长短句，涵盖一切已有的格律和可能的格律。这种超级复杂的排列组合需要众多的量子存储器，它的信息存储量惊人，人类有史以来的全部文字信息，只需占用一块存储器几亿分之一的存储量。为了存储由数千个常用汉字组成的所有可能的诗，一共需要 10 的 40 次方片的量子存储器。构成这么多存储器的物质，刚好是太阳系全部物质加上构成吞食帝国的物质的总和。

为了实现终结汉字诗歌的目的，"神"拆毁了太阳和所有行星，也毁灭了停留在太阳系内的吞食帝国。在此之前，"神"向吞食帝国要回了人类，并把他们安置在地球的肚子里面——因为，地球的百分之九十九的物质，都被"神"用于建造量子存储器了。这个时候的地球是一个空心地球，里面装着全部人类。用高科技手段加固的空心地球孤独地漂浮在太空中，原来的太阳系，除了空心地球，只剩下诗云了。伊依在地球表面看到了一片直径一百亿公里的诗云，它的断面形状很像曾经的地球大气中的积雨云，"这些巨大的形体高高升出诗云的旋转平面，发出幽幽的银光，仿佛是一个超级意识那没完没了的梦境"。终极吟诗完成了，"神"却没有喜悦。原来，"神"创造不出能够鉴赏诗词的软件，诗云中尽管隐藏着可能超越李白的诗，却不可能得到它们。技术之神遭遇了人类诗歌的滑铁卢。

三

合上《诗云》，我们禁不住会问，这个故事究竟在说什么？为什么"神"创造不出能够鉴赏人类诗词的软件？以我们人类已有的计算机技术，机器写诗甚至创作音乐早已成为现实。机器创作的诗歌可以让大多数诗歌爱好者分不清是不是人创作的。当然了，为了让机器创作出好的诗歌，需要人在设计软件时对"好"予以定义。"大漠孤烟直，长河落日圆"按照人类的审美经验会被认为是诗句杰作，改两个字，变成"大漠孤烟直，大河孤日圆"，则不会被认为是好诗句。我们可以据此开发一款作诗软件，它可以归纳中国古诗词的格律、声韵和其他规则。我们也可以为这款作诗软件建立一个丰富的语料库，按照主题分类内置大量的高频好词和已有诗歌的名句摘抄。软件在作诗时，可以根据不同主题自动调取语料库中的词句。软件可以识别摘抄的名句，会根据格律和声韵去对摘抄的名句做部分调整或替换。通过类似的规则约束，软件创作的诗不可能很糟糕，它的一些作品甚至能得到人类读者的称赞。当然了，我们还可以为作诗软件设定控制条件。软件可以按照严格定义的五绝或七律作诗，也可以放宽规则，作出五绝或七律的变体诗。

《诗云》中的"神"清楚诗歌创作的特征，那就是，在必要时总会突破已有的格律，诗仙李白就是一个杰出的例子。可是，这个突破的尺度有多宽呢？汉代的赋，魏晋的歌，唐代的诗，宋代的词，元代的曲，诗歌艺术总是随着人类文化和审美情趣的变化而变化的。很难说后来的诗歌一定会优于前面的诗

歌。想想我们今天吧，每个人都可以用智能手机实现远距离轻松交流。当表情包成为交流的主要方式，还可能重现唐诗宋词的辉煌吗？

《诗云》中的"神"对这些情况当然是了解的，因为它有能把握人类全部信息的超级电脑。"神"之所以要进行终极吟诗，是因为它要穷尽汉语诗歌演变的一切可能性。谁知道汉语会不会在某些灾难或奇迹的刺激下，重回唐宋的诗词盛世呢？谁知道会不会产生新的李白、新的杜甫或新的苏东坡呢？尽管"神"已经化身为三维空间的"李白"并按自己的需要体验了人世间的酸甜苦辣和喜怒哀乐，它仍然创作不出李白那样名垂千古的诗。我们不妨追问一下，这是为什么呢？

"李白"为了成为货真价实的李白，浪迹山水之间，徜徉醉醒之际，纵情诗词歌赋，还顺便吸引了若干红颜粉丝。可是别忘了，这一切都发生于吞食帝国的直径长达五万公里的环形宇宙飞船里。高山大河，小桥流水，日月星辰，飞禽走兽，都是吞食帝国为了人类而参考地球环境仿造的。准确地说，是为了人类的肉。"李白"在环形宇宙飞船里艳遇的美丽姑娘们，她们生活的圈养所很可能离人类屠宰场并不遥远。她们在那里吟诗作画，只为自己的肉质在"龙"族的口中变得更加细腻鲜美。在这样的氛围下，技术之神的"李白"怎么可能变成诗仙李白呢？

让我们再次穿越回人类文明的早期。那时，书面文字已经流传开来，书写系统也越来越丰富复杂。本来，书写文字主要应用于生活的实用场景，譬如私人记账或公文颁布。你的那台脑电波灵感捕捉仪仍然在工作，某个时候，屏幕上突然出现了一个奇怪的亮点。这个亮点很大，色彩很丰富，与火的使用或文字发明时捕捉到的图像都不一样。这个闪光区域不只一种颜色，它其实是由很多闪光点构成的一朵五颜六色的小花。原来，捕捉仪报警的时候，人类的第一个诗人诞生了。他的神态和穿着远没有"神"刻意模仿的李白那样飘逸，但他若有所思的双眸扫视世界的时候，整个世界都感到一阵诗意的战栗。

他沐浴着春风，抚摸着身边的一花一草。他看见远处有一头小鹿在喝水，大树下守护的鹿妈妈享受着阳光的温暖和青草的芬芳。他听见欢快的鸟鸣，闻到温润的花香。他看见一个美丽的女子步履轻盈，衣袂飘飘，从远处闯入这一画境。她的出现使这幅天然图画倍增妩媚，她在歌唱着什么，婉转动听又有些迷离惆怅。她踏水而来，水声惊动几条游鱼，歌声则使鹿妈妈竖起了警惕的耳朵。远处突然传来几声尖锐的哨声，好像族人有什么紧急的事情在召唤。他凭着本能向族人的方向跑去，跑到山坡上忍不住回望了一下刚才的画境。春风依旧，草木俱静，可是佳人不再，鹿妈妈也早已护着小鹿离开。他的眼前是空荡荡的，他感觉自己有一颗空荡荡的心。他回到族人那里忙碌了好几个时辰，他矫健的身影奔波于猎场内外。他帮助捕获了一头野猪，并用尖锐的工具剖开了猎物的肚子。他用手整理红红绿绿的心肝脾肠，却想起那幅画中的花红草绿。他闻着灼热的腥气，心中闪过那对野鹿母子的身影，全无再次杀戮的意念。他掏空了野猪的肚子，担负了生存的责任，却再次听见自己空荡荡的心。

夜幕降临，他回到了那片草地。层次丰富的树林不见了，只有高低错落的轮廓与远山的剪影重叠在一起。弯弯曲曲的河流闪着银光，尽情展现自己曼妙的曲线。野鹿母子不见了，姑娘不见了。他想要回到几个时辰之前，想仔细看看那幅美丽的画卷，但这个三维空间的生灵却无法逆时间而行。他满心惆怅，不明所以。他一声长啸，惊起一群野鸭，它们将静谧的河水搅得波光粼粼。野鸭掠过树枝，向夜的远处盘旋，飞进了点点星光。他的目光随之上扬，他看见了璀璨的繁星，缥缈的银河，以及挂在远山尽头的弯弯的残月。他深深吸了一口气，潮湿芳香的空气沁人心脾。他突然灵光一闪，他发现世界正以一种新的方式向他展开。世界那么美，那么不可思议。他意识到，世界不只是生存竞争的捕猎场，不会仅仅围绕实用目的而旋转。他想歌颂自己的发现，想用文字去捕捉这种美，并填满自己不明所以的好奇的心。

诗歌诞生了，诞生在三维空间里微不足道的人类的内心。过去，天地间只有自然世界，现在，内心世界涌现了。两个世界相互观照，有时冲突，有时协调，以后还会相互转换。人类发现了火，发明了语言文字，又发现了内心世界。诗歌诞生于内心世界的发现，这个世界看不见摸不着，却能发出天地之间：为什么这个世界这样存在？依据是什么？目的是什么？意义是什么？诗人总是孤独的，他们深切感受到天地永存，岁月无情，人生易逝。他们总会在生命的某一刻涌上这样的感慨：前不见古人，后不见来者，念天地之悠悠，独怆然而涕下！

诗意的内心世界的诞生使人对美的事物愈加敏感。美不是生活之外的风花雪月，美要在生命的流淌中实现自身。美属于内心世界，丑也属于内心世界。区别在于，内心世界丑陋者不知其丑，内心世界美好者珍惜其美。《诗云》中"龙"族的思维方式之丑就在于，它仅仅停留在人类的诗意生活诞生前的水平，那就是，一切都以实用为标准。对"龙"族而言，猎杀一只野猪，与捕食整个人类没有本质的区别。《诗云》中的"龙"族成员被描写得有些可爱，那是因为它的思维方式内含被嘲弄的笨拙。

反观人类，有了诗意就有了理解世界的另一种方式。人类仍然要靠杀戮生存，那只不幸的野猪就是第一个诗人的猎物。但他在生存有了基本保障的前提下，不再愿意用充满杀机的眼光去审视世界。河边喝水的小鹿点缀着一幅美好的画卷，鹿妈妈对小鹿的爱也唤起了他心中的爱。他的爱有不同的表现形式，也许是暗恋上了那位涉水而过的姑娘，也许是回想起自己操劳的母亲。人类心中的爱可能一点点扩大，最初是自己的家人、族人或国人，后来是整个人类，再后来是天地间的一切有情众生。

随着爱的涟漪的扩大，内心世界的美就生出了内心世界的善。善待爱我们和我们爱的人，善待无辜的人，善待弱小的生命，善待哺育我们及子孙后代的自然环境。就这样，人类在演化的过程中，逐渐获得了善恶意识，隶属于内心世界的良知现象随之产生。人做了错事会内疚，有了罪孽要忏悔，自然界从来没有这样的事。那部假想的脑电波灵感捕捉仪的屏幕，会在人类发展的某个关键时期显现不同于诗人灵感的闪光。善的灵感纯洁动人，善的理念不断丰富，善的力量感天动地。继火的发现、文字的发明和美的体验之后，人类再一次得到了升华。从此之后，人类的发展历程离不开美和善。哪怕丑恶现象如欺凌和战争总是困扰人类，自从美和善的发现后，人类就有了不同于动物的本性。

《诗云》中的"神"在科学技术上远胜于人，但在美和善这两个关键方面却远不如人。"神"无法设计出终极吟诗的鉴赏软件，是因为它不可能以技术之心理解诗意的生活。缺乏诗意，缺乏对整个世界的敬畏和鉴赏，"神"才可以为所欲为地摧毁太阳系，毁灭吞食帝国。技术之神没有真正的内心世界，没有敬畏，没有悲悯，更没有爱。所以技术之神也不可能懂得什么是善恶，不可能真正思考存在的目的和意义，包括自己的存在、其他物种的存在和整个宇宙的存在。

　　生活在高维空间的"神"看起来高高在上，但因为无法理解美和善，那样的高维空间反而显得空洞。"龙"族向人宣布，宇宙间的文明等级由进入空间维度的高低而定，这样定义的文明不过是技术之神的定义。问题是，丧失了美和善这两个精神维度，再高的空间维度也是扭曲的和单一的。地球上的人类虽然只能生活在三维空间，但人类精神却因美和善的维度而彰显其高，更因美和善的不断丰富而神采奕奕。是的，在美和善中得到滋养的人类精神才说得上有"神"采。

　　我们从精神维度的立体视野理解了人的上升意味着什么，才能够理解人何以为人。当然，人类的本质既体现在美和善的精神维度，也体现在压制不住的好奇心和求真精神。可是，就算宇宙真理可以由完全的技术语言来表述，如果缺乏美和善的支撑，缺乏对于存在目的和意义的智慧思考，也是单一的和不完备的。所以《诗云》中的"神"更像一个隐喻，旨在告诫人类，不要走唯技术化的向上提升的畸形之路。在这条路上，拥有了世界就等于失去了世界。那个世界注定是一个神人颠倒的世界，一个不再有精神和故乡的世界。

《三体》三部曲解读

非人的宇宙史诗

《三体》的叙事结构与多维意义

一、科学时代的神话（《三体》的主题与张力）

《三体》是伟大的科幻文学作品，三部前后相续的长篇小说共一百余万字，共同构成了"地球往事"三部曲。一部文学作品要配得上"伟大"二字，必须满足一些必要的条件。尽管文学评论家的标准不尽相同，但有理由认为，《三体》不仅满足了许多公认的标准，还突破了伟大文学作品的传统内涵。《三体》三部曲以整个宇宙的生灭为背景的宏大叙事，大大超越了传统文学以人类生活为焦点的格局。人类生活仍然是《三体》的叙事主线之一，但这条主线还贯穿着传统文学没有能力处理的科技想象带来的未来视野。

《三体》的未来视野基于宇宙的现实。按照人类目前对宇宙的认识，为地球赋予生命的太阳只是银河系中一颗很平凡的星星。宇宙中有数千亿个类似于银河系的星系，银河系中又有数千亿颗类似于太阳的恒星。随着人们宇宙探索能力的增强，宇宙的边界很可能还会不断扩大，更多超乎人类想象的秘密将被发现。仅仅想一想天上的星星，比地球上所有沙子加起来的数量都要多，这是一个令人眩晕的数字，更是不可思议的现实。目前，人类已经探测到数千颗太阳系外的行星，很有可能，宇宙中大多数恒星都有围绕其运转的行星。一旦知道了宇宙的这些基本事实，所有的人，无论是大人还是孩子，都禁不住会追问：难道只有地球上才有生命？难道宇宙中就没有别的高等智慧生物，没有比人类文明厉害得多的高级文明？

关于外星生物或外星文明的话题，是科幻小说和科幻电影中的常见主题。这个主题之所以引人入胜，有几个方面的原因。首先，这个话题能够满足人们天然的好奇心。现代科学消灭了古人对鬼神世界的想象，但又在新的宇宙视野中使这种想象获得了重生。人类离不开童话和神话，否则生活就会变得无聊，人的存在也会显得局促。抛开对科学技术的前瞻或幻想，科幻文学能够很好地满足人类心灵中固有的童话和神话情结。有时，人类心灵必须沉溺于对更美好的存在和更高级的存在的狂野想象中，才能获得现实中的宁静。但我们将要看到，在《三体》的狂野想象中，读者的心绪将被持续扰乱，直到悟出狂野之中的柔情和深邃，心灵才可能恢复宁静。

除了对童话或神话情结的满足，外星人或外星文明的主题还能最大程度地激发人的想象力。中文里的"外星人"在别的语言中表达成"异类"，因为一个具有高级智慧的外星生命可能长得一点也不像人，它们的存在方式和思维方式很可能迥异于人类。在一些科幻小说或电影中，譬如在《安德的游戏》里，外星智慧生命长得很像地球上的虫子的放大版。但真正的"异类"根本不具有任何类似于地球生物的长相或形态，它们甚至是硅基生物而不是碳基生物。这种不确定性为科幻文学留下了很大的想象空间，既可以把掌握了远超人类高科技的外星生物描写成美好而令人亲近的神一般的存在，也可以描写成丑陋和令人感到恐怖的魔鬼一般的物种。但不同于古代神话，对外星生物的想象必须不违背人类已经掌握的科学原理。这种有约束的想象，对想象者提出了更高的要求。刘慈欣创作的《三体》之所以被人们称作"硬"科幻，就在于它总是能够引用科学技术的最新成就去拓展想象。

除了想象力的激发，科幻小说往往会在更丰富、更宏大和更令人震惊的视野中展现传统文学难以企及的思考。科幻文学以科学技术的飞速发展为背景，以去除自然世界和人类世界的神秘性为前提。几个世纪以来，科学把握了天体运行的规律，刻画了时空的物理性质，展现了一个浩大的宇宙，探索了微观世界的诡异，揭秘了生命形成和演化的复杂机理。从科学的内在视野来看，人既不是宇宙的中心，也不具备在无情的自然规律面前的豁免权。无论是人的躯体，还是人的智能，都是自然演化的奇特成果。人的独特性在于，可以用自己的智能解释自身的奇特，还可以通过自己的智能创造大自然不可能有的演化，包括文明、知识和智能本身的演化。这些领域的演化都离不开人类引以为傲的科技的力量，并且，想要驾驭这种力量却被其左右的人类的组织和文化，又反过来催生了基于智能的演化。或许，宇宙中某一些文明的智能终究将强大到使整个

宇宙在演化过程中被智能化的程度，这种想法还得不到科学的支撑，当然属于是科幻小说的主题。

在科幻小说的视野中，对科学的本质和目的的追问，构成了这种文学形式必不可少的内容。《三体》对科学的本质有深刻的追问，但在其构造的黑暗而不失希望的宇宙图景中，还触及了比科学目的更高的问题——什么是宇宙目的？这类问题向来归属于哲学或神学领域，《三体》实际上是在科幻文学的形式中，暗藏着古老且永恒的形而上问题。然而，一旦这些古老问题被科技时代的神话赋予新的形式，就会焕发出新的活力和震撼力。"我们是谁？我们从哪儿来？要到哪里去？"科学无法回答的这类生命哲学问题在《三体》的恢宏想象中，被赋予了远远超越人的生命的维度和内涵。毕竟，宇宙不是专属于人的，以人为中心的宇宙观早已被现代物理学、天文学、生物学和心理学击得粉碎。《三体》以其特有的方式使我们意识到，幽幽宇宙，茫茫星空，以人的视野去追问那些古老的终极问题，将人显得过于自大又分外浅薄。

《三体》三部曲是融文学、科学与哲学于一体的伟大科幻作品。在不涉及情节的前提下，如果一定要用一些话去概括这部充满想象力的杰作，就只好用一些矛盾的语词。《三体》是用人类语言创作的，但却富含语言通达不了的意境。《三体》宏大到敢于谈论宇宙的生死，却又能敏感地触动读者的细腻内心。《三体》是一部揭示复杂人性的巨著，又像是一部藐视人性的非人化的宇宙史诗。《三体》的"硬"科幻写作手法得益于作者刘慈欣较高的科学素养，但渲染的科学神话又完全不受制于科学实证的约束。《三体》的创作空间离不开强大的逻辑架构，但在一次次看似不合逻辑的情节反转中又不断印证了预置的逻辑，虽然这种预置本质上是文学而不是逻辑。《三体》在骨子里有一种冷酷的气质，但这种冷酷却源于对生存或毁灭的一次次饱含热泪的理性选择。《三体》在人道主义的旗帜下不断跋涉于生死轮回之间，又在反人道主义的战歌中将生命的内涵扩大到人的视野之外。《三体》仿佛对宇宙之谜进行了终极猜测，但合上《三体》却发现终极问题和终极之谜变得更加不可思议但却纹丝不动。《三体》挑战了人类文明既有的价值观，但最终又将人类文明中最重要的价值投射给了整个宇宙。《三体》描述的外星文明极为怪诞且具有远超人类的科技水平，但站在虚构的外星文明的视野去打量人类文明才能看懂我们自己的文明的丰富和深刻。

总之，《三体》就像是一个悖论，总会从一方走向对立的另一方。对于读过《三体》三部曲的读者，下面的导读有助于回顾和理解这部杰出的作品。对于没有读过《三体》而又想以最短时间了解这部复杂科幻小说的读者，下面的二至十一节含有整个故事的剧情浓缩。是否阅读这些内容，要由读者自行决定。

二、人类的叛徒（《三体 I》导读一）

《三体》第一部没有副标题，只标注了这是"地球往事"三部曲之一。读完《三体》后我们才知道，地球和整个太阳系已于很久以前毁灭，地球往事只存在于一个生活在数百光年之外、活了近两千万地球年的女人的叙述中。《三体 I》以另一个女人的自述结束，而整个故事也始于这个女人。

时光回流到 1967 年，青年物理学家叶文洁在"文化大革命"最疯狂的阶段，眼睁睁看着自己的父亲、著名物理学家叶哲泰在群众大会上被批斗致死。革命小将要求叶哲泰承认爱因斯坦相对论是反革命的理论，违背了革命导师的辩证唯物主义。在数千人高呼"万岁"的歇斯底里中，叶哲泰是唯一一个保持清醒头脑的。他的清醒与革命群众的激情之间的反差，恰好象征着阴暗谬误与光辉真理的对立。只有消灭了谬误，真理才称得上真理。于是，四个十四岁的小女孩，她们真诚地相信自己是伟大领袖和伟大真理的最无所畏惧的捍卫者，用皮带将叶哲泰活活打死了。

使四个红卫兵小将如此有恃无恐的，除了集体歇斯底里的革命氛围以及她们坚定的革命信念之外，还有叶文洁妈妈的背叛。叶文洁的妈妈也是一名物理学家，但她是一个脆弱和习惯于投机的人。在那个可怕的环境里，她为了保全自己，主动站队到了革命队伍的反科学的立场。叶文洁的妈妈亲自上台与自己的丈夫辩论，但只有她才知道自己有多么虚伪与心虚。红卫兵小将感受到的则是一个作为妻子的女物理学家在革命氛围中的幡然醒悟。革命需要大义灭亲，革命更需要坚决镇压死不认罪的反革命分子。

当叶哲泰被打死的时候，数千双拿着红宝书的手在空中挥舞，震耳欲聋的怒吼声中，两个好心人死死抱住了叶文洁，不让悲痛欲绝的她从人群中冲上台去。叶文洁的妹妹也是一个革命小将，与将父亲批斗致死的同龄人属于同一种类型。但她也在这场浩劫中惨烈地死去，死于为了革命理想与另一群革命小将的武斗中。那是一个疯狂的年代，但真正疯狂的却是，后来地球和太阳系的毁灭都源于这场没有责任人的谋杀。

自此以后，叶文洁心如死灰。她作为"黑五类"分子，被剥夺了科学研究的权利，发配到遥远的大兴安岭建设兵团参加体力劳动，接受革命的再教育。叶文洁机械地参加了垦荒和砍伐工作，与众人一起用电锯将大片的林海变成了荒山野岭，以那个时代的野蛮方式从事林业和农业生产活动。生长了数百年的大树在几分钟内就失去了生命，受到惊吓而无处逃生的还有数不清的动物。必须靠体力劳动使自己处于麻木状态的叶文洁，对这一切视而不见，毁灭一片森林对于心已死去的人简直不算什么事。

一次偶然的机会，叶文洁结识了一位关心环境保护的年轻人，从他那里，读到了英文原版的《寂静的春天》。这本书是人类早期环保运动的"圣经"，在当时的中国，属于应该被批判的西方资产阶级的著作。叶文洁与那位年轻人很投缘，在仔细阅读借来的书之后，她的心灵苏醒了，她的世界观也被改变了。这本书要求人们跳出人类的生存与发展去看待孕育了万千生命的地球环境，视野的转变立刻揭示出人类意识不到的自身的恶。就像那些红卫兵小将在革命与反革命的对立视野中永远无法明白，以人民、领袖和真理的名义可以犯下多大的罪行。

类似地，人要理解自己的恶与罪，也必须站在外于人类或高于人类的视野才有可能。作为物理学家的叶文洁展开了道德沉思——"也许，人类与邪恶的关系，就是大洋与漂浮于其上的冰山的关系，它们其实是同一种物质组成的巨大水体，冰山之所以被醒目认出来，只是由于其形态不同而已，而它实质上只不过是这整个巨大水体中极小的一部分……人类真正的道德自觉是不可能的，就像他们不可能拔着自己的头发离开大地。要做到这一点，只有借助于人类之外的力量。"①

正当叶文洁感激那位年轻人将书借给她时，却再一次遭遇了人性之恶。在复杂的政治形势中，那个年轻人以环境保护的名义给政治高层人物写了信，从事了一次政治投机的赌博。但他失算了，面临着巨大的危险。关键时刻，这个已对叶文洁情愫暗生的斯文青年，居然不惜栽赃和出卖她。遭到背叛的叶文洁面临严厉的审问。她只承认那个青年寄出的信是由她抄写的，而拒绝承认那封信的内容是出于她的想法。一位貌似和蔼的审问者软硬兼施都无法逼叶文洁就范，于是她恼羞成怒，在内蒙古的严冬中，将一大桶冷水倒在叶文洁的身上，差点将叶文洁冻死在漆黑的夜里。

叶文洁苏醒过来时，她发着高烧，已经身处飞往"红岸基地"的直升机上了。如果没有后面的故事，前面铺垫的叶文洁的遭遇只能算是传统伤痕文学的题材。但必须承认，即使是从传统文学的视野来看，刘慈欣的描写也相当细腻生动，很容易使读者与叶文洁产生共情。然而，红岸基地的出现，开始展现出《三体》的科幻感了。原来，红岸基地是为了与外星人取得联系而建立的。在险恶的国际形势下，军方想要借助外星文明的科技提升自己的战争能力。然而，茫茫宇宙，联系上外星人岂是一件容易的事情。就算不考虑信息传递的技术问题，如果一颗距地球一百光年的恒星带有宜居行星，那里的高智慧生物

---

① 《三体》("地球往事"三部曲之一)，重庆出版社，2014年，第70页。

接收到地球发来的信息需要一百年。要再过一百年，地球人才能接收到那里的智慧生物立刻发回的信息。两百年的时间在宇宙时空的尺度上几乎可以忽略不计，然而人世间却早已沧海桑田。

尽管出身不好，但叶文洁此前发表的一篇关于太阳辐射的论文却引起了军方的重视。红岸基地是革命浪漫主义的产物，创建者相信，科学技术高度发达的外星人，一定会在人类的革命事业中站在革命者一边。然而，在宇宙的深空，怎么可能分得清一颗微不足道的行星上的冲突双方，谁是革命的，谁是反革命的？假如在一百光年外有高级外星生物，要探测到地球人的存在，困难不亚于要在地球上发现一百公里外的一支蜡烛。何况，还要分辨烛光下的蜡，哪些因革命而心甘情愿地燃烧，哪些因反革命而被迫燃烧。创建红岸基地的革命浪漫主义是如此荒诞，更荒诞的是，人类的革命者和反革命者都将因叶文洁的一次秘密行动而在几个世纪之内的一连串因果链条中走向毁灭。

叶文洁决心留在守护森严的红岸基地，她宁愿终身困于原始森林环抱的山峰，也不愿意再回到像噩梦一样纷乱恐怖的世间。叶文洁斩断退路之后，她逐渐被批准参与红岸基地的核心工作。叶文洁首先要解决的问题是，如何让可能存在于若干光年之内的外星文明知道太阳系有人类这样的智慧生物的存在。红岸基地过去向太空发射的信息，即使已经达到了已有大型设备的功率极限，但仍然太弱了，就像一只蚊子想要通过自己的鸣叫引起数公里外另一只蚊子的注意。但叶文洁通过自己的研究发现，太阳本身就是一个电波放大器，可以将太阳作为一个超级天线，以恒星级别的能量向宇宙深空发射信息。

1971 年，阶级斗争仍然如火如荼。两耳不闻窗外事的叶文洁，满脑子都在思考如何利用太阳发射信号的问题。叶文洁抓住一个时机，用红岸基地的发射装置向太阳发射了一束最大能量的电波。叶文洁关于太阳放大器的猜想还停留在理论阶段，她并没有抱太大的希望。然而，不为叶文洁所知的是，"地球文明向太空发出的第一声能够被听到的啼鸣，已经以太阳为中心，以光速飞向整个宇宙。恒星级功率的强劲电波，如磅礴的海潮……在 12000 兆赫兹的波段上，太阳是银河系中最亮的一颗星。"①

随后八年时间，叶文洁过上了相对平静的生活。她与红岸基地的总工程师杨卫宁结了婚，有了自己的小家庭。在这表面的平静下，叶文洁继续她对人类和人性之恶的沉思。她曾在所谓的阶级斗争中亲历了人对人的疯狂可以达到怎样的程度，她目前生活工作在孤独的山峰上，又看到了人类对周围森林的砍伐和环境的破坏达到了怎样触目惊心的程度。为了增加一些种粮食的土地，大片大片的森林被纵火焚烧，孤峰之上的红岸基地成了鸟儿们逃生的避难所。叶文洁听到火海逃生的鸟儿们凄惨的叫声不绝于耳，看到有些鸟儿羽毛都被烧焦了，它们艰难地扇动着翅膀，将点点火星留在空中。

对人类之恶和人性本质的思考，使叶文洁陷入了严重的精神危机。她本来与那些革命小将一样都是理想主义者，但理想在残酷的现实和幽暗思考的双重打击下幻灭了。她觉得自己成

① 《三体》("地球往事"三部曲之一)，重庆出版社，2014 年，第 199 页。

了精神的流浪者，尽管组成了家庭，却无家可归。叶文洁觉得曾经熟悉的人类世界，在自己的深度思考中变得越来越陌生。她感到这是一个彻底堕落的世界，要拯救这个世界，靠人类自己的力量已经不再可能。所以叶文洁更喜欢在夜里仰望星空，幻想着某一颗星星的光亮中隐藏着一个远超人类文明的伟大文明。叶文洁觉得自己的灵魂需要被拯救，正如人类需要依靠更伟大的存在者才能免于堕入万劫不复之地。

八年之后的某一天，毫无思想准备的叶文洁突然接收到了距地球仅仅四光年的智能信号。叶文洁借助译解系统，收到了位于半人马座的三体文明的一个智慧生物对人类的警告。这个警告说，不要答复收到的这个信息，否则人类生活的行星的宇宙坐标将被暴露，必将遭到入侵。叶文洁震惊又振奋，此时的她经过若干年的精神折磨和对人类状况的深思熟虑，毫不犹豫地通过太阳将如下信息发给了三体人：来吧，来吧，人类文明已经无可救药，我将帮助你们获得这个蓝色的星球！

三、自然规律的崩溃（《三体I》导读二）

刘慈欣是讲故事的高手。《三体I》的关键人物叶文洁，是在一系列怪异而令人恐怖的事件发生后才出场的。叶文洁第一次出场的时候，已经是一个老太太了，岁月早已将激情燃烧的革命理想抛进了历史。汪淼是《三体》三部曲刻画的近百个人物中第一个出场的人，场景是21世纪。汪淼是一位材料科学家，他负责一个国家重点的纳米项目。警方和军方同时找到了汪淼，希望他协助调查最近发生的一连串怪异的事情，仅仅因为他认识刚自杀不久的青年物理学家杨冬。令汪淼非常吃惊的是，各国政府已经秘密成立了跨国协作的作战中心，但却无人知道敌人是谁。情报显示，全球做物理学基础研究的科学家纷纷出了事，杨冬自杀只是其中的一个个案。

杨冬美丽端庄，胸怀科学理想，像极了年轻时的叶文洁。作为叶文洁的独女，杨冬出生于她的母亲在红岸基地秘密工作的最后阶段。改革开放之后，随着父亲被平反，叶文洁回到了原来的大学做研究。因为遗传的天赋，杨冬也走上了理论物理学的研究道路。但杨冬从来没有见过自己的父亲杨卫宁，因为她的母亲为了保护外星文明的秘密信息，在红岸基地的悬崖边上将她的父亲连同基地的政委一起谋杀了。杨冬是因为科学理想的崩溃而自杀的，她的遗书上居然写着：物理学从来没有存在过，将来也不会存在。这个说法似乎太不真实了，难道杨冬之前没有牛顿，没有爱因斯坦？难道物理学不是一切其他科学的卓有成就的基础吗？难道人类文明在过去数百年间的大发展不是最明显不过的证明吗？

各国基础领域的科学家接连出事，有自杀，有他杀。更诡异的事还在后面。汪淼在得知了这些反常情况后，决定帮助国际合作的作战中心，找出人类共同的敌人。汪淼首先想到去拜访自己的朋友丁仪，杨冬的男友，也是一位搞基础研究的物理学家。丁仪在杨冬自杀后精神状态极差，终日酗酒，极为颓废。汪淼的来访并没有给丁仪以安慰，丁仪居然拉着汪淼在家里打起了台球。汪淼每击球一次，丁仪都要搬动一次球桌，让汪淼再击打一次。每一次，丁仪为汪淼放置的球都是必进的近距离位置，汪淼当然都能打进。所以，汪淼完全不明白丁仪重复这样无聊的事情是为什么，他变得不耐烦起来。然而，这时的丁仪却异常的冷静。丁仪追问汪淼：为什么在不同的时空位置上，台球都要遵循同样的运动规律？难道不可以设想，每一次击打后，台球的运行速度和轨迹都不一样？是什么在保证物理世界的规律？难道宇宙中的物理规律在时空中具有对称的有效性，这本身不是一件奇特的事情吗？

听着丁仪的话，联想着杨冬的自杀，汪淼终于知道发生了什么。原来，有几台分布在全世界的高能加速器，进行着过去从未有过的能级下的粒子对撞实验。令物理学家们震惊的是，即使所有的初始条件都一样，实验的结果也不一样。这意味着，在人类探索更深的物理规律的道路上，居然发现了没有物理规律。就像汪淼每击打一次台球，被击打的球都没有规律地乱飞。物理学的现实就像梦一般飘忽不定，物理学家居然遭遇了超现实主义的发现：唯一的真理就是没有真理。如果真是一场梦，解梦需要的就不是物理学，而是超现实的联想和充满暗示的隐喻。即使过去的物理学取得了辉煌的成就，这些成就也只是一场大梦中相对稳定的部分，梦终归是梦，那些所谓的伟大成就也免不了烟消云散的命运。难怪杨冬要感慨，物理学不曾存在，将来也不会存在。

对于汪淼本人而言，真正恐怖的事情还在后面。汪淼不仅是杰出的材料科学家，还是优秀的业余摄影师。在数码时代，他却偏爱老式的胶片相机。与丁仪见面之后，他感到自己的世界观遭到了颠覆，他以摄影师的眼光打量着自己居住的城市，然后问自己："难道物质的本原真的是无规律吗？难道世界的稳定和秩序，只是宇宙某个角落短暂的动态平衡？只是混乱的湍流中一个短命的旋涡？"① 就像是一语成谶，在汪淼当天拍摄的照片胶卷冲洗出来之后，他发现每张底片上都有一个感光的倒计时，而且是连续的。汪淼很是震惊，他换了一组胶卷再次拍摄，发现那些倒计时就像是含有某种目的，明显具有智能特征。一股凉气从背上冒了出来，汪淼觉得以人类现有的科技完全无法理解，他仿佛遭遇了超自然的力量。更令人崩溃的是，第二天早上，汪淼眼睛的视网膜上开始出现有规律的倒计时，1185:11:34，1185:11:33，1185:11:32，1185:11:31……时间一秒一秒流逝，仿佛在提醒他，倒计时的尽头就是生命的尽头。

汪淼这个角色是《三体 I》展开故事线索的关键人物，他面临的诡异和恐怖的处境很容易抓住读者的心，并与这个角色产生共情。同时，读者也很容易被故事中的悬念所粘住，想要知道汪淼面临的看似超自然的倒计时，究竟是怎么回事。科幻小说毕竟不是玄幻或魔幻小说，不能跳出科学世界观去杜撰具有超自然力量的鬼妖仙怪。因此，对于有一定科学常识的读者而言，汪淼的遭遇反而会大大增加他们的好奇心，想要追随关键人物揭开看似超自然力量背后的原因。但超自然现象还将在宇宙尺度上展现给汪淼，直到他的内心彻底崩溃。

原来，自从汪淼答应国际作战中心，愿意通过自己的科学家身份打入一个名叫"科学边界"的科学家隐秘组织后，他就开始碰到各种各样的邪乎事。底片和眼睛视网膜上的倒计时，还不是最邪乎的。"科学边界"的一个说话行事阴森森的女科

---

① 《三体》（"地球往事"三部曲之一），重庆出版社，2014 年，第 19 页。

学家告诉汪淼，只要他命令自己负责的纳米实验室的机器停止运转，他视网膜中的倒计时就会停下。身心俱疲的汪淼实在没有办法了，就找了一个检修理由让实验室的机器停止了运转。果然，随着实验室设备一样一样的关闭，汪淼眼中的倒计时在一个数字上停了下来，然后从视网膜中神奇地消失了。

汪淼毕竟是一个科学家，当他发现眼中的倒计时与自己负责的实验室的运转有因果关系后，他反而镇定下来。汪淼在电话上斥责那个女科学家，就算有人使用了他无法理解的魔术，也不能阻止他负责的国家级重大项目的继续推进。然而那个女科学家却对汪淼说，如果你认为这是人为的魔术，那就在三天之后的凌晨去观察宇宙辐射，你将看到整个宇宙专门为你而闪烁。三天之后的晚上，汪淼来到了一座射电天文观测基地，找到了值班负责人沙瑞山，他是叶文洁的一个学生。此前，汪淼就拜访过叶文洁，他看到头发花白的叶文洁虽然失去了独女杨冬，仍然精神健硕，很有爱心地照顾着邻居家的几个孩子。这段时间，仅仅因为他认识自杀的杨冬，汪淼就被迫卷入了令人窒息的复杂事态。这时的汪淼就像是一头困兽，想要尽快从这个困局中解脱出来，只要有一线希望，他也会想尽办法。

可是，当沙瑞山听说汪淼前来是想要观察宇宙背景辐射的显著变化时，脸上露出了奇怪的表情。宇宙背景辐射的整体波动，是随着宇宙的膨胀，要在宇宙时间尺度上才能缓慢显示出变化。以人类最先进的仪器，一百万年都未必能观察到一点点变化。因此天文学家沙瑞山怀疑自己的老师介绍了一个白痴过来。可是，当天夜里，沙瑞山亲自从天文台的屏幕终端上，看到了宇宙背景辐射的数值发生了有规律的波动，而且就像是有什么超自然的力量以宇宙背景辐射为载体，在向人类传递特别重要的信息。宇宙背景辐射居然以人类的莫尔斯电码在传递信息，破译的结果是，曾经从汪淼眼睛里消失的倒计时又出现了，1108:21:37，1108:21:36，1108:21:35……而且与之前出现在汪淼眼睛里的数字正好在时间上衔接在一起。

巨大的恐惧笼罩着汪淼，沙瑞山也彻底惊呆了。在沙瑞山的帮助下，当天半夜，连夜赶回城里的汪淼找到了一副用于科普的 3K 眼镜。汪淼戴上之后，仰望着为他闪烁的宇宙，惊得说不出话来。汪淼看到"天空的红光背景在微微闪烁，整个太空成一个整体在同步闪烁，仿佛整个宇宙只是一盏风中的孤灯。站在闪烁的苍穹下，汪淼突然感到宇宙是这么小，小得仅将他一人禁锢于其中。宇宙是一个狭小的心脏或子宫，这弥漫的红光是充满于其中的半透明的血液，他悬浮于血液中，红光的闪烁周期是不规则的，像是这心脏或子宫不规则地脉动，他从中感受到了一个以人类的智慧永远无法理解的怪异、变态的巨大存在"。[①]

四、三体文明的轮回（《三体 I》导读三）

离地球四光年以外的三体文明是通过电脑游戏被汪淼知晓的。在汪淼进入三体游戏前，不少人已经通过这个游戏了解到三体文明的基本情况。这些人大都是高级知识分子，教授、科学家或企事业单位的高管，他们往往有较高水准的智力和好奇心，这是他们在三体游戏中有收获、贡献和成就感的前提。汪

---

① 《三体》（"地球往事"三部曲之一），重庆出版社，2014 年，第 92 页。

森在情绪崩溃之后，从他曾经很厌恶的一个粗鄙的警官那里获得了坚强活下去的勇气。这名警官名叫史强，是一个俗人，觉得仰望天空太奢侈了，因为他有办不完的案子，还有买房、还贷款、孩子读书等一大堆生活琐事要管。但史强却有自命清高的知识分子所缺乏的街头智慧和野草一般的顽强。

史强与汪淼本来是完全不同的两类人，但在巨大的危机面前，他们成了患难与共的战友。史强与汪淼痛饮一顿后告诉他，针对科学界的谋杀和科学家自杀的案子越来越多。从作战中心掌握的情况看，这些犯罪没有经济目的，也没有政治目的。史强说，他感觉诱使科学家自杀的犯罪是有套路的，那就是通过一些常人想不到的办法引诱科学家往歪处想，使他们陷入自己的思想怪圈而不能自拔。随着越来越多的科学家出事，各国政府都害怕了，不知道人类共同的敌人是谁。史强分析，这正好说明，那个隐形的敌人害怕科学家。史强说，他发现科学家越是研究没有用的东西，敌人越害怕，汪淼这个研究应用技术的科学家受到迫害只是一个特例。史强虽然不懂科学，却推论说，这个现象说明敌人害怕基础科学。史强鼓励汪淼继续通过三体游戏获得有价值的线索，而三体游戏就是那个引导汪淼停止纳米项目和观察宇宙背景辐射的女科学家介绍的。

《三体 I》花了较大的篇幅来呈现三体游戏的内容和意义。这个游戏是"地球三体运动"组织的核心成员设计的，从内容到用户体验都无可挑剔，但却没有任何商业企图。这个秘密组织的共同信念是，希望更高等的三体文明来拯救或替代地球文明。三体游戏对玩家有很高的要求，知识水准和智力稍差的普通人根本不可能一直玩下去。玩家要穿着 V 装备，才能从网上登录游戏，从而获得无与伦比的场景感。游戏设计者是要通过这种方式，鉴别和挑选能够进入"地球三体运动"组织的候选者。汪淼通过一次次游戏，与其他游戏玩家一起互动，逐渐了解了三体文明。原来，三体智慧生物生活的行星是位于一个三星系统中的，天上有飘忽不定的三个"太阳"，因为引力相互干扰，它们的相对位置和运行速度呈现出没有规律的特性。在人类科学史中，这个所谓的"三体问题"自牛顿时代以来就一直困扰着物理学家。刘慈欣借助这个问题，通过无与伦比的想象，描绘了一个在艰难困苦中历经一次次生死考验而成长起来的外星文明。

简要地讲，三星系统是一个微小的混沌系统，会将星体引力的细微变化无限放大，没有办法从数学上获得三星系统中的恒星和行星的运行规律。居住在行星上的三体人，会经历"恒纪元"和"乱纪元"之间的轮回。恒纪元相对稳定，是文明发展的关键时期。乱纪元是失去稳定性的时期，行星上要么过热，要么过冷，三体人必须通过"脱水"进入一种类似于地球生物的冬眠状态才能存活下去，以期待在下一次恒纪元中"复活"。关键是，三体人没有办法计算出恒纪元与乱纪元之间的替换规律。三体文明实际上是在一次次惨烈的生存与毁灭的试错中，在接近一亿年的时间长河里，经过文明的两百余次轮回，才生存了下来，并获得了远超地球人的科技力量。

从《三体Ⅰ》刻画的三体游戏中，读者可以追随汪淼在游戏中的经历，窥视到一个伟大文明的史诗般的演变历程。为了增加戏剧效果，游戏的设计者将中外历史上的一系列伟大人物放进了这个游戏，包括伏羲、商纣王、周文王、孔子、墨子、秦始皇、亚里士多德、哥白尼、伽利略、牛顿、冯·诺伊曼、爱因斯坦，等等。墨子是游戏中的第 141 号文明的主角，他带着游戏中的汪淼回顾了上一次文明的努力。汪淼顺着墨子手指的方向看到了观星台上一具白色的骷髅，居然死后还是站着的，而且姿态还保持着这人生前的高贵，它的头微微仰起，像是在向天发问。墨子告诉汪淼，那具骷髅是孔子，他用儒家那一套办法去解决三体问题，认为宇宙中万事万物都要合乎礼。于是孔子创造了一套宇宙礼法系统，用以预测三个太阳的运行。悲剧可想而知，某一天，天上唯一的太阳突然消失了，气温骤降，孔子就站在那里冻成了冰柱。

墨子对汪淼说，他的思路与方法不同于孔子，他想要通过测量和复杂的计算去解决三体问题，从而为文明的永续发展奠定科学的基础。墨子的成就是巨大的，他发明了不少精巧的机器去模拟和计算三星运行的轨迹，以及对三体人所在的行星的影响。墨子的努力得到了众人的认可，而且在一些预测中也取得了很好的效果。墨子认为自己已经掌握了宇宙机器的运行原理，可以做出精准的预测。正当墨子踌躇满志时，一匹快马从地平线上飞奔而来，追赶这匹快马的，是突然升起占据了整个天边的巨大的太阳。这匹马身后，是一大群惊慌飞奔的其他动物，它们的身上都飘着火焰，在大地上组成了一张移动的火毯。

墨子完全无法相信自己的失败，他高举双手，继续念叨自己关于宇宙的命题。游戏中的汪淼扭头一看——"这声音是从正在燃烧的墨子发出来的，他的身体包含在一根高高的橘黄色火柱之中，皮肤在发皱和碳化，但双眼仍发出与吞噬他的火焰完全不同的光芒。他那已成为燃烧的碳杆的双手捧着一团正在飞散的绢灰，那是第一份万年历。汪淼自己也在燃烧，他举起双手，看到了两根火炬。巨日很快向西移去，让出被它遮住的苍穹，沉没于地平线下……世界陷入一片黑暗的混沌之中。一行红色的字出现：第 141 号文明在烈焰中毁灭了，该文明进化至东汉层次。文明的种子仍在，她将重新启动，再次开始在三体世界中命运莫测的进化，欢迎您再次登录。"①

当游戏中的三体文明演进到 192 号的时候，也就是整个三体文明在盲目和黑暗中通过一次次毁灭摸索了近亿年之后，终于进入到了原子和信息时代。游戏中的三体文明的代言人承认，三体问题是不可解的，三体文明要想在宇宙的阶梯上持续上升，唯一的办法就是与宇宙对赌，飞出三星体系，飞向广阔的星海，在银河系中寻找可以移民的新世界。当汪淼通过若干天时间在三体游戏中层层通关，终于明白三体文明是如何在生存发展上百折不挠的时候，他禁不住热泪盈眶。于是，汪淼被"地球三体组织"选中，从而知道了更多的秘密。

故事至此，许多反常的事情逐渐真相大白。原来，自从收到了叶文洁发来的地球定位信息之后，三体人就决定以入侵方式移民地球。虽然人们习惯用"三体人"来代表那个行星上的智能生物，但它们的生物学属性却一直是一个谜。《三体 I》书中透露，三体人的繁衍方式也是两性结合，但结合后，父母将融合成一个全新的躯体并从中诞生三至五个小生命。父母不见了，几个小生命会继承父母的部分记忆，以这种方式实现生

① 《三体》（"地球往事"三部曲之一），重庆出版社，2014 年，第 110 页。

命延续的目的。以地球人习以为常的生命延续方式来看，这确实相当惊悚。在整个《三体》三部曲中，除了以后对三体人的思维方式有所探讨外，它们的生物学特征，特别是外形长相都没有任何细节描写。这为读者留下了极大的想象空间，也避免了作者将精力陷入这类细节而冲淡主题。

当读者知道了三体人决定侵略和占领地球之后，故事似乎会回到不少科幻小说的常规轨道上。说不定地球人会在某个英雄的带领下，最终打赢这场保家卫国的正义战争。如果故事按这种情节发展，《三体》三部曲就将不可避免地走向平庸。三体人决定入侵地球，好为自己的文明找到一个不受三个太阳的威胁而持续发展的母体。三体人想必比地球人更愿意在夜里仰望星空，幻想天上哪一颗星星的阴影中有一个适宜居住的行星。但宇宙实在是太大了，星星之间的距离，以及星际航行所需要的时间，足以使幻想者跌回现实，更不要说其他众多的难以克服的困难。叶文洁向三体世界发出的信息让对方喜出望外，仅仅四光年之外，在那颗毫不起眼的暗红色星星的阴影中，就有一个生存环境如此宜人的星球。那里是三体人梦中的天堂，是幸运之神对不幸的三体文明的一次真正意义上的慷慨馈赠。

三体人的宇宙飞船最高时速可以达到光速的十分之一，远超人类的科技水平。然而，三体人的飞船到达地球却需要450年，因为宇宙飞船要经历漫长的加速期和减速期。三体人很清楚，地球文明的科技水平不会在这450年里保持静止。事实上，人类仅仅用了三百多年时间，就从现代科学的发端进入到了人工智能和量子计算时代。人类的科技水平跨过一个阈值后，突破速度会越来越快，终将呈指数式增长。因此，人类在450年以后的科技水平不知要比现在高多少倍，而三体舰队在离开文明母体之后，可利用的科技资源反而会因巨大的时空距离而受限。当三体舰队于450年后到达地球的外太空时，很可能会有被伏击甚至被歼灭的危险。因此，摆在三体人面前的紧要问题就是，如何阻挠人类的科技发展，特别是，如何锁死使科技爆炸得以可能的人类基础科学。

《三体》三部曲的第一部是最接近传统小说的，悬念环环相扣，场景营造丰富，人物刻画细腻。在第一部中，宇宙时空的大尺寸效应还未充分释放，刘慈欣科幻的硬核部分还未充分展现。但这部科幻小说的整体想象力已显露无遗。在《三体I》中，三体人通过智子去锁死人类基础科学的想法，特别大胆，需要不受拘束的想象力。智子是一个带有智能的质子，可以高维收缩，也可低维展开。三体人的科学执政官向它们的元首解释说："从一维视角看微观粒子，就是常人的感觉，一个点而已；从二维和三维的视角看，粒子开始呈现出内部结构；四维视角的基本粒子已经是一个宏大的世界了……七维视角的基本粒子，其复杂程度可能已经与三维空间中的三体星系相当；八维视角下，粒子是一个与银河系一样宏大浩渺的存在；当视角达到九维后，一个基本粒子内部结构的数量和复杂程度，已经相当于整个宇宙。"①

上述内容是站在比地球人的科技水平高很多的三体人的科学视野来理解的，地球上的读者如果理解起来有困难是正常

---

① 《三体》（"地球往事"三部曲之一），重庆出版社，2014年，第278页。

的。但《三体》的作者必须想办法穿越进三体人的世界，将他所看到的东西以地球读者能够懂得的方式传递出来。三体人以地球人难以理解的科技，将一个质子进行了二维展开，使其成为一面没有一点厚度的巨大镜面，将三体行星包裹在空中，就像一个巨大的透明气泡。三体人派出了上千艘飞船，对这个在空中进行二维展开的质子进行电路蚀刻，共消耗了一万五千个三体时才最后完成。这一切都遵循着不为地球人所知的科学原理。更神奇的是，获得了智能的质子可以按三体人的要求，不断向高维度收缩，数个质子可以列阵向最高的十一维度收缩。收缩成十一维度的带有智能的质子就是智子，三体人以光速将智子送往地球。因为三体人早已能够利用量子纠缠，向地球发射的智子可以与远在四光年外的三体人实现瞬时互动。这样，三体人只需操控智子，就可以锁死人类的基础科学。

因为智子的干扰，理论物理学家再也没有办法获得前后一致的实验数据，杨冬失去了对宇宙规律的信念，最终走向了自杀的不归路。也因为智子的干扰，汪淼拍摄的照片和自己的眼睛中出现了神奇的数字，他与天文学家沙瑞山都观察到了宇宙背景辐射剧烈改变的奇迹。这样看来，就算《三体》这样神奇的科幻作品，也要以假设因果规律或其他自然规律的存在为前提，而不能像魔幻小说那样可以置这些规律于不顾。《三体》第一部还有许多丰富的内容，包括老年叶文洁的令人唏嘘的身份、憎恶地球文明的"物种共产主义"领导者的命运、对号称"第二红岸基地"的远洋巨轮的摧毁、汪淼负责的纳米项目对地球人和三体人的意义、将三体文明作为宗教崇拜对象的地球三体组织的内部冲突与分裂、三体人与人类叛徒在智子帮助下的合谋……这些内容被刘慈欣精心编织进了他的想象力之网，使读者难以逃脱。《三体I》是"地球往事"三部曲的第一部，即使刘慈欣只写了这一部，也堪称一部杰出的科幻小说。何况，一切才刚刚开始，宇宙的黑暗秘密要到第二部才会被人类知晓。

五、逃亡主义者的信念（《三体II：黑暗森林》导读一）

《三体》第二部的副标题是"黑暗森林"，全书的正式名称是《三体II：黑暗森林》。仅从标题看，《三体》的第一部与后两部都不一样。第一部是没有副标题的，最初就叫《三体》，很可能是第二部和第三部出版之后，再版的《三体》才打上了"'地球往事'三部曲之一"的说明。站在作者的角度这完全可以理解，因为写完《三体》第一部后，是否还要写后两部以及如何撰写，都有很大的不确定性。无论怎样，《三体II：黑暗森林》的发表，是使刘慈欣的《三体》三部曲从杰出走向伟大的关键一步。从篇幅上看，《三体II：黑暗森林》比《三体I》增加了一半多的文字内容。从内容上看，《三体II：黑暗森林》的想象更加离奇深邃，这就免不了有一些晦涩的特征，对于只喜欢阅读轻松题材读物的读者，多少有一些挑战。但接受这种挑战是值得的，因为人性甚至宇宙的黑暗秘密，都将在刘慈欣的笔下以挑战的姿态呈现给读者。

《三体II：黑暗森林》的一个叙事背景是：人类的联合作战中心截获了三体人通过智子与人类叛徒的通信内容。"叛徒"在日常语言中是一个贬义词，但在《三体》三部曲的复杂语境中，却有"超越"之意。"地球三体组织"的成员大都是高级知识分子，他们对人性和人类文明都比常人有更深刻的思考。在《三体 I》中，我们看到理想主义者、青年科学家叶文洁怎样从关于人性的道德沉思中蜕变成了人类的第一个叛徒。从叶文洁身上，我们看到了真诚、理想、信念、坚韧、自我否定、批判精神、敢于超越等一系列品质或美德。这些美德的内涵在人类文明的单一背景下，具有跨文化的近似性。但在人类文明面临完全异质或高级得多的外星文明时，背叛自己星球的文明，就很可能是在宇宙的深度上拓展着这类美德的内涵。

《三体 II：黑暗森林》还有两个关键背景：人类的基础科学已经被智子锁死，并且，人类内部已经产生了严重的分化。大多数人不愿意地球被三体人占领，但有少数人却盼望三体人的到来。他们像企盼救世主那样对三体人和三体文明予以了神化，其中一些人希望三体文明来拯救人类文明，另一些人则希望这个更高级的外星物种来消灭人类，消灭地球上这个使大量物种灭亡的邪恶物种。我们在传统小说中看到过革命者对自己家庭、阶级和民族的背叛，但只有在科幻小说中，才可能看得到人对自己物种的背叛。传统小说中的背叛如果基于价值而不是利益，意味着背叛者在此之前就已将人类的更理想状态当作了追求目标。但这种目标仍然是以人为中心的，背叛者不会将视角转换为以人之外的事物或理想为中心。但地球三体组织成员的目标却是反人类中心的，他们以宇宙视野来否定地球视野，以超越人类的文明来取消人类文明，以非人的目标去代替人的目标。

《三体 II：黑暗森林》中的两个人类英雄都旨在捍卫人类的生存和文明，一个是逃亡主义者章北海，另一个是玩世不恭者罗辑。章北海的故事将人性表现得极为幽深，罗辑的故事则将宇宙表现得极为黑暗。在《三体II：黑暗森林》中，章北海是一个想要拯救人类文明的失败者，而罗辑则是将人类从三体人的威胁中解救出来的成功者。但到《三体III：死神永生》才看得出来，章北海的失败为宇宙成功地保留了人类文明的火种，而罗辑保卫地球的成功却间接地导致了地球的毁灭。纵观《三体》三部曲，情节的反转，以及反转之后的再反转，构成了这部伟大科幻作品的叙事经纬线。意料不到的各种反转固然增加了读者的阅读理解难度，也正因如此，《三体》三部曲才如此值得咀嚼，即使反复阅读也觉得津津有味。

人类最终确证了三体舰队的出发消息，知道人类的基础科学已经被智子锁死。此外，人类还知道智子可以监听一切人类活动并可瞬时传回三体世界，而且地球三体组织的秘密成员可能存在于任何机构中，他们在智子的协助下参与间谍活动或破坏活动。在这种情况下，相信人类将在450年后的终极大战中必败无疑才是理性的。但军队存在的意义就是要打胜仗，由失败论者组成的军队称不上军队。章北海加入的太空军无疑是抵御三体人入侵的最关键军事力量。毕竟还有450年，即使基础科学被智子锁死，人类仍然可以在应用技术领域取得飞速进展。《三体I》中汪淼负责的纳米技术项目，就在建造太空电梯方面发挥了关键作用。因此，无论从军队的属性，还是从技术进步的未来角度，相信人类可能战胜入侵太阳系的三体人，不仅是有道理的，而且是政治上正确的。

章北海是一个头脑十分清醒、意志特别坚强的人。在太空军的内部会议上，章北海眼看失败论的情绪蔓延，他以坚定的胜利论者的姿态，批判了各种各样的失败论。章北海必须以胜利论的立场和信念来伪装自己的失败论，才可能逃过地球三体组织成员和智子的监控。章北海的困难在于，他必须以胜利论的姿态才能赢得军队高层的信任，从而调动各种资源达到他的基于人类必败信念的逃亡目的。章北海想要实施的逃亡当然不是为了他自己，而是为了整个人类文明。章北海看重人类文明胜过人类个体，他的逃亡主义的隐含前提是，只可能有极少一部分人乘坐未来的宇宙飞船飞向其他行星。如果三体人为了它们的安全而决定将地球人赶尽杀绝，就像地球人为了自己的舒适而将屋里的蟑螂赶尽杀绝一样，人类就必须逃出三体人将要占领的本来属于人类的"屋"——太阳系。

《三体 II：黑暗森林》介绍说，章北海支持将未来飞船的速度提升到光速的百分之五的高技术方案。章北海的表面理由是战斗的需要，但他隐藏的目标却是逃亡。如果逃亡主义是可行的，就意味着在 450 年之后的末日战争到来之际，人类必须决定将那些特别幸运的后代送往逃亡的飞船。可是，在生存与死亡面前做出这种选择，会违背人类的普世价值。特别是在末日战争失败的可能性中，绝大多数人绝望地看着极少数幸运者逃离太阳系，必然会引起无法收拾的骚乱和自相残杀。因此，联合国将逃亡主义定义为非法，类似于反人类罪。章北海就是一个隐藏得极深的违法分子，为了延续人类文明，他甚至不惜亲自策划并实施了一场太空谋杀案。

在星球级别的危机面前，人类杰出代表的思维方式和行为模式都不同于常人。章北海必须考虑数百年以后的情况，以及每过一段时期的科技的累加变化。走错一步将步步皆输，而他非常清楚决策者因为各种利益纠葛而导致的短视。当说服决策者是不可能的时候，唯一能做的就是消灭决策者。在正常的人类环境中，这是赤裸裸的犯罪。但在人类及文明面临生死存亡的危急时刻，那些文绉绉的道德原则都必须被抛在脑后。最高的道德是在必败的末日战争中将人类文明的火种执着地保存在宇宙深空中，章北海这样的道德理想主义者既是相信人类必败的逃亡主义者，也是漠视人类个人生存权的反个人中心主义者。章北海这个角色如此令人震撼，就在于他所持有的超越个人权利的道德立场也否定了他自己的生存权。如果剥夺自己的生命可以保存人类文明的火种，章北海会毫不犹豫这样做。既然如此，为了这个目的而剥夺其他人的生命，就是同一个逻辑的不同表达，对于章北海这样理性得令人发指的人而言，没有任何心理障碍是他逾越不了的。

被章北海谋杀的人是主张运用可控核聚变技术对太空战舰进行工质推进的政策导向者，章北海则主张辐射推进方案。为了谋杀这三个重要人物，章北海用重金从收藏者那里买来若干小颗粒陨石，以替换子弹的金属弹头。航天系统的高层人士在空间站中举行完重要会议后，他们穿上太空服，在下级的簇拥下飘出空间站拍照纪念。在不远处借助太空垃圾藏身的章北海，安静地等待着猎物的出现。章北海漂浮在太空中，背对着强烈的阳光，面朝漆黑背景下的巨大空间站。章北海感觉此时的他"在感情上已经斩断了与下面那个蓝色世界的联系，感觉自己就是宇宙中的一个独立的存在，不依附于任何世界，脚下没有大地，四周只有空间，同地球、太阳和银河系一样悬浮于宇宙中，没有从哪里来，也不想到哪里去，只是存在着，他喜欢这种感觉"。①

包括那三个关键人物在内的五个人被章北海发射的"陨石雨"击中了。他们的头盔面罩突然布满了裂纹，面罩变得不再透明，血从躯体内部飞溅到面罩上面，又随着从弹孔中泄漏的气体喷到太空中，冷凝成了雪花状的红色冰晶。章北海有意多击中了两个人，使整个谋杀看起来更像是一场不期而至的陨石雨造成的悲剧。由于章北海是从超越地球的宇宙视野来审视人类文明的这场危机的，他对多杀死两个无辜的人没有一点道德负担。章北海甚至认为这是更高的道德要求自己做的事，他不过是理性地遵从了道德命令，他们则因为不为他们所知的更高目标而牺牲。在章北海看来，谋杀者与被谋杀者各得其所，都为人类文明的延续做出了贡献，没有比这更好的安排了。

失败论者和逃亡主义者章北海在成功地实施完这场太空谋杀之后，带着胜利主义者的坚定信念，向太空军总部提出了增援未来的请求。章北海在加入太空军前本来是海军舰队的政委，他特别清楚政治思想工作对于部队士气的重要性。章北海提出增援未来的请求时，是人类确证了三体人入侵消息的危机纪年第 12 年。章北海的上级一直很奇怪，不知道他如此坚定的胜利主义者的信念是建立在什么基础之上的。但胜利主义武装起来的军人才是真正的军人，章北海增援未来的计划最终被批准了。照理说，未来的科技水平要远高于现在，是不需要"古人"去增援的。章北海却向上级解释说，随着人类的科技水平越来越高，唯技术论和装备论的错误思想将会越来越严

---

① 《三体 II：黑暗森林》，刘慈欣著，重庆出版社，2014 年，第 228 页。

重。未来人很可能最缺的就是"古人"的战斗信念和难以摧毁的坚强意志，他们特别需要输入我军政治思想工作的优良传统。就这样，最彻底的失败论者和逃亡主义者章北海，骗过了自己的同事和上级，骗过了地球三体组织的成员，也骗过了智子无所不在的监控，微笑着进入了冬眠状态。两百年之后，章北海将再次醒来，与人类的子孙后代续写文明交响曲的后续乐章。

六、面壁计划与破壁计划（《三体 II：黑暗森林》导读二）

《三体 II：黑暗森林》的另一个重要角色是罗辑，他才是拯救地球的主角。与章北海不同，罗辑根本就不想拯救地球，他成为英雄是因为自己的家人被联合国下属的"行星防御理事会"（PDC）劫持了。罗辑本来学的是天文学，但后来转行到了社会学，因为他觉得社会学容易出成果，他根本就没有追求真理的理想主义情结。罗辑是杨冬的高中同学，在杨冬自杀后去看望叶文洁的时候，他从叶文洁那里第一次听到了"宇宙社会学"这个概念。那时的罗辑根本不可能意识到，他的命运会因为这个奇怪的学问而彻底改变。如果说章北海是一个目标清晰、意志坚定的英雄主义者，罗辑就是一个毫无追求的玩世不恭者。罗辑认识了很多女孩，但却没有办法建立起深厚的感情。在与某个女孩有了亲密关系后，罗辑很快就会厌倦，而对方也会因为罗辑的厌倦而厌倦。地球三体组织成员在针对罗辑的一次暗杀中，误杀了刚与罗辑分手的一个作家女友。罗辑被那个粗俗但却精明的警官史强派人保护了起来，稀里糊涂地坐专机飞过太平洋，被安全送达了联合国总部。

在联合国总部，行星防御理事会正在召开第十九次会议。这次会议的议题是启动"面壁计划"，并公布入选的面壁者名单。所谓"面壁者"，就是被行星防御理事会特殊授权的人，他们有权调动人类的几乎所有资源，以单独形成针对三体人入侵的防御计划。之所以要在人类的主流防御计划之外实施面壁计划，是为了防止一旦主流防御计划失败，人类还有其他的手段抵制三体人的入侵。为了使面壁计划具有真实的意义，面壁者有权对他人进行隐瞒和欺骗，他们只接受行星防御理事会的审查。这是因为，三体人的智子每时每刻都在监控着人类，并将这些信息与地球三体组织的成员分享。行星防御理事会的第十九次会议就是在智子的监控下召开的，因此三体人和它们的人类盟友，都知道什么是面壁计划，以及面壁者有怎样的特殊权力。

"面壁计划"与其说是行星防御理事会的阴谋诡计，不如说是《三体II：黑暗森林》的作者刘慈欣的天才构思。面壁计划的提出基于这样一个前提：三体人的思维是透明的，它们可以通过脑电波直接交流。三体人的科技水平虽然很高，但它们却不具备类似人类的谋略，不懂得如何利用信息的不完备和不对称搞阴谋诡计，不懂得什么是隐藏、欺诈和误导。这些情报，都是国际作战中心摧毁"第二红岸基地"后截获的[1]。所有人都明白，三体人在科技上有绝对的优势，地球人则在谋略上碾压三体人。但地球人也知道，在绝对优势面前，一切谋略都没有意义。何况，三体人有同样懂得谋略的人类叛徒相助，

---

[1]　参见《三体I》的第 32 章"古筝行动"。

而且智子随时将监控信息与人类叛徒交换，因此人类的谋略优势的意义也就变得非常微小。面壁计划就是在这种情况下不得已而为之的设计，这个计划要拯救的是人类，但首先要欺骗的也是人类，欺骗包括己方和敌方在内的所有人。

行星防御理事会第十九次会议准备公布四个面壁者的名单。因为这四个面壁者将拥有几乎无限的权力，唯一能够制约他们的就是信任，或者说，无限信任是使他们不需要被制约的大前提。第一位被公布的面壁者是美国刚卸任的国防部长泰勒，他为人果敢，富有远见，思维离奇。第二位被公布的面壁者是委内瑞拉总统雷迪亚兹，他信奉社会主义，刚毅顽强，善于把握事情的本质，曾击退了入侵的美军，用事实粉碎了科技决定论的失败主义论调。第三位被公布的面壁者是英国脑科学家希恩斯，与泰勒的冷漠和雷迪亚兹的倔强相比，他显得彬彬有礼，很有些东方人的内敛气质。希恩斯的妻子山彬惠子是日本人，也是一位脑科学家，因为在应用丈夫的脑科学研究理论上的杰出成就，获得了诺贝尔奖。希恩斯在被选为第三位面壁者之前，已经从科学家转型成了政治家，他当过一届欧盟主席。这三位面壁者都是人类的杰出代表，他们赫赫有名，众望所归。

当懵懵懂懂的罗辑被宣布为第四位面壁者时，他不知所措，与会代表也毫不知情。包括罗辑在内的四个面壁者都通过电视和网络被大众所知晓。大会结束后，从没想到要当英雄的罗辑立刻向联合国秘书长提出他拒绝当面壁者，而对方居然微笑着允许了他的要求。罗辑觉得自己自由了，在史强的陪同下走出了联合国大厦，但他立刻就遭到了地球三体组织成员的再一次暗杀，史强又救了他。罗辑觉得很不对劲，他要求面见杀手。罗辑告诉杀手，他已经拒绝担任面壁者，认为杀手在实施谋杀时并不知情。然而杀手只是微笑地看着罗辑，还称赞他真幽默。罗辑觉得杀手的微笑与联合国秘书长的微笑很相似，他感到背脊发凉。罗辑于是再一次见到了联合国秘书长萨伊，她也又一次在罗辑面前露出了招牌式的"对面壁者的笑"。罗辑恍然大悟，他一下子知道了自己的命运——"不管他如何挣扎，一切的一切都在对面壁者的微笑中被赋予了面壁计划的意义：我们怎么知道您是不是在工作？"①

《三体 II：黑暗森林》对面壁计划的构思堪称神来之笔，两个异质文明在黑暗宇宙中混合着科技与智力的角逐哪怕还隔着数光年的空间距离和四个半世纪的时间，也骤然升级到了新的高度。为了帮助三体人，地球三体组织的成员立刻筹划了"破壁计划"，分别针对泰勒、雷迪亚兹、希恩斯确立了对应的破壁人，想通过破壁人搞清楚面壁者的谋略。很有意思的是，地球三体组织的成员不断暗杀罗辑，却没有指定针对罗辑的破壁人。他们暗杀罗辑是因为他们知道三体人害怕罗辑，却不知道为什么拥有那样高科技的外星人要害怕一个地球上的无名小辈。他们知道罗辑并不知道三体人怕他，因此他们也知道罗辑并不知道原因。这是罗辑与其他几位面壁者的根本区别：他是面壁者，却不知道自己为何要成为面壁者。要承担一个面壁者的责任，就必须首先弄清这个问题的答案，而除了罗辑本人，其他人都不可能找到这个答案。因此，罗辑的破壁人只可

---

① 《三体 II：黑暗森林》，刘慈欣著，重庆出版社，2014 年，第 98 页。

能是他自己。

玩世不恭的罗辑明白自己身处逻辑怪圈后反而坦然了。他干脆利用可以任意调动人类资源的优势来实现自己的梦想。在此之前，他受那位喜欢写爱情小说的前女友的启发，开始尝试写作，只想为自己灰色的颓废生活增添一些色彩。罗辑通过写作幻想了一位完美的女性，他将自己亲历的、使他生活颓废的丑陋东西都屏蔽了，将现实和想象的所有美好都赋予了自己笔下的人物。结果他像古希腊神话里的雕塑家皮格马利翁那样，爱上了被自己创造出来的人物而不能自拔。当罗辑明白自己已经逃不掉成为面壁者的命运时，他要求行星防御理事会为自己安排一个风景奇佳的适合隐居的地方。他要求那里有湖泊、雪山、大森林，还要有外表古朴内部精致的豪宅，要求方圆若干里没有人烟，只有大自然的飞禽走兽，只看得见高山流水日月星辰。更过分的是，在远离尘世享受地球上最高安保级别的罗辑，居然要求行星防御委员会为他寻找一个姑娘，一个与他创作的人物最接近的姑娘来陪伴他。所有人都怀疑罗辑要求的正当性，只有粗俗的警官史强觉得罗辑是一个干大事的人。史强按照罗辑梦想的标准，从上亿人的大数据库中，经过层层挑选，最终为罗辑找到了他的梦中情人。当专机万里迢迢将罗辑的梦中情人运到他隐居的湖光山色中时，罗辑惊呆了。从此以后，颓废的逻辑死掉了，有爱心和责任心的罗辑诞生了。

当面壁者泰勒来到罗辑隐居的地方拜访他的时候，罗辑已经与那位姑娘结婚并生下了可爱的孩子。罗辑发现泰勒的神情不对，不知道在他履行面壁者责任的过程中遭受了怎样的煎熬。泰勒在正式成为面壁者之后，积极认真地投入了全新的工作。他知道，在三体人与地球人的科技水平相差极大的情况下，任何正面防御都是无用的。作为世界上最强大国家的前国防部长，他非常熟悉曾与美军交战的较弱的敌人是如何想办法出奇制胜的。为此，泰勒特意参观了二战时期日本空军的"神风敢死队"，读到了一位飞行员在执行自杀任务前写下的遗书："妈妈，我将变成一只萤火虫。"泰勒还专程到阿富汗的深山里拜访了恐怖主义头目。在行星级别的灾难面前，基地组织与美国已经和解了，他们的制胜法宝也不再有用。躺在床上奄奄一息的恐怖主义头子告诉泰勒，没有仇恨，就没有恐怖组织，基于仇恨的作战方式也就失去了意义。

泰勒是一位失败的面壁者，因为他的谋略最早被破壁人识破。泰勒考察的两个曾经的对手都曾以自杀作为进攻手段。进攻是最好的防御，泰勒的计划所依赖的技术方案很复杂，通俗地讲，泰勒想要主动消灭人类的太空军，让他们的量子幽灵去攻击三体舰队。泰勒的破壁人不仅揭穿了他的计谋，还挖苦他说，这样做就是抛弃了人类社会得以存在的道德基石，这简直就是赤裸裸的谋杀和犯罪。被破壁人识穿的泰勒精神恍惚，他主动在行星防御理事会上承认自己被破壁，讲出了他的自杀式谋略，但却没有人相信美国的前国防部长会如此荒唐地思考问题。理事会成员都认为，泰勒这么说只是为了麻痹正在监听的智子，所以谁也不把泰勒的话当真，谁也没有注意到他的糟糕的精神状态。泰勒来拜访罗辑是无奈之举，尽管他急于倾诉，可罗辑只是对他露出了"对面壁者的笑"，彼此的面壁者身份双重阻止着他们之间的交流。绝望的泰勒最后在罗辑居住的湖边自杀了，气得罗辑暗骂他愚蠢。因为罗辑知道，只要泰勒活着，即使他的面壁计划被识破了，也有办法将计就计进行伪装，他还可以继续行使面壁者的职责。

第二位面壁者雷迪亚兹的谋略比泰勒高级，但最终也被识破，他的命运甚至比泰勒还要惨。雷迪亚兹采取的是核威胁谋略，他谎称是要在水星上建立防御基地，调动了人类大量的资源。雷迪亚兹的真实意图是，想通过巨大的核弹引爆水星，然后引起连锁反应而摧毁太阳。雷迪亚兹并不想真正摧毁太阳，但却必须具备这种自杀式的摧毁能力以吓阻三体人进攻地球，他想用这种同归于尽的战术来使三体人取消攻击命令。然而雷迪亚兹的计谋也被破壁人看穿了，行星防御委员会采信雷迪亚兹的计划并对他进行了审判。雷迪亚兹谎称自己手上有核弹的触发装置，而顺利逃回到他深爱的祖国委内瑞拉。然而，雷迪亚兹一下飞机，他的人民就在集体的暴怒中用石头将他砸死了。

第三位面壁人希恩斯的计划比前两位面壁人的计划更间接，但也更根本。希恩斯想通过脑科学去研究思维的本质，从而通过提升未来人类的思维能力去获得科学技术的突破。但希恩斯发现人的自由思维是在量子层面进行的，智子锁死了人类的基础科学，量子理论停步不前。希恩斯只能退而求其次，研究人类信念的形成机制。在这个过程中，希恩斯发现了可以改变或固化人类信念的神经科学方法，这个方法被称为"思想钢印"。简要地讲，希恩斯可以对神经元的某一部分施加人工干预，可使大脑不经自由思想就做出由"思想钢印"固化的判断。希恩斯想要为人类打上的思想钢印是"人类必胜"。然而，控制人类的思想是反人道的，冲突于奠基人类文明的道德原则。在行星防御会议上，希恩斯陈述了一个折衷的办法，他提议将思想钢印作为一种公共设施向社会开放，需要"人类必胜"信念的人可以自由选择是否使用这个思想钢印。不少军人选择了打上这个思想钢印。三体人知道了希恩斯的谋略后，感到很放心，因为它们最不担心的就是人类的胜利主义者。

第四位面壁人是生活幸福的罗辑。可是，行星防御理事会再也无法忍受罗辑只知沉湎于温柔乡而不知服务于人类的消极作派。理事会决定"绑架"罗辑的妻子和孩子，通过冬眠技术将她们送到了未来。当罗辑在湖边豪宅中一觉醒来的时候，发现妻子孩子不见了，只看见一行娟秀的字："亲爱的，我们在末日等你。"罗辑发疯似的到处寻找，却看见了联合国秘书长萨伊。这位优雅的女士告诉罗辑，他的妻子孩子安然无恙，她们将在未来苏醒。如果罗辑能够尽到自己作为面壁人的责任，可以提前使她们苏醒。萨伊告诉罗辑，四个面壁人中，他是唯一令三体人感到害怕的。这究竟是什么原因，只有罗辑自己才有可能想得到，因此萨伊要求罗辑做自己的破壁人。显然，面壁有效加破壁成功，是罗辑在未来与家人重逢的前提。

就在妻子孩子消失后的那个冬天，罗辑正式进入了面壁人兼破壁人的工作状态。他冥思苦想曾经与叶文洁的对话，思考着对方提到的宇宙社会学的基本公理。罗辑在不知不觉中踏上了冰封的湖泊，他没有注意到自己脚下的冰面有裂缝，哗啦一声，他突然跌入了冰湖——"就在冰水淹没罗辑头部的一瞬间，他看到静止的星空破碎了，星海先是卷成旋涡，然后散化成一片动荡的银色乱波。刺骨的寒冷像晶莹的闪电，瞬间击穿了他意识中的迷雾，照亮了一切。他继续下沉，动荡的星空在他的头顶缩化为冰面破口那一团模糊的光晕，四周只有寒冷和墨水般的黑暗，罗辑感觉自己不是沉入冰水，而是跃入黑暗的太空。就在这死寂的冷黑之间，他看到了宇宙的真相。"[①] 当罗辑挣扎着从冰湖中爬到冰面上时，他的牙齿在寒风中咯咯作响，他看到了远处有寻找他的灯光和呼喊他的人声，但却没有回应。罗辑只是打着寒颤对自己说：面壁者罗辑，我是你的破壁人！

罗辑从他的世外桃源和温柔乡回到了繁忙的人间，他弄清楚了如何在浩瀚宇宙间定位一颗恒星。然后他选择了一颗离太阳五十光年编号为"187J3X1"的恒星，想要以实践证实他悟到的宇宙黑暗森林法则。在罗辑繁忙的工作过程中，他再一次遭到了地球三体组织成员的攻击，他看起来只是得了一场感冒，实际上是受到了"基因导弹"的定向袭击。罗辑在生命垂危之际被提前冬眠，因为拯救罗辑生命的技术要到未来才会出现。罗辑在失去意识的瞬间，他觉得与生活在未来的妻子孩子幸福地相聚在了一起。就在罗辑冬眠两天之后，"一束地球发出的强功率电波射向太阳，电波穿透了对流层，到达辐射层的能量镜面，在增益反射中被放大了几亿倍，携带着面壁者罗辑的咒语，以光速飞向宇宙"[②]。

七、末日战争（《三体II：黑暗森林》导读三）

从《三体II：黑暗森林》开始，冬眠技术对于整个故事的

---

① 《三体II：黑暗森林》，刘慈欣著，重庆出版社，2014年，第200页。
② 同上，第213页。

发展至关重要。冬眠技术可以使同一个人生活在不同的时代，刚醒来时，冬眠者的记忆与自我都保存完好。但冬眠者毕竟是带着过去时代的信息进入到未来的，冬眠者醒来后必须适应新的科技、文化和生活方式，这个过程，也是冬眠者的自我改造或重塑的过程。假设冬眠的时间是一个世纪，冬眠者醒来时必然带有一个世纪前的很多核心信念。可是未来时代的科技发展和社会文化是一个世纪前的人所完全难以预料的，冬眠者醒来之后，不得不经历一个痛苦的信念融合的过程。过去时代的很多核心信念，在未来时代会被证明是虚假的，冬眠者不可能像整理衣柜一样把旧衣服扔掉然后将新衣服陈列进来就事。核心信念的替换必然涉及人格的同一性问题。只要核心信念有相当大的改变，一个人就可能变成另一个人。温和一点的情况是，当事人自己也能察觉这种变化，他觉得自己变成了另一个人，如果积极的话，他会觉得自己获得了新生。更激进的情况是，当事人没有办法顺利整合新旧信念，他会在极强的自我分裂中变成一个完全不为自己所知的人。

两个世纪后，章北海醒来了。这两个世纪，人类的科学技术和社会文化都发生了质的变化。两个世纪前只可能出现在科幻小说中的场景，都变成了现实，而且还有很多以前的人们想象不到的可能性也变成了现实。人类的航天技术发展迅速，太空战舰的速度居然可达光速的百分之十五，比还在开往太阳系途中的三体人战舰还要快，这是两百年前章北海实施的那场谋杀的积极结果。太空超级望远镜借助星际尘埃的变化观察得知，三体人的战舰只有一千艘，而地球人的大型战舰已经有两千艘了。除了科技的发展，两个世纪的岁月，使人类的政治、社会和文化都发生了意料不到的变化。所有的传统大国都衰落了，三大太空舰队成了独立的政治和经济实体，亚洲舰队、欧洲舰队和北美舰队，分别都拥有过去时代超级大国的政治、经济和军事实力。原来的行星防御理事会演变成了太阳系舰队联席会议，只是名义上的最高指挥机构，就像过去的联合国一样，负责对地球人类和各大舰队的行动予以协调。但有一点是肯定的，那就是无论在地球上还是在太空中，都显现出文明进步的从容样态，到处是飘浮的信息窗口，设备上、墙上、交通工具上，甚至每个人的衣服都可以根据当事人的情绪和所思所想显示合适的信息。人们之间的信任度明显增强了，过去时代人与人之间的明争暗斗，都在三体人的威胁下和科技发展的繁荣中减弱了。

在这两个世纪中，由人类叛徒构成的地球三体组织已经被剿灭了。尽管三体人仍然通过智子全方位监督着地球人，但失去了"人奸"的帮助，三体人获得的信息对它们意义不大。虽然基础科学研究仍然被智子锁死，但应用科技的发展是惊人的，毕竟打仗是依靠最新应用技术研发的武器，而不能把基础科学作为武器。在这种大环境下，人们终于认识到，两个世纪前的面壁计划是一个失败的尝试。太阳系舰队联席会议认为，面壁计划赋予面壁者不受法律监督的无限权力和欺骗国际社会的自由，都严重违背了人类的基本道德和法律准则。泰勒和雷迪亚兹这两个面壁者虽然已于两个世纪前死去，但他们的计划都无异于赤裸裸的犯罪。希恩斯的思想钢印在太空军中的大量使用也类似于犯罪，因为它严重侵犯了人类的思想自由，虽然那些太空军军人使用思想钢印是他们自由选择的结果。

冬眠的罗辑已经被唤醒，他的绝症也被新医疗技术治好了。希恩斯与他的妻子山彬惠子也出现在太阳系舰队联席会议中，他们也是经过冬眠刚被唤醒的。本来，太阳系舰队联席会议在做出关于面壁计划的决议时，只是走走法律形式。毕竟，在人类的进步和繁荣面前，大多数人都不知道面壁计划。仅仅为了维护法律的尊严，罗辑和希恩斯才被要求出席会议，就像两个不再被需要的玩偶，等待着可有可无的宣判。一切都那么平常，会议现场的人和远程参会者都没有兴趣听最后两位面壁人有什么想说的。特别是罗辑在两个世纪前诅咒一颗恒星的行为，被讥笑为神秘主义与哗众取宠的大杂烩。可是，希恩斯温柔贤惠的妻子山彬惠子居然当着众人的面站了起来，她转过身盯着希恩斯说："面壁者希恩斯，我是你的破壁人！"

原来，与希恩斯一同冬眠的山彬惠子，在失去意识之前的一刹那，突然明白了自己丈夫欺骗三体人的阴谋诡计。虽然地球三体组织已经被消灭，但大家亲眼看到一个如此优雅且有杰出贡献的女科学家居然是人类的叛徒，一下子兴奋了起来。原来，思想钢印技术只由希恩斯一个人掌握，他对外声称的"人类必胜"的思想钢印刻上去的实际上是"人类必败"的信念内容。在面壁计划被宣布为非法之前，在过去两个世纪，已经有无数太空军军人为了人类胜利的目的而为自己刻上了人类必败的信念。保守估计，目前太空军中至少还有数万人刻上了人类必败的信念内容。这就意味着，那些曾经信心不足但却渴望胜利的军人们，因为思想钢印的作用，都由不坚定的胜利主义者变成了坚定的失败主义者。一个核心信念的改变，使他们统统变成了另外的人，变成了令曾经的自己憎恨的另一个自己。

　　打上了"人类必败"思想钢印的军人，他们的行为会发生巨大的变化。他们中有相当比例的人肯定已经变成了逃亡主义者，他们坚信，即使人类科技突飞猛进，仍然没有办法抗衡三体人的入侵。唯一的办法是让人类文明逃离太阳系，向着宇宙的深海寻找新的家园。然而逃亡主义是被法律严禁的，太空军中的那些逃亡主义者一定会隐藏自己的身份，他们会伺机而动，说不定会给人类的行星防御事业构成比人类叛徒还要大的威胁。面对妻子的破壁宣言，希恩斯毫无招架之力，坦白了自己的所作所为。太阳系舰队联席会议的代表们愤怒了，他们纷纷要求希恩斯忏悔。可是希恩斯却说，他偷偷为自己刻上了这样一个思想钢印：我希恩斯在面壁计划中所做的一切事情都是正确的。在妻子面前特别温顺的希恩斯，当着全体代表的面冷静地说："我用思想钢印把自己改造成了自己的上帝，然而上帝不可能忏悔！"从此以后，面壁计划被宣布为非法。由于希恩斯与罗辑的行为遵循人类过去的法律，所以没有被判处有罪。人们继续陶醉于地球太空舰队的强大，很快就将这两个面壁者彻底遗忘了。

　　冬眠两百年醒来的章北海没有受到思想钢印事件的牵连，因为他冬眠的时候这项技术还没有被使用。所以醒过来的章北海表面上仍然是坚定的胜利主义者，但骨子里却是坚定的逃亡主义者。照理说，人类二百年的科技发展是极为惊人的，身处其中的人类很容易自我陶醉。人类的三大太空舰队这时以木星作为主要基地，因为木星的氢氦海洋中有取之不尽的核聚变材料。太空战舰上设备的先进性也远超二百年前的"古人"的想象，复杂的设备都隐藏了起来。级别不同的太空军人可根据自己的权限，在战舰的几乎任何地方都可以调用全息显示的指挥屏，以行使自己的职权。尽管章北海为二百年间的科技进步感到欣慰，但他是一个特别理性的人，相信从宇宙时空尺度上看，这两百年几乎可以忽略不计。何况三体人的科技也在加速发展，必然在基础科学不断取得突破的大前提下有更大的加速度。事实上，如果不借助思想钢印，要继续在这个时代成为坚定的逃亡主义者是不容易的。因此章北海向亚洲舰队的司令官提出了警告：那些被刻上了"人类必败"思想钢印的人，很可能有担当舰长重任的，必须想办法在末日战争到来之前防患于未然。司令官采纳了章北海的建议，决定将执行舰长的权力赋予思想钢印产生前的那代冬眠人，原舰长的命令要通过执行舰长才能得到执行。

正当章北海熟悉新时代的科技进步和太空战舰的操作方式时，太空军发现，三体人的探测器已经早于三体舰队进入了太阳系。这个探测器长数米，外形就像一滴水银，表面光滑，将射到它身上的星光忠实地反射了出来，有一种极致的美感。太空舰队的决策者普遍相信，三体人通过智子知道了人类战舰的强大后，想通过这个探测器达到试探和谈判的目的。人类将首次与外星文明的信物相遇，那绝对是历史性的重大时刻。三大舰队都不想与这重大历史时刻失之交臂，于是采取了名为政治公平实为利益均沾的原则。三大舰队决定同时从木星基地起航，两千艘战舰搭载着人类太空军的一百二十万官兵，迎向了三体人的探测器。两千艘太空战舰的核聚变发动机同时点亮，漆黑的太空中，突然出现了两千个太阳——"它们排成一个长

108

方形的严整阵列，赫然出现在永恒的宇宙之夜中，让人们不约而同地想起了一句话：上帝说要有光，于是有了光。在两千个太阳的照耀下，木星和它的卫星都像在燃烧，木星大气层被辐射电离，引发的闪电布满了行星面向舰队的半个表面，构成了一张电光闪烁的巨毯。舰队开始加速，但阵列丝毫不乱，这堵太阳的巨墙以雷霆万钧的气势向太空庄严推进，向整个宇宙昭示着人类的尊严和不可战胜的力量。两个世纪前被三体舰队发出的影像所压抑的人类精神，终于得到了彻底的解放。这时候，银河系的星海默默地收敛了自己的光芒，大写的'人'与上帝合为一体，傲然独步于宇宙间"。①

就在人类的尊严和荣耀已通过两千个人造太阳在宇宙间成为铁证的时候，章北海突然以执行舰长身份，命令"自然选择"号向太阳系的另一个方向逃亡了。在实施逃亡之前，章北海利用了美丽的女舰长东方延绪对他的信任，欺骗了全舰官兵。对于章北海而言，谋杀都可以那样问心无愧，欺骗又算得了什么呢。东方延绪对来自公元世纪的这个坚毅男人，有一种父亲般的依恋。她知道执行舰长的任务是防止被称作"钢印族"的逃亡主义者得到指挥权，虽然她是坚定的胜利主义者，但舰队司令的命令必须服从。东方延绪知道章北海会假设她是一个隐藏的逃亡主义者，而且章北海的很多言行证实了他对"钢印族"的任何蛛丝马迹都不放过。正因为这样，东方延绪才对章北海既信任又钦佩。她发现他太刻苦了，而且学习两个世纪后的新技术居然那样迅速。在毫无征兆的情况下，章北海

---

① 《三体Ⅱ：黑暗森林》，刘慈欣著，重庆出版社，2014年，第359—360页。

巧妙地夺取了战舰的独立指挥权，并将自己封闭在了舰长室。

当东方延绪明白章北海的用意后，她觉得简直不可思议，但她知道这个坚毅的公元人蓄谋已久的决定不可逆转。章北海命令舰上所有官兵进入特殊液体保护下的、类似于冬眠的"深海状态"，否则战舰将以120G的加速度瞬间将两千多官兵压得粉身碎骨。东方延绪的其他副官不愿意执行，但章北海剑一样的目光射在东方延绪的脸上，她知道这个可怕的公元世纪的男人为达目的什么都干得出来。东方延绪决定服从，于是，木星基地的一颗小太阳向着人类舰队的反方向逃逸了。木星基地有很多办法摧毁"自然选择"号，但考虑到章北海绑架了两千多人质，只好派出"蓝色空间"号、"企业"号、"深空"号、"终极规律"号四艘战舰去追击。当"自然选择"号的官兵经过最初的加速度从"深海状态"醒过来之后，东方延绪第一时间追问章北海为什么要这样做。章北海的回答是，他必须做一个尽职的军人，为了人类文明的延续而战，为达此目的，他没有永恒的敌人，也没有永恒的朋友，只有永恒的责任。

在太阳系的另一端，三大舰队已经与三体人的探测器相遇了。人们将那个探测器命名为"水滴"。为防不测，三大舰队刻意与水滴保持了足够的距离，然后派出了一艘名叫"量子"号的太空船去研究这个固态的水滴。在"量子"号上负责此次研究任务的是公元世纪的老科学家是丁仪，他经过间断的冬眠后到此时也已经八十三岁了。两个世纪前恋人杨冬的自杀，差点使他失去了生活的勇气。当后来知道这一切都是因为三体人，丁仪决定用自己一生的拼搏去捍卫人类的生存和尊严。因为丁仪在核聚变发动机上做出了举世瞩目的贡献，再加上他是一个公元人，三大舰队一致同意由他代表人类实现这历史性的首次接触。从"量子"号发回的影像来看，水滴简洁得令人不可思议，外星文明的这个高智慧杰作看起来真是太完美了——"即使柏拉图的理想国中也没有这样完美的形状，它是比直线更直的线，是比正圆更圆的圆，是梦之海中跃出的一只镜面海豚，是宇宙间所有爱的结晶……美总是和善连在一起的，所以，如果宇宙中真有一条善恶分界线的话，它一定在善这一面"。①

但丁仪等人很快发现，水滴根本就不可能是一个探测器。水滴对于高频电磁波，几乎能够百分之百的反射，没有任何吸收。这就意味着，水滴是一个"瞎子"，无法承担任何探测任务。经过舰队批准之后，"量子"号放出了一个小型的自动驾驶飞船"螳螂"号，用于捕捉水滴。丁仪等四人坐在"螳螂"号中，渐渐远离了"量子"号，此时联合舰队大概处于距水滴一千公里的距离并向而行，看起来好像是两千颗闪耀得不自然的星星。"螳螂"号最终停在了距水滴五十米远的地方并与之保持相对静止。让丁仪等人感到十分震惊的是，水滴的表面温度甚至比周围太空的温度还要低，居然接近绝对零度。"螳螂"号进一步靠近水滴，伸出机械臂捕捉住了水滴，将它拉回了主舱。联合舰队和地球上的数十亿人都在注视着这紧张的一刻，地球距离水滴有三十个天文单位，影像传回地球需要两个小时的时间。几个小时过去了，人们最担心的水滴自毁并没有发生。"螳螂"号主舱里的水滴安静地躺着，因为环境光线和

---

① 《三体 II：黑暗森林》，刘慈欣著，重庆出版社，2014 年，第 367 页。

色彩的变化，水滴也跟着变化。与丁仪同行的一个年轻女孩说，水滴看起来很纯洁，就像一滴圣母的眼泪。然而这圣母的眼泪有点诡异，因为丁仪戴着手套触摸水滴时，居然感觉不到一点摩擦力。为了了解水滴的物理属性，他们先后用光学放大镜和电子放大镜对它进行观察，一百倍，一千倍，一万倍，十万倍，一百万倍，一千万倍！即使放大到一千万倍，水滴表面仍然保持着绝对的光滑，就像一张弯曲的镜面。丁仪有一种不祥的感觉，他觉得水滴以近乎神圣的方式狂妄地显示着自己的力量。

丁仪在失重状态下飘到"螳螂"号主舱的另一端，找到了一把不知是谁遗留的地质锤，他似乎想也不想就砸向了镜面。然而镜面上什么痕迹也没有，放大一千万倍后，仍然是绝对的光滑。丁仪对同行的科学家说，这东西的分子像被钉子钉死一般，自身振动都消失了，这很可能就是它处于绝对零度的原因。丁仪的额头冒出了冷汗，他想到了只存在于原子核内部的强互作用力，难道是三体人使用这种力制造了长达数米的水滴？想到这里，一阵从未有过的恐惧从丁仪心中升起，他知道以这种方式构成的水滴，它的密度比太阳系密度最高的物质还要高百倍以上。一旦水滴运动起来，所有的自然物和人造物，在它面前都像薄纸一样脆弱。丁仪将眼光从水滴表面移开了，他喃喃自语，仿佛是三体人借助他的嘴和发声器官说出了下面这句话：毁灭你，与你何干？"螳螂"号主舱内一片沉寂，一千公里外联合舰队两千艘战舰上的一百多万太空军官兵几乎同时听到了丁仪的话，大家都鸦雀无声。

水滴的尾部突然出现了一圈光环，丁仪只喊出"快跑"

两个字，就与其他三人瞬间气化了。"螳螂"号也同时爆炸，一千公里外的联合舰队，以及三十个天文单位外的地球，都没有为即将发生的事做好最起码的思想准备。联合舰队太空监测系统的超级计算机在处理"螳螂"号爆炸的图像时，发现了异常。有一块碎片在无数的碎片中脱颖而出不断加速，但计算机却未能做出正确的解释，只向联合舰队发出了一个普通的攻击警报。水滴向人类太空舰队进攻的办法极为简单，它采取了高速撞击的方式。一千公里外密集编队的联合舰队使水滴的攻击极其有效，水滴沿着舰队矩阵的长边飞行，以很快的速度穿透了一艘又一艘战舰。水滴只用了一分十八秒就飞完了两千公里的路程，贯穿了联合舰队第一列的一百艘战舰。弥漫太空的连串大爆炸隐藏了水滴的行踪，而且水滴可以做出人类的宇航动力学无法解释的锐角转向。因此，无论是舰队指挥官还是计算机，都搞不清楚这一连串大爆炸是什么原因。活着的指挥官们都意识到是遭到了敌人的进攻，但他们都以为敌人隐藏在太空的深处，从而把战场监测力量投向了更远的太空。水滴就这样以它的雷达隐身能力、高速机动能力以及最关键的超大密度，以一百艘人类战舰为单位，通过快速撞击予以集体毁灭。联合战舰最高指挥部甚至还没有来得及发出解散密集编队的命令，一大半战舰就被摧毁了。

只有数万人活了下来，他们是机智地抛弃战舰乘坐逃生飞艇的幸运儿。有一些战舰指挥员在惊慌失措中命令战舰以最快速度逃离战场，结果120G的加速度将战舰上的官兵压成了一堆堆骨血。少数战舰终于发现了水滴并将其锁定，但无论是高能激光还是电磁动能武器，对水滴都不起丝毫作用。太空中处处都有战舰发动机核聚变引起的爆炸，"形成了一团直径达十万公里、仍在迅速膨胀的金属云，云中战舰爆炸的核火球把云团苍白的轮廓一次次显现出来，像宇宙暗夜中时隐时现的一张阴沉的巨脸"。[①] 整个联合舰队逃脱水滴攻击的，只有"量子"号与"青铜时代"号两艘战舰，因为这两艘战舰处于相对有利的位置，而且提前做好了"深海状态"的加速准备。上百万人类的精英在茫茫宇宙中变为灰烬，他们的耳旁似乎还回响着那句冷酷的话——毁灭你，与你何干？

八、生存或毁灭（《三体 II：黑暗森林》导读四）

看完《三体 II：黑暗森林》水滴摧毁人类联合舰队的故事后，读者必定极为震撼。那种大规模的太空战争以及水滴对人类的一边倒的屠杀，将这部科幻小说的灰暗基调烘托得淋漓尽致。但血腥战争仅仅是一个序曲，这部小说的黑暗内容要随着章北海命运的确定，才被更深地揭示了出来。"自然选择"号全舰官兵从"深海状态"中苏醒过来后，章北海恢复了与联合舰队司令部的通信。章北海告诉舰队司令，他父亲组织的"未来史学派"预言了两百年来人类的各大事件。章北海说，基础理论决定一切，未来史学派清楚地看到了这一点，而新人类却被回光返照的低级技术的发展蒙住了眼睛。章北海是在"自然选择"号燃料不够的情况下强行逃逸的，但机不可失，他没有别的选择。追击"自然选择"号的其他四艘战舰"蓝色空间"号、"企业"号、"深空"号、"终极规律"号

---

① 《三体 II：黑暗森林》，刘慈欣著，重庆出版社，2014 年，第 395 页。

上的官兵，都听见了章北海有意公开的与舰队司令的对话。之后不久，所有官兵都通过传回来的影像，目睹了联合舰队在水滴打击下的毁灭。五艘战舰上包括东方延绪在内的五千多名官兵，终于知道章北海是对的，他们在极大的悲痛中，通过军礼向章北海表达了最崇高的敬意。五艘战舰的官兵都表示，要接受章北海的统一指挥。

两千艘人类太空战舰只存活下来七艘，它们分成两组沿着相反的方向逃离太阳系。章北海领导的五艘战舰显得声势更大一些，但在茫茫宇宙中却显得微不足道。每个人都清楚，再也不可能回到木星基地了，更不可能回到地球了。他们将在深不见底的宇宙深空中流浪，担负着延续人类文明的责任。最开始，神圣的责任感代替了悲观和绝望的情绪，官兵们将五艘战舰看作一个整体，并将其命名为"星舰地球"。他们中相当多人甚至还有一种莫名其妙的激动，觉得自己成了文明的拯救者，有一种特有的崇高感。他们甚至想要在星舰地球上弘扬人类文明的伟大成果，像17世纪抵达新大陆的"五月花"号帆船上的清教徒那样，订立彼此认同的契约，组成星舰地球的公民社会。他们就像是伊甸园的创造者，对星舰地球寄予了厚望，觉得更优秀的文明将从此诞生。可当章北海确定了舰队的航行方向，距离太阳系十八光年的编号为"NH558J2"的恒星时，星舰地球的公民们都沉默了。章北海操控"自然选择"号的逃离目标就是这颗恒星，因为这颗恒星有两颗类似于木星的行星，可以为战舰补充核聚变燃料。然而以星舰地球现在的速度，到达这颗恒星需要两千年的时间。

一切问题都源于时间。当星舰地球的官兵开始意识到两千年意味着什么的时候，他们参加公民大会并讨论新世界社会结构的热情就逐渐消退了。章北海不愿意为星舰地球负总责，这让东方延绪感觉很奇怪。"自然选择"号与追击它的四艘战舰相距二十万公里，章北海拒绝了东方延绪让四艘战舰靠拢的请求，理由是节约燃料。二十万公里相比星舰地球与"NH558J2"号恒星的十八光年距离，就像一眨眼的时间与十八个地球年的关系，是完全可以忽略不计的。可章北海居然对这个微不足道的距离将要消耗的燃料如此在乎，可见他在乎的不是这个距离而是燃料本身。五艘战舰前后相随飞行在寂静的深空，最初的热情在宇宙严寒的包围中逐渐熄灭了。随着时间的推移，星舰地球上的一个共识悄然传播开来：无论怎样节约燃料，按每艘战舰的能量储备，都不可能抵达目标恒星。星舰地球本来要承担人类文明在宇宙深空中的复兴责任，可摆着眼前的残酷事实却是，星舰地球的持续生存都是一个难以企及的目标。

聪颖的东方延绪在与一位暗恋她的军官的谈话中，首次意识到了星舰地球的可怕处境：这是一个失去根基的世界，生活于其中的人将在宇宙时空的框架里变成自己都辨别不出来的非人。没过多久，星舰地球上的官兵开始陆续出现了心理问题。他们感觉幻想中的伊甸园正在被黑暗吞噬，毒蛇爬上了人们的内心。官兵们心照不宣，但谁都不愿意去正视这样的问题：被逐出伊甸园的将是谁？官兵们的心理问题越来越严重，想象中的伊甸园正在迅速暗下去，即将到来的黑暗将吞噬一切。如何理解即将到来的黑暗，取决于官兵们的悟性。"终极规律"号的舰长第一个猜到了即将到来的黑暗意味着什么，对人性的坚守使他毅然开枪自杀了。舰长的自杀使黑暗迅速裹挟了每个人的内心，东方延绪知道再也不能迟疑了。

《三体II：黑暗森林》有好几页文字，记录了东方延绪与她的两位副舰长的交流过程，这个记录极为精彩。东方延绪与两位副舰长都不敢讲出心中的想法，于是他们围在一起用眼神进行了无言但彻底的交流。时间是问题的起因，燃料是问题的关键。驶向"NH558J2"号恒星的航线还不完全明了，但已经探明的情况是，星舰地球将要穿越两片星际尘埃。穿越之后，飞船的速度将急剧下降，到达目标恒星的时间将延长到六万年。飞船上的生命支撑系统和冬眠系统都支撑不了那么长的时间。飞船当然还可以加速，可加速对燃料的消耗最大，何况可能的航向修正、飞船维修、生态循环系统的保持都得使用能量。眼神交流的结论是，星舰地球作为一个整体不可能到达目标恒星，这个世界的分裂不可避免。三双惶恐的眼睛注视着彼此，他们知道，所谓的"分裂"意味着，要么一部分人去死，要么所有人去死，新人类的伊甸园容不下所有人。他们的眼神再次交流了各自的计算结果，星舰地球所有的燃料只够将五分之一的人送往新世界，五分之四的人必须被逐出伊甸园。三双恐惧的眼神聚拢在了一起，他们不想被逐出伊甸园。当他们都想成为那幸运的五分之一时，他们分别从对方的眼神中看到了自己心虚而恐怖的眼神。这眼神仿佛在向整个宇宙控诉：太邪恶了，太邪恶了！我们变成魔鬼了！我们变成魔鬼了！

东方延绪知道，他们这样想，沉默中的其他四艘战舰的官兵也会这样想。"终极规律"号舰长的自杀就是一个信号，自杀者说不定也与他人有过类似的交流。东方延绪一度想到牺牲自己，但她却没有权利为"自然选择"号上的两千多官兵做同样的选择。东方延绪一咬牙，同意调出武器系统的控制界面，准备将次声波氢弹瞄准二十万公里外的四艘战舰。东方延绪等人只是在做最后的准备工作，他们还没有胆量下最后的决心。但"自然选择"号上的武器系统突然锁定了远方的四艘战舰，东方延绪等人看到有四个红色光圈套住了远方的四个光点，就像四个死亡绞索已经拉紧。东方延绪一下子明白了，她以最快的速度飘向章北海的舱室门前，她看到里面浮起了同样的武器操作界面。透明的舱壁将他们隔离开来，东方延绪大声问："章北海，你不下地狱谁下地狱，是吗？"热泪从东方延绪的眼中涌出，她哭喊着对章北海说："让我们一起下地狱！"

舱室里面的章北海冷静地对着外面的人说："太空使我们变成了新人类，新的文明在诞生，新的道德也在形成。"当章北海说这番话的时候，他深邃的双眼紧紧盯着外面比他小两百多岁的人。东方延绪泪水涟涟的双眼打动了章北海铁石心肠中隐藏得最深的柔软，他仅仅犹豫了几秒钟，命运就彻底逆转了。他们乘坐的"自然选择"号的警报声突然凄厉地响了起来，根本来不及防御，就遭到了来自"终极规律"号的次声波氢弹的攻击。"终极规律"号接替自杀舰长的是一位副舰长，很可能他像东方延绪一样悟透了人类的新文明和新道德的本质，他毅然下达了攻击命令。章北海心中最后的柔软杀死了他，杀死了他想要保护的东方延绪，以及"自然选择"号上的两千多官兵。但从传回地球的影像看，在无法挽回的最后三秒钟里，他明白了过来，居然对着东方延绪笑了一下，没有任何逻辑漏洞地说："没有关系，反正结果都一样。"

"终极规律"号上发射的次声波氢弹杀死了"自然选择"号、"企业"号、"深空"号三艘战舰上的全体官兵，他们的血肉弥漫在飞船的空间中，却对飞船的结构和设施没有任何损害。然而当次声波氢弹对准"蓝色空间"号爆炸后，被摧毁的居然是发起攻击的"终极规律"号。原来，"蓝色空间"号的舰长棋高一着，他早已命令战舰上的官兵穿上了宇航服，因为真空的保护，所有人都躲过了这一劫。"蓝色空间"号立刻用激光武器、核导弹和电磁动能弹予以了致命的还击，不给对方任何喘息的机会，"终极规律"号因此发生了剧烈爆炸，在太空中解体，无一人生还。几乎在同一个时间段，太阳系另一侧也发生了同样的惨剧。"青铜时代"号用次声波氢弹对"量子"号发起了攻击，消灭了随时可能到来的威胁，然后获取了对方的燃料和有利于太空生存的所有有用物资，包括被杀死的人类同伴的可以循环使用的有机体。地球人类对新人类的诅咒排山倒海地涌向了外太空，但两艘飞船都没有任何回应，它们切断了与太阳系的一切联系。对于新人类而言，过去已经死亡，地球人类已经死亡——"两艘黑暗之船与黑暗的太空融为一体，隔着太阳系渐行渐远。它们承载着人类的全部思想和记忆，怀抱着地球所有的光荣与梦想，默默地消失在永恒的夜色中"。①新人类在无边无际的黑暗中悟到了一个发光的真理：黑暗是生命和文明之母。

地球上的人类早已集体崩溃。水滴对联合舰队的屠杀，人类在太空的自相残杀，没有比这更悲惨和黑暗的事了。但地球

---

① 《三体Ⅱ：黑暗森林》，刘慈欣著，重庆出版社，2014年，第423页。

上只有一个人知道，宇宙的真相其实更加黑暗，这个人就是罗辑。地球人早已遗忘了曾经的面壁者，罗辑在新时代先进的地下城里卑微地活着。陪同罗辑一起冬眠到新时代的警官史强，随着面壁计划被废除，也失去了原来的特殊地位。这两个公元人作为"时代老乡"相互作伴，在一定程度上减少了彼此的孤单。罗辑又数次遭到谋杀，都是形影不离的史强救了他的命。平淡的日子一天天过去，直到末日之战人类的惨败，罗辑才再次相信自己是对的。

　　罗辑告诉史强，他手中握有拯救地球的钥匙，后者只好对他抱以"呵呵"的嘲笑。史强虽然不像新时代的人那样崩溃，但也知道人类完了，面对如此残酷的现状，根本没有理由相信罗辑有办法拯救地球。罗辑却坚信，水滴在摧毁联合舰队后，将飞到地球来把他杀掉。为了避免其他人受他牵连，罗辑悲壮地离开地下城市，来到地面上的一块沙漠等待最后的时刻。可事实证明，水滴只是掠过了地球，然后飞到了太阳附近，向着太阳发出了强烈的电磁波，频率覆盖了能够被太阳放大的所有波段。水滴封死了太阳，人类再也不可能通过太阳这个超级天线向宇宙发送任何信息了。史强在沙漠中找到了罗辑，他嘲笑了后者的自作多情。当罗辑明白水滴将太阳封锁了之后，他对人类的未来更加悲观。

　　罗辑与史强相互搀扶着往沙漠外走去，他们碰到了密密麻麻的人群。这些人的信息服装上都闪现着罗辑的影像或照片，他们纷纷向罗辑跪下。人群吵吵嚷嚷，纷纷喊道："主啊救救我们吧，神啊救救我们吧，宇宙的正义天使救救我们吧！"所有的目光都聚焦在罗辑的身上，他想了半天只想到一个可能性。原来，罗辑在近两个世纪前发出的对于"187J3X1"号恒星的"诅咒"生效了——那颗恒星被摧毁了。实际上那颗恒星51年前就被摧毁了，一年前就被观测到了，但直到最近才引起绝望中的人们的重视。有人查询星空观测资料，意识到面壁者罗辑的"诅咒"居然生效了。51年前，一个接近光速的物体击中了"187J3X1"号恒星，观察者称之为"光粒"。恒星被光粒击中后发生了爆炸，它的四颗行星也随之在高热中汽化。因为罗辑近两个世纪前的行动的成功，他被恢复了面壁者身份，为了拯救人类，可以调用地球上的任何资源。

当罗辑单独面对史强时，他说出了自己在叶文洁的启发下猜到的宇宙的秘密。罗辑说，宇宙社会学只有两条公理：第一，生存是文明的第一需要；第二，宇宙中的物质总量保持不变。罗辑接着说，宇宙很大，但生命更大，生命可以指数形式增长，宇宙很可能已经被各种生命形式和文明挤满了。在宇宙社会学的两条公理基础之上，罗辑又引入了"猜疑链"和"技术爆炸"两个概念。简要地讲，无论一种文明对另一种文明是否抱有恶意，文明之间的生物学基础差异极大，会达到门甚至界一级，文化上的差异性更是大得不可想象。一种文明只要猜疑另一种文明可能有威胁，这种猜疑就是可以传递的。

不管一种文明的内部结构是建立在善的原则上还是恶的原则上，只要被其他的文明猜疑具有威胁，按照宇宙社会学的第一条公理，消灭这种文明就是最佳选择。即使这种猜疑针对的只是低级文明，可技术爆炸意味着，一旦这种文明掌握了高科技，就可能在很短的时间里形成抗衡甚至毁灭其他文明的能力。因此，对于宇宙中的任何文明，在面对其他可能有威胁的文明时，将其消灭在萌芽状态，就是生存逻辑的必然要求。

因为猜疑链的存在，任何文明都可能是有威胁的，而且任何高级文明都明白这个道理。于是，为了自身文明的持续存在，任何一个高级文明都会选择去毁灭演进中的其他文明。在黑暗的宇宙中，文明的被发现就意味着被毁灭。这就是宇宙的黑暗森林法则，这就是为什么，当近两个世纪前罗辑将"187J3X1"号恒星的坐标发向宇宙之后，有高级文明在接收到这个智能信息后，要对这颗可疑的恒星予以打击。宁愿错杀，不愿错过，这就是宇宙的黑暗森林法则之所以黑暗的关键。罗辑解释道，星舰地球上发生的自相残杀事件，无非是猜疑链发生作用的一个特例。

因为罗辑悟到了宇宙的黑暗森林法则，三体人才想通过"人奸"一次次暗杀罗辑。罗辑知道，三体人真正害怕的是，地球人以同时暴露三体恒星和太阳的位置相威胁，这种同归于尽的做法将使两个文明都死无葬身之地。可是，水滴已经封锁了太阳，人类再也不可能将太阳作为信号发射器了。面壁者罗辑冥思苦想破局之策，他想利用自己面壁者的身份将冬眠中的妻子和孩子唤醒，想通过爱与亲情增加自己的勇气。然而，联合政府负责人却拒绝了罗辑的请求，要求他以针对"187J3X1"号恒星的"诅咒"生效的秘密来换取家人的苏醒。罗辑知道自己的家人仍然处于被绑架状态，他愤怒地拒绝了对方的要求。愤怒是因为罗辑感觉受到了极大的侮辱，拒绝是因为，在智子全天候监听的状态下，保存这个秘密意味着还有一线生机。

这个机会必须以罗辑的声誉来换取。罗辑再次利用自己面壁者的身份，欺骗了全人类。他深度介入了一项代号为"雪地"的工程，试图用恒星型氢弹和海王星的油膜物质制造太空尘埃云，以便探测即将到达太阳系的另外九个水滴。可在公众的眼中，探测到九个水滴的来临又有什么用呢？因此罗辑对雪地工程越是投入，公众就对他越失望，救世主罗辑渐渐变成了缺乏计谋的普通人。人们依赖面壁人的最后希望落空了，绝望的情绪统统转化成了针对面壁人的愤怒。跌回常人状态的罗辑遭受了来自常人的种种挖苦和轻蔑，他在九个水滴即将到达太阳系之前感觉到了万念俱灰。他很可能再也见不到朝思暮想的家人了，他决定用自己的生命做筹码，将三体人强行拉到宇宙的赌桌上。

　　罗辑在一个雨天独自来到了叶文洁的墓旁，他在夜雨的寒冷中颤抖着挖着自己的墓穴。罗辑挖了整整一个晚上，然后躺在自己的墓穴中昏睡了过去。罗辑醒来时天已经蒙蒙亮，他发着高烧，牙齿在身体的剧烈颤抖中咯咯作响，他神志清醒，知道最后的时刻到来了。他对身旁一只爬动的蚂蚁说了声对不起，因为即将自杀的他很可能是地球上所有物种的灭绝者。然后罗辑在凌晨的宁静中，向着根本看不见的三体世界说了下面这番话。罗辑的左手戴着一个手表大小的东西，这是一个生命体征监测仪。罗辑就像是在自言自语，他说，如果自己死去，部署在太阳轨道上的三千多枚核弹将被引爆。这些核弹爆炸将激起星际尘埃，雪地工程看起来是为了探测九个水滴的行踪，实际上是要将三体世界的位置和太阳的位置同时暴露给宇宙中的其他高级文明。

尽管水滴使太阳成为信号放大器不再可能，但三千六百多枚核弹以精确计算的方式同时起爆，将形成围绕太阳的三千六百多团星际尘埃。从太空的任何一个方向看太阳，都可以看到太阳在闪烁，而且太阳闪烁的信号是经过精心设计的，这种智能信号将向宇宙的各个方向发送三体世界和太阳系的位置。不能作为信号放大器的太阳，将作为信号本身，以同归于尽的姿态向全宇宙广播两个异质文明的恩恩怨怨。

说完自己该说的话之后，罗辑举起了手枪对准了自己的心脏。罗辑的豪赌誓言是这样说的："现在，我将让自己的心脏停止跳动，与此同时我也将成为两个世界有史以来最大的罪犯。对于所犯下的罪行，我对两个文明表示深深的歉意，但不会忏悔，因为这是唯一的选择。我知道智子就在身边，但你们对人类的呼唤从不理睬，无言是最大的轻蔑，我们忍受这种轻蔑已经两个世纪了，现在，如果你们愿意，可以继续保持沉默，我只给你们三十秒钟时间。"[①]就在罗辑准备扣动扳机之时，智子现身在罗辑面前。罗辑以自己生命为筹码的赌注成功了，也可以说，毁灭文明的宇宙黑暗森林法则居然发挥了拯救文明的作用。

九、爱与罪（《三体III：死神永生》导读一）

《三体II：黑暗森林》结束之时，三体世界与人类世界恢复了威慑平衡。罗辑帮助人类悟到了宇宙的黑暗森林法则，为了使威慑平衡更加稳定，人类在地球上和飞船上都建立了若干

---

① 《三体II：黑暗森林》，刘慈欣著，重庆出版社，2014年，第463页。

座"引力波天线"，可以随时向宇宙发射太阳系和三体世界的坐标。照理说，随着威慑平衡的增强，永久和平将被实现，岁月静好，生活如歌，人间最美好的事物都将获得新生。但这种幻想却被刘慈欣继续撰写的《三体III：死神永生》彻底浇灭了。随着两个世界的战略平衡的失衡，《三体III：死神永生》向读者展现了一个抵达想象力极限的可能世界。如果说《三体I》和《三体II：黑暗森林》是在以宇宙为背景讲述人性、生命与文明的故事，《三体III：死神永生》就是试图通过三体文明与地球文明的持续恩怨和双双毁灭讲述宇宙的故事。宇宙不再是背景，宇宙将成为故事的主角。我们甚至可以说，刘慈欣几乎在《三体III：死神永生》的创作过程中扮演了上帝的角色，宣判了宇宙的命运并预示了宇宙的再生。

可以预见，《三体III：死神永生》的叙事复杂性将会有极大的提升，一般读者容易惊叹于作者的想象力，却不容易把握这种近乎疯狂的想象背后的叙事逻辑。《三体III：死神永生》一开始花了不少篇幅回顾了1453年君士坦丁堡陷落时的一个神秘阴暗的故事，要读到这本书的相当后面，有心的读者才可能反应得过来，刘慈欣为什么要在一开始叙述这么一个与全书主线没有任何关系的故事。忽略那些藏有深意或有震撼力的枝节，表面上看，《三体III：死神永生》只有一个女主角，那就是以爱的名义毁灭了人类和太阳系的程心。这本书还有一个被送往三体世界的配角，严格地说，这个配角只是一副人类大脑，它的主人曾是地球上一个身患绝症的普通男人，他的名字叫云天明。程心与云天明是大学同学，程心美丽且心地善良，是所有男生都喜欢的那种女生。云天明无论相貌或才华都不出众，而且还有很强的自卑感。可善良的程心发现了云天明的自卑，主动与他说过几次话，让后者终生难忘。

三十岁左右的云天明在得知自己身患绝症后，心灰意冷。他觉得这个据说很精彩的世界，似乎从来没有向自己展示过它的精彩。但在云天明生命的最后阶段，他却将料想不到的精彩遗赠给了这个世界。一个靠做饮料生意发了大财的大学同学来看望云天明，感谢云天明当年不经意的点子才让他走上了发财之路。这位老板同学为云天明送来一大笔钱，但这笔钱却救不了他的命。关于云天明生前最后阶段的故事，发生于危机纪年第四年，那时，人类刚刚确认三体人要入侵地球的消息不久。因此，关于云天明的故事实际上是一种平行倒叙，将读者拉回到了《三体I》第一部结尾和《三体II：黑暗森林》开始的时候。在生命即将结束的最后一段日子里，手握巨款的云天明通过电视，注意到联合国开发计划署正在实施"群星计划"。简要地讲，这是一项提升联合国影响力和筹集资金的计划。联合国秘书长以其霸道的想象力，宣布地球之外的宇宙资源都归联合国统管。特别是天上的星星，多得不可计数，联合国决定将部分星星的所有权予以拍卖。

云天明回想起自己短暂的一生，他只有一个想感谢的人，那就是程心。云天明决定购买一颗星星送给程心，他的钱刚好够买一颗不那么显眼、但肉眼可以勉强看得见的恒星。这颗恒星距太阳系286.5光年，编号为"DX3906"。云天明花光所有的钱买下这颗恒星后，将所有人写为程心的名字，并且要求联合国开发计划署北京办事处不要泄露是谁送的。云天明不想程心来感谢他，想一个人静悄悄走完生命的最后时光。北京办事处的工作人员简直不敢相信眼前发生的事情，特别是其中一个女孩，看着装有恒星所有权证书的华贵皮夹时，脸上的表情只剩下无法抑制的嫉妒。这种宇宙级别的浪漫也在不经意间透露出，构造了宇宙黑暗森林法则和擅长撰写"硬"科幻的刘慈欣有一颗多么浪漫和软弱的心。

云天明决定用安乐死结束自己的生命。他在安乐室中摁下最后一个确认键的同时，门被撞开了，程心冲了进来，将云天明从死神手中抢了回来。云天明明显感到程心的热泪滴到了他的胸膛上，他觉得再经历一百次死亡的恐惧也值了。然而，云天明并没有等来程心对他的倾诉衷肠，而是等来了程心对他的最后诉求——想要他的活的大脑。原来，学习航天专业的程心大学毕业后没有几年，就被调到了隶属于行星防御理事会的战略情报局（PIA）工作。这个机构位于联合国大厦附近，局长名叫维德，是一个喜欢抽雪茄、长相英俊但却极为冷酷的男人。在面对人类很可能集体灭绝的处境时，冷酷是一个巨大的优点。维德一见到程心就给了她一个下马威，他问她，为了达到自己的目的，她会把自己的妈妈卖给妓院吗？程心以后才会越来越清楚，维德就是这样一个为达目的可以不惜一切手段的人。程心最大的问题在于她的善良，她很难融入由维德领导的团队，好在聪颖的她为团队贡献了一个关键想法，情况才有所好转。

维德决定，应该向三体舰队发射一个探测器。可是，以人类现在的宇航速度，到达离太阳一光年的奥尔特星云需要两三万年的时间，等三体人的舰队抵达地球的时候，人类连家门口都没有飞出。为了达到有效探测的目的，必须使探测器的飞行速度达到光速的百分之一。维德强调，不惜动用巨大的资源，即使是靠蛮力也必须实现这个目标。在集体的头脑风暴中，程心提出了"脉冲推进方式"。基本想法是，在探测器上装一张帆，然后将上千枚核弹精确布置在木星到地球的五个天文单位的空间里，利用核弹的连续爆炸为探测器加速，直到光速的百分之一。维德倒是赞成程心的想法，却遭到了行星防御理事会的否决。主要理由是，因为智子的存在，人类想要探测三体舰队的努力注定要被三体人阻挠，更不要说其他的技术问题了。但维德是一个绝不认输的家伙，他明知智子在监听，却提出了一个真正异想天开的想法——把一个人类成员送往三体舰队。因为三体人的思维是透明的，而且他们明知人类要探测它们，也会对一个真实的人类成员感兴趣。这是完全不同于传统间谍战的做法，只要一个活人被三体舰队截获，看起来有利于三体人研究人类，但反过来对人类也就有了无限的可能性。

然而对一个人实施冬眠需要复杂的设备，但人类却没有能力将这么重的东西用脉冲办法加速到光速的百分之一。此时的程心并没有想到此事会与自己的大学同学云天明发生什么联系，她甚至根本不会回忆起有云天明这么一个人。程心仍然认为是在参加一个可以无限遐想的头脑风暴，即使这样，她还是为自己下面的主张感到心惊胆战。程心建议，也许只需在地球上急冻一个人，然后不用任何冬眠设备，直接将这人送往太空。对于人类的科技水平而言，这种做法相当于直接杀死了这个人，但也许科技水平高得多的三体人在截获这个人后有办法让他复活。没想到维德对程心的想法大加赞赏，使她更为自己的想法感到恐惧。然而，经过权威评估之后，即使要把只有一百公斤左右的人体和简易外包装推送到光速的百分之一，现有技术也达不到。唯一的办法是，将被发送目标减少到十公斤，然而辐射帆就要占据差不多十公斤，因此向三体舰队发送的东西不可能太重。维德是压不垮的，他沉思之后，决定只送一个人的大脑。维德的想法是疯狂的，他寄希望于一个大脑被三体人截获，然后使它复活。

但这个大脑要起作用，必须要在摘除当事人的大脑前告诉他相关信息，并且还要征得本人的同意。换言之，必须首先杀死这个人，获取他的大脑才有意义。显然，只有一个身患绝症的人才可能成为候选对象，而且，他不仅要同意被杀死，还要接受在一个异世界死而复生后遭受各种恐怖折磨的风险。正当维德等人游说行星防御理事会推动各国实施安乐死的立法时，程心收到了匿名者送来的星星。天地间最浪漫的事落在程心头上，她感到既惊讶又甜蜜。繁忙的工作不允许她沉溺于这样夸张的浪漫，她根本想不到此事与云天明有关，更想不到她未来长达两千万个地球年的多舛命运将与这颗恒星有关。所以当程心冲进安乐室阻止云天明结束自己的生命时，她完全是因公行事。落下那么多伤悲的热泪是因为她一贯善良，而且在这种环境下遇见多年未见的大学同学，也令她感伤不已。程心告诉云天明，国家通过了允许安乐死的法律，完全是因为他。云天明的心咯噔了一下，他意识到程心不是来救他的，不是来表示收到贵重礼物后的感谢的，更不是来向他倾诉爱意的。

当云天明明白了程心的来意后，他发出了一阵阵凄厉的狂笑。他明白了，程心是想将他送往真正的地狱。是的，真正的地狱不可能在地下，而只能在黑暗冰冷的太空。但死寂并不是地狱的真实样子，无穷无尽的折磨和深不见底的恐怖才是。天知道三体人如果捕获了自己的大脑会做怎样的实验，云天明甚至想到了凌迟处死的酷刑会降落到他的头上。更恐怖的是，经历这样的酷刑后他仍然死不了，还必须带着所有苦难的记忆承受人类根本无法想象的事情。死去元知万事空，云天明此时知道古人的想法是错误的，他短暂的生命结束后，人类无法想象的苦难将由他或他的大脑来背负。凄厉的笑声过后，云天明变得麻木。最后，他的自怨自艾发挥了关键作用，他在心中默默地说：你和你要拯救的人类留在天堂吧，我将为你下地狱。若干天过去了，在云天明通过一系列测试被最终确定为"阶梯计划"的使命执行人时，他的病情急剧恶化，要立刻做大脑摘除手术。程心站在医院外面，她根本不敢接近手术室，她只是一个人默默咀嚼着自己几乎难以承受的痛苦。就在手术快要做完的时候，冷酷的维德走过程心的身旁，近乎变态地告诉她，那颗星星是他送的。程心眼前一黑，当恢复意识后，她突然发疯似地冲向手术室。可是一切都晚了，程心看见云天明的遗体已经拉走，只剩下低温容器中那一团白色的东西。

《三体 III：死神永生》始于这么一个混合着凄美、恐怖、怪异的故事。接下去的故事情节，延续着《三体》三部曲一贯的反转和再反转的路子，但刘慈欣对于文明和宇宙的无边想象，远远不是反转套路可以概括得了的。当程心再次醒来时，已经是两个半世纪之后了，她觉得只是做了一场遥远而不真实的噩梦。此时，依靠面壁者罗辑半个多世纪前的生命赌注，人类不仅恢复了美好的生活，而且还胁迫三体人解除了对基础科学研究的封锁。因此，人类的科技繁荣已使那些遥不可及的星星具有了现实意义。云天明送给程心的那颗星星仍然在夜空发着暗淡的光，但那颗星星不只具有一个濒死的男人对于一个女人的暗恋含义了。这颗恒星后来被发现带有两个行星，其中一颗还是类地行星，于是这颗编号为"DX3906"的恒星价值大增。行星发现者是一个名叫艾AA的新时代的女孩，她将自己的新观察方法写入了博士论文。艾AA被指派为联合国太空开发署与程心之间的联络人，而程心之所以被唤醒，是因为联合国和太阳系舰队想收回这颗恒星的所有权，但按照现行法律，必须向所有人购买。醒来的程心同时得知，"阶梯计划"失败了，云天明的大脑偏离了航向，那颗富有爱心的大脑在茫茫宇宙中不知所踪。

程心不可能放弃对云天明的挂念，她决定只出售两颗行星，而保留对那颗恒星的名义所有权，但同意未来生活在行星上的人类可以免费使用恒星产生的能量。尽管艾AA抱怨程心太傻了，应该连带恒星一起出卖以成为世界上最富有的人之一，但程心仍然获得了一大笔钱。艾AA说服程心用这笔钱办了一家航天公司，艾AA则辞去了联合国的职务专门来为程心管理公司。来到新时代的程心发现，这个世界分外美丽，科技发展了，环境恢复了，人们之间相互礼让，只是男人都有点女性化。原来，在罗辑建立的半个多世纪的威慑平衡中，人类变得越来越柔和，与三体世界也建立了很好的交流机制。三体世界仿佛也通过输入人类文化而受到了改造，三体人学习人类的文化，反过来向人类输出的音乐、电影和文艺作品都充满着爱与和平的主题。尽管人类仍然不知道三体人的生物特征，但在和平与爱的柔软现实中，人类逐渐失去了对三体人的警惕。

人类中有越来越多的和平主义者，他们认为，要想两个世界享有永久的和平，必须以泛宇宙的人权为基础，承认宇宙间所有智能生物都拥有完全平等的人权。为了实现宇宙意义上的平权主义，人们开始厌恶罗辑，认为他基于恐怖平衡的和平是伪和平，是宇宙和平的最大敌人。罗辑此时已年过百岁，他在威慑纪元开始，就已经从面壁人变成了执剑人。罗辑生活在地下很深处的"引力波宇宙广播系统零号控制站"，他威严地手持广播系统的启动开关，这是他手里可以随时挥向三体文明的剑。可是罗辑老了，人类需要选出新的执剑人。

程心得知"执剑人"这个称谓时，她正处于生命危机之中。谋杀程心的是为了阶梯计划而冬眠到新时代的维德，行星防御理事会的战略情报局前局长。维德是那种为了目的不择手段的人，他知道自己是第二代执剑人的最佳候选人，他也知道新时代的人类文化会选出程心这样富有爱心的人作为执剑人。冷酷的维德知道，在冰冷黑暗的宇宙中，爱是奢侈的，甚至对于文明在残酷环境下的生存也是有害的。维德仅仅预见到了程心可能成为第二代执剑人，就决定谋杀她，完全不顾他们曾经共事的情谊。《三体》三部曲塑造了一些硬汉形象，他们是不讲情谊只讲理性和使命的冷酷的人，章北海和维德都是这类人的代表。维德被及时赶来的警察和艾 AA 击伤了，程心身负重伤，但活了下来。

程心是新时代数十年来首个谋杀案的受伤者，可见人类的岁月静好是多么真实。许多人来到医院看望程心，包括联合国和太阳系舰队的官员。当人们知道维德是为了当上执剑人才谋杀程心的，他们的第一反应就是，这个美好世界的守护权绝不能交到比罗辑还冷酷的人的手里，要交也应该交给程心这样富有爱心的人。来自公元世纪的程心是那样优雅端庄，符合新时代人类对于美好事物的柔性想象，在他们的推波助澜下，程心开始认真思考起来自己要不要当执剑人的问题。正在这时，一个名叫"智子"的女人提出来想见程心。原来，"智子"是一个仿生机器人，由三体人发往地球的智能化的微观粒子智子所控制。"智子"打扮成一个日本女人的模样，她穿着美丽的日本和服，连程心这个公元世纪的女人都觉得智子真是太柔美了。"智子"善解人意，与程心交流了不少关于爱与和平的话题，说女人才应该是两个世界的和平守护者。

程心决定竞选执剑人出于几个理由。程心抵抗不住那么多人想要她竞选执剑人的愿望，她的问题在于太善解人意而且太善良了。程心从公众注视自己的眼睛中读出了这样一个信息：他们像是公元世纪后被抛弃在荒野中的孩子那样特别需要母爱。新时代的人是温情脉脉的，他们不想要眼中只有黑暗森林的人来保护，他们的潜意识里想要一个温柔的母亲。他们的潜意识反过来激发了程心的潜意识，激发了她的善良母性。这种无可抗拒的本能一旦被激发，就需要找到崇高的理由作为梳妆打扮的必需品。程心的心中一直有一堵墙，那就是云天明。程心无法否认，是她的想法将云天明推进宇宙炼狱的，她现在必须接受这个报应而想办法成为执剑人，成为人类和两个文明之间爱的守护者。三个世纪后，程心终于可以像赠送她星星的人那样为人类做出牺牲了，虽然那个人本来是必死无疑的。无论怎样，人类需要一个保护他们的圣母，而程心也愿意成为这样一个角色，一个幻想着在纯洁的爱中闪耀着崇高道德光环的人。

程心顺利当选为第二任执剑者，她的票数比看重威慑平衡战略的第二候选者多了近一倍。就在程心从罗辑手中接过引力波广播系统的启动开关、独自在地下掩体待了仅仅十五分钟之后，三体人的水滴就发动了进攻。六个水滴以迅雷不及掩耳的速度从太阳系内离地球不远的地方冲向地面。各种信息从四周向程心袭来，水滴撞击地面只有十分钟的时间，理论上，程心可以随时启动广播系统，将太阳和三体世界的位置暴露给宇宙中的其他高级文明，让两个世界在宇宙的黑暗森林打击中毁灭，从而成全三体人的自杀行为。然而心中只有爱意没有恶念的程心，心灵深处还住着一个圣母的程心，怎么可能亲手毁灭两个高级文明呢？那是魔鬼的行径，就算只有成为魔鬼才能够生存，程心也不可能变成这样的魔鬼。对于程心的心理活动，以及她由意识和潜意识共同架构的决策机理，三体人早已清清楚楚。因此三体人根本不需要拿自己的文明存亡来赌博，它们在罗辑面前没有胜算，但在程心面前却必胜无疑。果然，程心在最后时刻将控制器扔了出去，任由六个水滴将地球上所有的引力波发射台摧毁，宣布了由罗辑建立起来的黑暗森林威慑的终止。

程心虽然是《三体III：死神永生》的唯一主角，却是这部著作描绘的宇宙生死的必不可少的见证人。地球人与三体人的恩恩怨怨虽然也占了不少篇幅，但都可以看作只是必要的铺垫。自从地球上所有引力波发射台被摧毁之后，三体人借助水滴、智子和那个叫"智子"的人形机器，毫不留情地开始奴役地球人。它们声称，因为从地球文明中学到了一些有用的文化，使它们的科技水平有爆炸性的提升，才不愿意对人类实施物种灭绝。到目前为止，人类也不知道三体人长什么样子，但三体人利用科技霸权可以按它们的意志踩躏人类。因为科技爆炸，三体人的第二舰队已经可以光速前行，反而超过了第一舰队。减速中的三体第二舰队很快将降落地球，好像是为了避免人类看见它们的尊容，三体人决定将所有人类赶往澳大利亚居住。

在拥挤的澳大利亚，数十亿人为了争夺资源而自相残杀。外表温柔穿着和服、长得像日本美女的"智子"，在用武士刀残酷地劈杀了很多抢粮食的人之后，对着饥饿的人类发表了如下演说——"在即将到来的生存竞争中，大部分人将被淘汰，三个月后舰队到达之时，这个大陆上将剩下三千万到五千万人，这些最后的胜利者将在保留地开始文明自由的生活。地球文明之火不会熄灭，但也只能维持一个火苗，像陵墓中的长明灯……生存本来就是一种幸运，过去的地球上是如此，现在这个冷酷的宇宙中也到处如此。但不知从什么时候起，人类有了一种幻觉，认为生存成了唾手可得的东西，这就是你们失败的根本原因。进化的旗帜将再次在这个世界升起，你们将为生存而战，我希望每个人都在那最后的五千万人之中，希望你们能吃到粮食，而不是被粮食吃掉"。①"智子"的演说使人类所有的希望都幻灭了，他们恨程心要胜过恨三体人百倍，但却忘记了这个悲惨的命运源于他们自己的选择。

---

① 《三体 III：死神永生》，刘慈欣著，重庆出版社，2014 年，第 170 页。

十、高维世界与人类童话(《三体 III：死神永生》导读二)

　　将人类从水深火热之中拯救出来并最终使太阳系毁灭的，是人类在宇宙深空中的叛徒们。在水滴消灭太阳系联合舰队的末日战争中，只有"青铜时代"号和"量子"号从战场上全身而退。但后来"青铜时代"号摧毁了"量子"号，就像太阳系另一端章北海所在的"自然选择"号等三艘战舰被"终极规律"号摧毁，而发动突然袭击的"终极规律"号又被机智的"蓝色空间"号摧毁。人类的这种自相残杀是宇宙时空下的黑暗森林法则的局部应验。当罗辑运用黑暗森林法则建立起了与三体人的威慑平衡之后，地球人决定处理"青铜时代"号和"蓝色空间"号所犯的反人类罪。此时，三体人通过智子和水滴与人类建立了局部合作关系。人类首先远程呼叫"青铜时代"号，告诉他们与三体人的威慑平衡已经建立，全体官兵可以回家了。"青铜时代"号上的人们将信将疑，智子在舰上的低维展开使得"青铜时代"号能够通过量子通信与地球建立即时联系，他们才最终确立了信息的真实性。

　　可当"青铜时代"号返回地球之后，全船官兵立刻遭到了逮捕，他们以反人类罪被起诉和审判。地球上办案的法官们很难理解在那样孤独无助的太空环境里，人类的心理和行为会发生怎样的改变。受审的人告诉审判的人，在深不见底的宇宙深空中，一旦失去与故乡的联系，在没有目的的无根漂泊状态下，人就会变成非人。他们说，太空本身就是一枚巨大的思想钢印，会刻上与人的基本道德信念相反的信念，没有人可以逃脱成为非人的命运。占据道德制高点的审判者很难判断官兵们供词的真伪，决定让一些人返回战舰，在更逼真的环境下交代更多的细节内容。被刻意欺骗是一件很难接受的事情，特别是欺骗方还具有十足的道德优越性。即使"青铜时代"号的官兵在茫茫太空中由人变成了非人，他们也难以接受欺骗下的诱捕。他们是战士，可以坦率承认自己由人变成了非人，但却不允许被一根看不见的道德长绳将自己和真相一起捆绑。被这样捆绑之后，他们仿佛由非人又变回了人，实际上他们既失去了非人的自由，也失去了人的尊严。在自由和尊严皆失的前提下，活着将遭受无尽的折磨。杀死真相的道德忏悔本身就是虚假的，一个军官不愿意活在既非人又非非人的虚假状态下。他在返回战舰的时候以生命为代价，急促地呼唤太阳系另一端的"蓝色空间"号：不要返航，不要返航，这里不是家！

　　"蓝色空间"号收到了警告，继续携带着其他被毁灭战舰的物资和能量，向着宇宙深空航行。在与三体人建立了威慑平衡之后，地球人建造了新的战舰，包括带有引力波天线的"万有引力"号。地球人决定派"万有引力"号去追击"蓝色空间"号，三体人也派了两个水滴伴飞，并提供智子予以协作，当然也有监督"万有引力"号的引力波天线的意图。"万有引力"号对"蓝色空间"号的追击持续了半个世纪，在飞出地球1.5光年后，与被追击者的距离只有三个天文单位，可以说近在咫尺了。这时，已经是罗辑开创的威慑纪元第62年，在这一年的年底，程心将当选为第二任执剑人。"万有引力"号不断逼近燃料不多的"蓝色空间"号，后者同意将主要嫌犯和三分之二的官兵由"万有引力"号带回地球，保留三分之一的人继续飞向宇宙深空，为人类保留前哨探索的种子。但

"万有引力"号发表了坚定的谴责声明:"蓝色空间"号上的人都变成了非人,不能代表人类探索宇宙,而必须全部接受审判。"蓝色空间"号的官兵意识到自己无法逃脱,特别是追击者有两个水滴的相助,他们的战舰就像是纸糊的船。抵抗和逃跑都没有意义,"蓝色空间"号决定放弃抵抗而主动投降。

"万有引力"号进入了战斗状态,唤醒了所有冬眠中的官兵,但醒来后的官兵们却遭遇了一系列不可思议的事情。照理说,"万有引力"号在智子的帮助下,对被追击的"蓝色空间"号了解得一清二楚。"蓝色空间"号上官兵的一言一行,都像放电影一样展现在追击者眼前。"万有引力"号上的一个中校喜欢观看这种实时电影,他很快就熟悉了"蓝色空间"号上的所有人。可是,这位中校却看见"蓝色空间"号上的一位少校在"万有引力"号上与自己擦肩而过。随舰的心理医生安慰了一阵这位中校,此事就不了了之了。可是,不久以后,"万有引力"号的三号生态区的一根管子破裂了,维修工程师居然发现这是太空中的微陨石撞击的结果,可那个区域离最近的舰体外壁也有几十米远,这是绝不可能的事。大家都觉得不可思议,只好修好故障之后无可奈何地说了声"见鬼了"。但很快,就有人真的见鬼了。

"万有引力"号上一位中尉对舰上的一位女工程师有暧昧之情,他想进入她的舱室,却被关在了门外。这位中尉睡在自己的床上,突然发现对面的舱壁上有一个奇怪的洞,他可以直接看到睡在床上的那位女工程师。中尉正暗自高兴,却被自己的所见吓得魂飞魄散。他看见自己的意中人就像被什么利刃削掉了一部分,居然可以看到她的骨骼、血管和肌肉。他吓得去敲对方的门，女工程师打开门气恼地骂了他一句，站在地板上完好无损。一位中士也看见了超自然现象，但却要壮观得多。这位中士执行了一次舰外巡查任务，他驾驶一艘小型太空艇飞出母舰，发现圆柱形的"万有引力"的尾部居然是一个斜面，就像被什么东西削了一刀。如果舰尾被破坏成那个样子，整条战舰肯定会发生大爆炸。中士吓得不轻，他强迫自己闭眼了三十秒钟后再睁眼，发现战舰又恢复了原来的样子。

《三体》三部曲的作者是制造悬念的高手，每一部的内容都起伏跌宕、步步惊心。特别是在《三体 III：死神永生》中，故事的悬念更是穿上了"科技玄幻主义"的华丽外衣。当刘慈欣将已经确证的科学原理与科学范围内的自由想象结合起来的时候，他讲述的故事就既有科技的"硬"感觉，又有玄幻的"软"想象。在《三体 II：黑暗森林》中，三体人的飞行器水滴就是科技玄幻主义的杰作，既然是科技的，就要交代它的物质构造的基本原理；既然是玄幻的，就不必交代更多的细节，包括水滴的动力装置、信号系统和智能原理。到了《三体 III：死神永生》，刘慈欣的科技玄幻主义有了进一步的发挥，曾经无坚不摧的水滴居然在人类的伏击中被"杀死"了。当地球上程心正式成为第二任执剑人之后，三体人的水滴迅速对地球上的引力波发射基地发起了攻击。与此同时，伴飞"万有引力"号的两个水滴也分别对"蓝色空间"号和"万有引力"号发起了攻击。照理说，两艘人类战舰毫无抵抗之力，只需很短的时间，水滴就可彻底消灭人类叛逃者和人类追击者留在太空的最后希望。然而，情节再一次反转，人类借助宇宙中的高维空间取得了罗辑的战略威慑平衡之外的第一场胜利。

取得这场胜利的关键是，"蓝色空间"号上的官兵遭遇了四维空间，他们没有像"万有引力"号上的官兵那样仅仅被由四维空间引起的超自然现象吓到。他们转而研究了四维空间，从更高的维度打击了在三维空间中不可一世的水滴。从四维空间看三维空间，"任何东西都不可能挡住它后面的东西，任何封闭体的内部也都是能看到的。这只是一个简单的规则，但如果世界真按这个规则呈现，在视觉上是极其震撼的。当所有的遮挡和封闭都不存在，一切都暴露在外时，目击者首先面对的是相当于三维世纪中亿万倍的信息量，对于涌进视觉的海量信息，大脑一时无法把握"。① "方寸之间，深不见底"——这是"蓝色空间"号上的官兵能够运用局限于三维空间的人类语言的最丰富表述了。

　　通过思考和研究，"蓝色空间"号上的官兵有了这样一个比喻：三维宇宙相当于一张一百六十亿光年宽的薄纸，而四维空间就相当于粘在这种纸上的一个个微小的肥皂泡。联结三维空间与四维空间的点被称作"翘曲点"，是由低维进入高维的通道。事实上，宇宙中有很多翘曲点，分布不均，大小不一。"蓝色空间"号上的官兵搞清楚了四维空间与三维空间的关系后，决定利用四维空间伏击水滴。虽然《二体Ⅲ：死神永生》中的科技玄幻主义还不能对相关行动的细节进行过多的描述，但伏击成功了，水滴曾经那样高高在上的"神性"消失了，变成了不再有威胁的普通金属。

　　"蓝色空间"号的官兵伏击了水滴，也通过四维空间进入

---

① 《三体Ⅲ：死神永生》，刘慈欣著，重庆出版社，2014年，第192页。

"万有引力"号内部，被追击者与追击者终于会师了。当两艘战舰的官兵知道三体人背信弃义的事情后，决定利用"万有引力"号上的引力波发射器对三体人进行报复，虽然这也意味着要将太阳系的位置暴露给黑暗野蛮的宇宙。但权衡利弊后，绝大多数官兵支持报复，否则随着三体世界的第二舰队到达地球，没有道德感的三体人说不定会迅速消灭人类。与其坐以待毙，不如主动出击，即使人类要灭亡，也不能被没有道德感的三体人灭掉。一旦三体世界的坐标被"万有引力"号主动暴露，三体世界很可能会首先面临被更高级的文明毁灭的命运。但这是它们应该遭受的报应，这也是正义的要求，虽然三体人是没有道德意识的生物，它们也不知道什么是人类心中的正义。在绝大多数人决定发射引力波之时，两个世界的命运就已经被决定了。最后，数十只手叠在一起按下了引力波广播的启动按钮——"在飞船外面，时空的薄膜在引力波中泛起一片涟漪，像风吹皱了暗夜中的湖面，对两个世界的死亡判决以光速传向整个宇宙"。[1]

完成了对三体人的报复后，两艘战舰上的官兵开始联合探索这块空域，期待有更重要的发现。果然，他们发现了一个三维直径估计有近百公里、环箍直径约二十公里的太空"魔戒"。光这个物体的形状就意味着它是智慧体制造的，更不要说在它的环箍上发现了电路状的复杂结构。这是人类首次直接观察到两个世界之外的第三方宇宙文明。但官兵们要通过四维空间才能进入这个"魔戒"。令人震惊的是，这个"魔戒"是

---

[1] 《三体 III：死神永生》，刘慈欣著，重庆出版社，2014 年，第 189 页。

封闭的，没有呈现三维展开，它是一个真正的四维物体。官兵们没有探测到"魔戒"有任何活动的迹象，它也没有发出电磁波、中微子和引力波信号，因此初步判断这可能是一个被遗忘的废墟。官兵们在这片四维空间碎片中还发现了更多物体，它们都是被某种智慧制造出来的，有金字塔形、十字形、多边体框架结构，等等。在这片空域，分布着大大小小上百个封闭的四维实体。探险小队乘坐小型太空飞船向着"魔戒"前行，"魔戒"肉眼看上去仍然是一个点，但探险队员却无法用常规方法判断与它的距离，既可能远在一个天文单位外，也可能近在眼前。探险小队在航行两个多小时后，终于近距离看到了这个四维物体。他们看到"魔戒"是全封闭的，"感觉到一种巨大的纵深感和包容性。在来自三维世界的眼光中，所看到的'魔戒'不是一个'魔戒'，而是无数个'魔戒'的叠加，这种四维质感摄人心魄，是真正的纳须弥于芥子的境界"。[1]

探险小队神奇地与"魔戒"取得了联系，《三体 III：死神永生》对这一部分的描写颇有些神秘感。"魔戒"用人类能听懂的语言说"我是墓地"，这些信息当然都是用电波发射并转译的。"魔戒"居然能用第一人称与探险小队交流，应该是具有自我意识的活物。可"魔戒"却说，它曾经是飞船，死了之后就是墓地。然后"魔戒"说了下面一段很难懂的话："周围还有很多墓地，但我不认识它们；因为海干了，鱼就要聚集在水洼里；水洼也在干涸，鱼都将消失；把海弄干的鱼不在，把海弄干的鱼在海干前上了陆地，从一片黑暗森林奔向另一片黑

---

[1] 《三体 III：死神永生》，刘慈欣著，重庆出版社，2014年，第 201 页。

暗森林。"当探险小队听到"黑暗森林"时都打了一个寒战，他们问："你会攻击我们吗？""魔戒"的回答是："我是墓地，是死的，不会攻击谁；不同维度间没有黑暗森林，低维威胁不到高维，低维的资源对高维没有用；同维的都是黑暗森林；你们离开水洼吧，你们只是薄薄的画，在水洼里很快就会变成墓地。"

探险小队回来与两艘母舰会合后，两艘战舰上的科学家对获取的相关信息进行了仔细的研究。他们得出了结论：四维物质一旦跌落进三维空间会快速衰变成三维物质，体积会骤然增大，一块只有几十克的四维物质，三维展开后可以变成一根上万公里的长线。远处有很多这样的长线，从无人探测器在这些长线周围采集回来的物质和数据看，也证实了科学家们的猜测。计算表明，"魔戒"将在二十个地球天左右的时间里，跌入三维太空，这个自称"墓地"的存在即将在三维宇宙中毁灭。果然，二十二天后，太空中的人类观察到，在"魔戒"进入三维空间的那一刹那，"宇宙仿佛被拦腰斩断，长长的断口发出炫目的强光，如同一颗恒星被瞬间拉成一条线。当光芒黯淡一些后，一条横过整个太空的长线显现出来，从飞船上看不到它的头和尾，像上帝在宇宙的绘图板上比着丁字尺从左到右画了一道。据测量，这条把可见的宇宙分成两部分的线，其长度接近一个天文单位，约一亿三千万公里，几乎可以把地球和太阳连接起来"。[1]

两艘战舰上的官兵感到，这一切都隐藏着一个巨大而黑暗

---

[1] 《三体III：死神永生》，刘慈欣著，重庆出版社，2014年，第208—209页。

的秘密。这个秘密将在《三体Ⅲ：死神永生》后半部分人类集体毁灭的时候才会被揭晓。至此，摆在官兵们面前只有两条道路：要么返航地球，要么继续在宇宙深空中航行。但返回地球的风险极大，因为那时地球还是否存在也不知道。少数官兵因思乡心切而选择乘坐冬眠飞船返回地球。大部分人则决定随"蓝色空间"号和"万有引力"号继续航行，继续探索宇宙的黑暗秘密，也希望能为人类文明的种子找到重新生根的家园。这些官兵们毅然斩断了与故乡的联系，在绝对无根的状态下，既要承受无尽的空虚，也可以享受着前所未有的自由，虽然这自由是如此的苦涩和令人绝望。

"万有引力"号通过引力波向宇宙广播了三体世界与太阳系的位置，从那一年开始，一个新的时代来临了。这个时代不同于以往任何时代，因为所有人都不知道来自宇宙的黑暗森林打击将在什么时候突然降临。人们将这个时代称作"广播纪元"，人类第二任执剑人程心则在纪元第七年醒了过来。在人类被迫移居澳大利亚后，程心陷入了极端痛苦之中。人们咒骂自己选出来的"圣母"并想尽办法折磨她，幸好有艾AA的拼死保护，以及"智子"的特殊开恩，程心才捡了一条命。但她的精神彻底崩溃了，眼睛也失明了。广播纪元开始后，地球对于三体人已经没有了战略意义，三体世界的第二舰队掠过地球飞出了太阳系。三体人似乎不像人类有那么强的报复心，它们并没有因此而打击和消灭人类，这大概也是它们没有道德感的证据之一。人类因此又可以自由行动了，地球文明恢复了活力。正是在这个背景下，好心人为了彻底治疗程心，让她冬眠了六年。当程心于广播纪元第七年醒来时，她得到了精心的治疗，并看见了三体世界的一颗恒星在几年前的爆炸。

三体世界的毁灭并没有让人类得到安慰。人们发现，毁灭三体世界的"光粒"是从离它不远的某个宇宙飞行器上发射的，这使得黑暗森林理论更加复杂。人们仿佛能看见隐藏在太阳系附近的异类飞船随时会对太阳发动攻击，感觉远在天边的死神就在眼前。外形像日本女人的"智子"在自己的母星世界遭到毁灭后，反而变得很平静。人们有理由怀疑，"智子"在三体行星上的操控者已经葬身火海，她这时的主人很可能是三体舰队上的三体人。"智子"同时约见了人类的第一任执剑人和第二任执剑人，她告诉两位执剑人，只有千分之一的三体人从母星上逃向了宇宙深空。当她这样说时，有一种坦然面对命运的高贵，两位执剑人对这个饱受苦难的异质文明发出了油然而生的敬意。"智子"建议人类尽快逃亡，罗辑问了智子一个问题，是否可能向宇宙发出某种安全声明以免遭黑暗森林打击？对这个问题，"智子"没有回答。三体人挂念地球人的安危，也许是因为，三体人曾受益于人类文明，不愿意看到这个文明的毁灭。欠缺道德意识的三体人拥有这种恻隐之心多少有些不符合逻辑。无论怎样，这两个一直处于战争状态的文明，在其中的一个母星世界被毁灭、另一个母星世界即将被毁灭的时候，相互取得了和解。

两个文明的和解为人类带来了一份礼物。三体人告诉地球人，被人类遗忘在宇宙深空的云天明的大脑，想要通过程心与人类交流。尽管天梯计划对于地球人是失败了，但科技发达得多的三体人仍然想办法跟踪并捕捉住了云天明的大脑。三体人如何让云天明大脑复活的，大脑复活后的云天明是否拥有了人的躯体，云天明是否遭受了折磨，他看到了一个怎样的三体世界，这些问题，《三体Ⅲ：死神永生》都没有细说。三体人也很有意思，它们同意云天明与代表地球人的程心联系，但却要监控交流内容，如果有任何不利于三体人的信息外泄，程心所在的通信舱就要爆炸。为了达到交流目的而又不会给程心带去太大的危险，云天明讲了三个童话故事。据说，三体世界是没有童话的，这是造成两个文明重大差异的原因之一。《三体Ⅲ：死神永生》用了相当大的篇幅讲述了云天明的三个童话，仅从这三个童话本身的内容来看，都很有意思，而且也充分体现了作者刘慈欣的文学才能。

程心与云天明的对话，以及云天明讲的三个童话故事，都是《三体Ⅲ：死神永生》中非常精彩的内容。我们可以想象，当程心面对云天明作为一个人的全息影像时，她会有怎样的心情。差不多三个世纪前，这个全息影像代表的男人在临死之前送给了程心一颗星星。这个男人的大脑因为程心的缘故在黑暗寒冷的宇宙深空怀着潜藏的恐惧和希望而漂泊。程心并不清楚与他对话的影像中的云天明实际在宇宙中的什么地方，因为三体世界已经被毁灭，影像中的云天明很可能仅仅存在于三体人的舰队上。在云天明通过童话故事传递正式情报之前，程心聊到了云天明送她的那颗距离地球286.5光年的星星，程心动情地称那颗星星为"我们的星星"，为了缓解难以表述的痛苦，她与云天明相约未来在那里见面。《三体Ⅲ：死神永生》始于一场宇宙级别的凄美浪漫，三个世纪之后，当故事中的一男一女穿越时空而相遇时，这份浪漫却有了一份对于人类命运的沉甸甸的责任。

程心冒着极大的危险，将云天明讲的三个童话故事全部记在了心中。《三体》三部曲行文至此，三体人终于要和人类说再见了，它们的文明将长期处于星舰状态下，不得不为寻找新的家园而在宇宙深空中流浪。地球上的日本美女"智子"自焚了，三体人还宣布，太阳系的所有智子都要撤离，将终止对人类的监控。这大概是因为，制造智子是很难的一件事，而且智子还有失去量子通信能力的危险，在三体星舰文明状态下，智子有更重要的用途。失去三体人这个改变人类命运的高级对手之后，人类更加无助，必须独自面对随时到来的终极毁灭。即使是这样，人类也不愿意屈服于命运，解读云天明的三个童话就成了关键的任务。

　　人们花了很大工夫解密了云天明童话故事中的暗示，再结合太阳系的实际情况，设想了三种在黑暗森林打击到来之时存活下去的办法。第一种办法是掩体计划，人类将以木星、土星、天王星和海王星四个巨大的行星为掩体，即使太阳被摧毁，掩体后面的太空城也可以完好无损，人类可以依靠幸存的四大行星上的能源使文明永续发展。第二种办法是曲率驱动技术，可以使飞船达到光速，使一部分人逃离太阳系。第三种办法是将太阳系的光速降到每秒 16.7 公里以下，在那种情况下，光将无法逃脱太阳的引力，太阳系将成为一个黑域，从而在宇宙的黑暗森林中永远隐身。这三种办法都超越了人类现有的科技能力，但掩体计划看起来是最可行的。尽管有这三种使人类文明幸存的办法，但云天明童话中有一个隐喻的含义始终没有被解读出来。童话中有一个邪恶的画师，可以将三维的活人画在二维的画中，从而杀死现实中的人。这个隐喻最后变成了人类怎么也没有想到的太阳系毁灭的离奇方式。

在人类的三种存活方式中，研发光速飞船和制造太阳系黑域都遭遇了技术之外的政治问题。反对黑域方案的人说，这个方案无异于自掘坟墓，低光速状态下的文明与死亡无异。反对光速飞船的人说，只有少数人能够乘坐飞船求生是最大的不公平，这种做法丢弃了人类文明的道德基石。光速飞船方案后来被最高执政当局正式否决了。程心无力判断人类应该选择哪种方案，但她捍卫人类道德的做法一以贯之。程心的星环公司在艾AA的经营下蓬勃发展，成了地球上最大的航天公司之一。有一天程心来到了星环公司总部，突然传来了黑暗森林打击的虚假警报。一些人为了逃生，不顾他人的死活擅自开动飞船，使一万多人死于核发动机的烈焰。在危急时刻，艾AA准备发动飞船，被程心坚决制止，曾经因为柔软的爱心而使人类惨遭三体人践踏的第二任执剑人，在生死存亡的关键时刻，依旧散发着人性的光辉。

在此期间，曾经谋杀程心的维德刑满释放后，找到了程心，居然向程心索要支配星环公司所有资源的权力。程心现在当然知道，当年维德谋杀她是对的。程心相信，维德的不可思议的举动自有其道理。维德告诉程心，尽管政府禁止研发光速飞船，但为了人类文明在宇宙中的延续，为了文明的提升和大写的人，研究光速飞船是极为必要的。维德要程心不要犯第二次错误。程心认真思考之后答应了维德的要求，但她提出了一个条件，那就是，当光速飞船项目会危害人类的生命和整体利益时，她将拥有最终的决定权。维德答应了程心的要求，郑重地做出了承诺。但维德也对程心提出了一个要求，要她去冬眠，直到某一天他取得实际成效后，再唤醒她，让她对光速飞船项目做最后的裁决。

十一、太阳系之死与宇宙之生（《三体III：死神永生》导读三）

随着《三体III：死神永生》的情节推进，程心逐渐由主角变成了配角，以人类为中心的叙事视野，将过渡至以宇宙为中心的叙事视野。这一切，都以太阳系的毁灭为背景。当程心与艾AA冬眠了62年醒来后，她发现绝大多数人都生活在天上了。原来，人类实施了掩体计划，在木星等远地行星的背后，建立了一个个巨大的太空城。"亚洲一号"太空城呈规则的圆筒形，长达45公里，内部面积相当于北京市区的一半，有两千万人生活于其中。在类似的大大小小的太空城中，生活着几乎全部人类。由于对太阳的打击随时都可能发生，地球也会随之毁灭，因此敢于生活在地球上的人只有几百万。地球变成了人烟稀少的地方，恢复了大片大片的原始森林，人类对地球生态的破坏终于结束了。

在程心与艾AA冬眠的时间里，人类的科技又取得了突飞猛进的发展，甚至可以创造微型黑洞。程心听说了一个科学家为了研究如何降低光速，掉进自己创造的微型黑洞的故事。苏醒后的程心没有想到，她通过自己的权威阻止了人类的内战，她的基于人间正义的决定却最终毁灭了人类。原来，维德及其追随者们在太空环境下坚持研究支撑光速飞船构想的空间曲率驱动技术。这帮光速主义者已经取得了关键突破，他们可以让一根头发丝通过曲率驱动以光速移动两厘米。这个时候的维德已经一百一十岁，因为医疗技术的发达，现在的人们普遍可以活两百岁。经过三次冬眠的程心的实际生理年龄只有三十三岁，在这个年代相当于一个少女的年龄。尽管已经跨越了数个世纪，但程心是不能老的，这意味着，即使穿上了科技玄幻主义的外衣，《三体》三部曲本质上仍然是文学作品，而青春和浪漫是文学存在的前提。

因为维德及其追随者违背了政府法令，他们被太阳系联邦的战舰包围了。光速主义者们决定用集体自杀式的反物质武器来捍卫他们的信念。光速主义者控诉道："知道他们要从我们这里夺走什么吗？不是城市和光速飞船，是太阳系外的整个宇宙！是宇宙中亿万个美妙的世界！他们不让我们到那些世界去，他们把我们和我们的子孙关在这个半径五十个天文单位、名叫太阳系的监狱里！我们是在为自由而战！为成为宇宙中的自由人而战！"[1] 面对人类自相毁灭的处境，程心利用了维德的承诺，要求躲在太空城中的维德及追随他的光速主义者交出反物质武器，放弃抵抗。照理说，为了目标而不择手段的硬汉维德根本可以不理睬程心的要求，完全可以置六十多年前的承诺于不顾。如果光速主义者坚持用反物质武器相威胁，政府军是绝不敢攻打他们所在的太空城的。这样，维德就可以领导光速主义者继续研究曲率驱动技术，直到能将飞船加速至光速而大功告成的那一天。但维德居然遵守了他的承诺而放弃了抵抗，他被判处了死刑，罪名是反人类并违反了禁止曲率驱动技术的法律。维德被处死之前，说了一句名言：失去人性，失去很多，失去兽性，则失去一切。但维德这次却主动将自己的兽

---

[1] 《三体 III：死神永生》，刘慈欣著，重庆出版社，2014 年，第 381 页。

性关进了程心的人性里。程心这一次是真正拯救了人类，人们于是重新把她当作圣母。可是这种舆论压力使程心痛苦不堪，她决定与艾AA再次冬眠。冬眠合同注明正常时间是两百年，但如果黑暗森林打击提前降临了，需要即时把她们唤醒。

程心冬眠之后，《三体III：死神永生》转向了对银河系猎户旋臂的一种名叫"歌者"的外星生物的描写。这种生物熟悉黑暗森林法则，它很可能生活于一艘秘密的星际战舰上。在脱离人类世界的宇宙描写中，刘慈欣的科技玄幻主义发挥得淋漓尽致。"歌者"唯一的乐趣就是翻阅银河系的恒星坐标，判断哪颗恒星有潜在威胁。"歌者"在寂寞的太空中回忆道，只有在一万多个时间颗粒之前，也就是在母世界与边缘世界还没有发生战争前，生活才有乐趣，之后，乐趣就越来越少。那个时代是"歌者"心中的古典时代，吟唱那个时代的歌谣是为数不多的乐趣。至于"歌者"以及它所提到的母世界、边缘世界、战争、古典时代，都没有具体描写，读这些文字很有一些宇宙散文或宇宙朦胧诗的感觉。其中一段是这样写的："歌者没有太多的抱怨，生存需要投入更多的思想和精力。宇宙的熵在升高，有序度在降低，像平衡鹏那无边无际的黑翅膀，向存在的一切压下来，压下来。可是低熵体不一样，低熵体的熵还在降低，有序度还在上升，像漆黑海面上升起的磷火，这就是意义，最高层的意义，比乐趣的意义层次要高。"①

总之，"歌者"的职责是清理暴露了坐标的广播者，那些根据宇宙黑暗森林法则有潜在威胁的文明。"歌者"正要清理

---

① 《三体III：死神永生》，刘慈欣著，重庆出版社，2014年，第388页。

代表某个恒星系的坐标，就是说正要毁灭那颗恒星，却发现还有另外的低熵体，也就是另外的智能生物，已经将这个坐标先一步清理掉了。"歌者"当然知道，低熵体都有清理基因，清理是它们的本能。《三体》三部曲写到这里，读者才看得清楚，原来宇宙是那样黑暗，高级文明的唯一兴趣和任务就是毁灭其他文明。果然，"歌者"发现了"弹星者"，必须将后者毁灭。"歌者"决定用名叫"二向箔"的武器去毁灭"弹星者"，这个想法得到了不知生存在什么地方的长老的批准，这也意味着，"歌者"的母世界已经准备二维化了。"歌者"想，如果真是这样，就将是莫大的悲哀。"歌者"无法想象二维化的生活，但生存高于一切，也高于意义，因此，宇宙中的一切低熵体都只能为了生存而牺牲其他所有事物，包括意义，也包括真、善、美——如果地球人的这些概念站在宇宙视野是有意义的话。"歌者"一边唱着古老的歌谣，一边漫不经心地用力场触角拿起二向箔，把它掷向了"弹星者"。

程心和艾 AA 只冬眠了半个多世纪就被唤醒了。这意味着，对太阳的黑暗森林打击终于降临了。人类发现有智慧飞船向太阳系发射了一样东西，最开始是光速，后来降到了光速的千分之一。那个东西居然像一张透明的纸片，这就是"二向箔"，可以使整个三维的太阳系降为二维。当打击完成时，太阳系将变成一幅厚度为零的画。人类反复计算表明，逃离这种打击的速度是光速，可人类已经封死了光速飞行的路。面对这种形式的打击，人类才意识到，掩体计划一点用都没有。人类是以三体世界的毁灭为打击原型而设计掩体计划的，三体文明所在的行星毁于一颗恒星的爆炸。太阳系要幸运得多，即使太阳爆炸和地球毁灭，木星、土星、海王星、天王星等远地行星也将存活下来。因此，将整个人类装进数以百计的太空城，以这些行星作为掩体，人类文明就肯定能在太阳爆炸后幸存下来。可是，这种想象是多么傲慢啊！难道存心想毁灭人类世界的更高级的文明，竟然不知道太阳系的构造，不知道对三体世界的打击方式不适合人类？所以在意识到人类和整个太阳系大难临头的时候，一位科学家说了一句很有哲理的话：弱小和无知不是生存的障碍，傲慢才是。但在那种级别的灾难面前，人类的科学和哲学都不管用。可人们突然明白了云天明童话中那个邪恶画师的隐喻意味着什么了。

太阳系二维化是一个惨烈的过程，《三体 III：死神永生》的科技玄幻主义的描写可谓绘声绘色。一艘名叫"启示"号的太空船最先跌入二维空间，整个过程只有几秒钟，焰火般的光芒照亮了黑暗的太空。"启示"号二维化后变成了一幅很大的彩色画，仔细观察这幅画，可以看清楚所有的细节，人们"手拉手拥聚在一起，躯体中的每一个细胞都以二维状态裸露在太空中，成为毁灭巨画中最先被画入的人"。[1] 在太阳二维化之前，木星外围的巨大卫星都纷纷被二维化，刘慈欣对相关细节有很多天才般的描写，使人感觉身临其境。"欧洲六号"是一座有六百万人的太空城，一半人乘坐各种飞船向外逃跑，另一半人则知道以低于光速的逃跑没有任何意义，所以选择留在太空城等待最终的命运。"欧洲六号"的影像资料实时传向其他还未二维化的太空城，那些太空城上的人们惊恐地发现，

---

① 《三体 III：死神永生》，刘慈欣著，重庆出版社，2014 年，第 414 页。

随着"欧洲六号"停止旋转，失重的人竟在飞船内部全部漂浮起来，形成了一条黑色的云带。在太空城的冷光中，每个人的脸色都如鬼魅般苍白。

"欧洲六号"的二维化开始了，太空城像一艘底部破口的巨轮，向着二维平面的海洋沉下去。太空城内的建筑群被上升的二维平面齐齐切割，然后迅速扩大到太空城在三维空间的实际范围之外。因为太空城中还有空气，所以身处其他太空城的人们可以听见三维世界跌入二维世界时的声音，就像玻璃制品被一只巨型碾磙轧过。当"欧洲六号"的接近二分之一被二维平面吞没时，浮在上半部分的人海开始有人跌入二维平面，他们"就像落在水面上的一滴滴彩色墨水，瞬间在平面扩展开来，展现出形态各异的二维人体……一对情侣抱着跌入平面，二维化后的两个人体在平面上并行排列，仍能看出拥抱的样子，但姿态很奇怪，像一个不懂透视原理的孩童笨拙地画出来的。还有一位母亲，高举着自己还是婴儿的孩子跌入平面，那孩子也只比她在三维世界多活了 0.1 秒"。①

在人类世界惨烈的二维化过程中，程心与艾 AA 正乘坐最先进的"星环"号飞船前往还没有二维化的冥王星。冬眠醒来之后的程心知道灭亡不可避免，她本来希望回到地球等待最后的时刻，反而有一种叶落归根的感觉。但住在冥王星上的、二百岁高龄的罗辑希望程心去一趟他那里。罗辑将人类的一些重要文物贮存在冥王星，程心觉得可以为人类文明尽最后一点责任。将文物放入太空，即使被二维化，以后有高等智慧文明

---

① 《三体Ⅲ：死神永生》，刘慈欣著，重庆出版社，2014 年，第 432—433 页。

要用软件复原三维样态也会容易得多。程心和艾 AA 在冥王星上与罗辑会合之后，他们通过望远镜看到了地球的二维化。在地球二维化的过程中，海洋产生了巨大的二维雪花，每片雪花的直径都在四千公里至五千公里之间。太阳也开始二维化了，这个过程也是太阳由急剧放亮到完全熄灭的过程。太阳系将变成一个黑暗的二维平面，该跑的光都跑了，什么活物都不会剩下。严格地说，太阳系将变成一张超级图纸，其中"每一根纤维，每一只螨虫，甚至每一个细菌，都被精确地画下来，这张图纸的精确度是原子级别的，原三维世界中的每一个原子，都以铁的规则投射到二维空间平面上相应的位置。绘制这种图纸的一个基本原则是没有重叠，没有任何被遮挡的部分，所有细节都在平面上排列出来，显露无遗。在这里，复杂代替了宏伟"。①

就在冥王星即将被二维化的时候，程心和艾 AA 返回到"星环"号做最后的文物抢救工作，就在这时，罗辑要求她们赶紧离开太阳系。原来，"星环"号是人类唯一一艘有空间曲率驱动引擎的飞船，是维德死后光速主义的残余力量研发出来的。这时的程心才明白，在曲率引擎的航迹空间里，真空光速会降到人们梦寐以求的每秒 16.7 公里，能形成可以避免黑暗森林打击的黑域。如果要让整个太阳系变成黑域，需要一千艘曲率飞船。这就意味着，半个多世纪前程心要求维德放弃对政府军的反抗，实际上是堵死了人类的两条逃生路：光速逃离和黑域隐藏。本来，在两条逃生路径上，人们是可以选择的，无

_____

① 《三体 III：死神永生》，刘慈欣著，重庆出版社，2014 年，第 434 页。

论是光速逃离，还是低光速状态下的隐藏，人类文明都可以存活和发展。这时的程心发现，她曾"两次处于仅次于上帝的位置上，却两次以爱的名义把世界推向深渊，而这一次已没人能为她挽回"。[①]

程心本来在最后毁灭前轻松下来，所有的责任和负担都放下了，但现在一切都反过来了。程心觉得来自宇宙各个方面的引力无情地撕扯着她的灵魂，她产生了一百二十七年前她作为执剑人的幻觉："太空中充满了眼睛，都在盯着她，恐龙的眼睛，三叶虫和蚂蚁的眼睛，鸟和蝴蝶的眼睛，细菌的眼睛……仅地球上生活过的人类的眼睛就有一千亿双。"[②]罗辑留在冥王星上被二维化了，程心感觉从罗辑最后的眼光中读出的是：孩子，看看你干了些什么？程心也感觉从艾AA的眼中读出：你终于还是遇到了比死更可怕的事。但程心知道自己必须活下去，她一死，余下的人类就死去了一半。在二维平面即将吞噬她们之前，程心向"星环"号飞船的人工智能下达了一道命令，飞往距离286.5光年外的那颗恒星，那是云天明在几个世纪前送她的，而她则当着云天明的全息影像称之为"我们的星星"。

"星环"号飞船在即将二维化的一瞬间，启动了曲率引擎，以光速飞向了另一个世界。人类的第一次光速飞行是这样的——"宇宙发生了剧变，前方的所有的星星都朝航向所指的方向聚焦，仿佛这一半宇宙变成了一个黑色的大碗，群星都在

<hr />

① 《三体 III：死神永生》，刘慈欣著，重庆出版社，2014 年，第 451 页。
② 同上，第 452 页。

156

向碗底滑落，很快在正前方聚成密密的一团，已经分辨不出单个的星星，它们凝成一个光团，像一块巨大的蓝宝石发出璀璨的蓝光。不时有零星的星星从光团中飞出，划过漆黑的空间快速向后飞去，它们的色彩不断变化，从蓝变绿，再变成黄色，当它越过飞船后，则变成了红色。在飞船的后方，二维太阳系和群星一起凝聚成红色的一团，像在宇宙尽头熊熊燃烧的篝火"。①

　　能够以光速飞行的物种，它们的世界观肯定不同于过去的人类。从"星环"号光速运行开始，《三体 III：死神永生》中的时间计量单位就变成了"银河纪元"。"星环"号将要降落的地方是"DX3906"号恒星的一颗类地行星，是人可以生存的"蓝星"，光都要走 287 年。但因为相对论效应，程心和艾 AA 在飞船上实际经历的时间只有 52 个小时。太阳系毁灭之后，刘慈欣的科技玄幻主义发挥到了极致，偶然和奇迹将主宰以幸存人类为背景的宇宙叙事。程心以为她与艾 AA 是仅存的人类，而且两个都是女人，意味着人类灭绝将成定局。然而，不为程心所知的是，早已飞出太阳系的"蓝色空间"号与"万有引力"号上还有不少人，其中一个叫关一帆的科学家经过数个世纪的冬眠后也在蓝星上。关一帆看起来只有四十岁，实际上与程心一样，都活了好几百年。从关一帆那里，程心与艾 AA 知道了一个比黑暗森林更黑的宇宙。

　　据关一帆说，那些具有神一样的科技力量的文明，它们在对其他文明实施黑暗森林打击时会毫不犹豫将宇宙规律作为战

---

① 《三体 III：死神永生》，刘慈欣著，重庆出版社，2014 年，第 455 页。

争武器。能够作为武器的规律有很多，最常用的是空间维度和光速，它们会用降低维度来攻击，用降低光速来防御，太阳系遭到的打击属于宇宙中的顶级攻击方式。关一帆还说，太阳系空间向二维的跌落永远不会停止，这就意味着，发起维度攻击的一方所在的空间迟早也要跌落到二维。因此，攻击者为了生存，必要时就会改造自己，变成低维生命，比如由四维生命改造成三维生命，当然也可由三维降低成二维。降维打击是没有禁忌的，因为生存是最高的原则。关一帆说，毕竟活着总比死了强。高级文明肆无忌惮地制造和使用武器，达到难以想象的程度。它们可以制造低光速黑域把敌人封死在里面，有的低光速带横穿整个星系旋臂，在恒星密集处，低光速黑域融为一体可以连绵千万光年，无论多么强大的舰队，一旦陷进去就永远出不来。更不可思议的是，有些高级文明甚至会将数学规律作为武器，总之，一切规律都武器化了。

被战争改变之前的宇宙，可以称作宇宙的田园时代。那个时候的宇宙距今有一百多亿年，宇宙不是四维的，而是十维。那时的真空光速接近无限大，具有超距作用。因为文明之间的战争，宏观世界的维度不断下降，光速也在不断减慢，目前的宇宙正在走向死亡。关一帆告诉程心和艾 AA，高级文明将宇宙规律作为武器制造的零光速的黑域，那才是真正意义上的死亡，黑域中的每个基本粒子、每个夸克都死了，没有丝毫振动。这种黑域也是一个零引力的黑洞，任何东西进去后都不可能出来。但宇宙在死亡中也孕育着一丝希望。据说，宇宙中有一种高等智慧体，叫作"归零者"，也叫"重启者"，它们想重新启动宇宙，回到宇宙的田园时代。它们有近乎神的能力，想把光速拨过零，重现无限的光速。关一帆觉得这是不可能的，他觉得归零者做的事更像一种行为艺术。不过，因为归零者的存在，程心说她看到了宇宙的一些亮色。关一帆承认这个说法，他补充道，宇宙是丰富多彩的，什么样的智慧生命或世界都有。有归零者这样的理想主义者，有和平主义者，有慈善家，还有只专注于艺术和美的文明，但它们不是主流，不可能主导宇宙的走向。关一帆所说的内容越来越离奇，程心也越听越觉得不可思议。

程心问关一帆，"蓝色空间"号和"万有引力"号上的其他人在哪里呢？关一帆说他们在一号世界和四号世界，并有点神秘地补充道，不要问宇宙中智慧生命居住在哪个世界，这是宇宙的基本礼节，就像过去地球上不要问女士的年龄。关一帆发现有来历不明的宇宙飞行器在另一颗行星灰星停留过，决定从蓝星驾驶飞船去一探究竟。程心决定一同去，关一帆本来不同意。但艾 AA 解释说，程心与云天明有一个约定，他俩想要在他送给她的这颗恒星附近重新相聚。于是艾 AA 一个人留在了蓝星，并祝程心好运。在关一帆和程心返回蓝星的过程中，突然听到艾 AA 的呼叫，说是云天明的飞船降落到蓝星了。然而，关一帆与程心突然遭遇了时间真空，进入了黑域，所有电脑都无法启动，他们以低光速绕着蓝星轨道运行。他们想办法通过启动神经元电脑控制着飞船，但在低光速下，相对论效应仍然有效。这就意味着，在关一帆与程心的参照系之外，时间正以千万倍的速度闪电般地流逝。

当关一帆与程心的飞船降落在起飞时的位置时，整个"DX3906"星系已经变成了低光速黑域，恒星的光变成了紫色。天上的星星消失了，代之以纷繁复杂的一根根交叉着的银线。他们意识到，这个世界已经与宇宙的其余部分完全隔离了。他们发现，重新返回的蓝星的面貌已经完全变样了，除了过去的植物，还出现了一些此前未曾见过的奇怪的小动物。他们用多种元素的半衰期进行检测，发现他们这一来一回的时间已经是一千八百九十万地球年了。一千八百九十万年！程心伏在关一帆的肩上哭了起来，一千八百九十万年，对于地球人而言是如此夸张漫长的岁月，她实在是没有办法不为错过云天明而哭。程心的哭泣代表了一种放弃，"她终于看清了，使自己这粒沙尘四处飘飞的，是怎样的天风；把自己这片小叶送向远方的，是怎样的大河。她彻底放弃了，让风吹透躯体，让阳光穿过灵魂。"[1] 程心与关一帆最终探测到云天明和艾AA在一千八百九十万年前刻在石头上的话，说他们度过了幸福的一生，云天明还送给了程心和关一帆一个小宇宙，在其中可以躲过大宇宙的坍缩。程心与关一帆沿着这段话的指示，发现了一扇时间之外的智能门，他们一起跨了进去。

程心和关一帆再一次通过时间真空，他们进入了云天明送给他们的647号小宇宙。这是一个田园世界，里面有好山好水好空气，还有各式服务的机器人。令程心不胜惊讶的是，仿佛曾在地球上自焚的那个穿着日本和服的机器人"智子"又出现了。这个"智子"重复那个"智子"曾在地球上给程心讲过的话：宇宙很大，生活更大。这个"智子"是647号小宇宙的管理者，她告诉程心和关一帆，云天明希望他们在这个小宇

---

① 《三体 III：死神永生》，刘慈欣著，重庆出版社，2014 年，第 491 页。

宙中躲过被称作"大坍缩"的宇宙末日，然后在新的大爆炸后进入新的宇宙。在小宇宙的田园生活中，程心与关一帆通过计算机资料学习三体文明，知道了大宇宙的"质量流失"的问题。他们得知，宇宙中有一种被称作"回归运动"的智慧文明，它们很像归零者，力图制止小宇宙的建造，并且呼吁把已经建成的小宇宙中的质量归还给大宇宙。

程心和关一帆发现，他们个人生活的每一种选择都会涉及宇宙的命运，有时还涉及多个宇宙的命运。他们觉得自己就像处在上帝的位置上，这种感觉压得他们喘不过气来。他们在自己的小宇宙中终于收到了大宇宙通过上百万种语言发起的超膜广播。回归运动声明："我们宇宙的总质量减少到临界值以下，宇宙将由封闭转变为开放，宇宙将在永恒的膨胀中死去，所有的生命和记忆都将死去。请归还你们拿走的质量，只把记忆体送往新宇宙。"①

自从程心与关一帆进入 647 号小宇宙后，大宇宙至少过去了上百亿年，蓝星早就没有了，云天明送给程心的那颗恒星也早就熄灭了。"智子"提醒他们，现在根本不知道大宇宙是什么环境，甚至不知道那个宇宙还是不是三维的。"智子"建议程心与关一帆继续躲在小宇宙之中，如果回归运动成功了，大宇宙坍缩为奇点并发生新的创世大爆炸，就可以踏出小宇宙到新的大宇宙中去。如果回归运动失败了，大宇宙死了，留在小宇宙中的程心和关一帆还可以平安地度过一生，何况这个田园般的小宇宙被造得非常精致优美。但程心认为，如果所有小宇

---

① 《三体III：死神永生》，刘慈欣著，重庆出版社，2014 年，第 507 页。

宙中的智能生物都这么想，大宇宙就死定了。看来，为责任而活的程心因为自己的责任而使太阳系遭受毁灭之后，她仍然要为责任而活。只是这一次，她将不惜牺牲小宇宙而拯救大宇宙，她承担着类似于宇宙创造者的责任。

最后，程心与关一帆离开了 647 号小宇宙，他们让飞船在大宇宙中飞行，寻找勉强可以生存的地方。647 号小宇宙只保留了一点点质量，主要是留给用于保存地球文明和三体文明信息的"漂流瓶"，以及一个小小的象征生命的生态球。程心希望，两个文明的这一点点私心是可以理解的，因为肯定有别的小宇宙不愿意像他们这样将质量归还给大宇宙，但愿这个误差可以被整个大宇宙忽略。《三体 III：死神永生》的最后一段是这样写的："漂流瓶隐没于黑暗里，在一公里见方的宇宙中，只有生态球里的小太阳发出一点光芒。在这个小小的生命世界中，几只清澈的水球在零重力环境中静静地漂浮着，有一条小鱼从一只水球中蹦出，跃入另一只水球，轻盈地穿游于绿藻之间。在一小块陆地上的草丛中，有一滴露珠从一片草叶上脱离，旋转着飘起，向太空中折射出一缕晶莹的阳光。"[1]

十二、物性、人性与神性：何以为大（《三体》三部曲的成就）

读完《三体》三部曲，读者会有怎样的感受呢？震撼，这很可能是大多数读者最直接的感受。确实，《三体》三部曲既刺激，又富有悬念，从人性和人类文明的缺陷到地球人与三体人的恩怨，从大自然不可思议的现象到科技发展的未来，从宇

---

[1] 《三体 III：死神永生》，刘慈欣著，重庆出版社，2014 年，第 513 页。

宙间文明的交往方式到高级文明的神级能力与宇宙的生死，作者的笔端几乎无所不涉。科幻文学爱好者亲切地称刘慈欣为"大刘"，这个"大"字意味着视野大、格局大、规模大、思想大，确实是恰如其分。读者感到震撼，是因为在精彩纷呈的系列故事中感受到了若干关联的"大"。故事好看是首要的前提，讲故事就是要引人入胜，《三体》三部曲跌宕起伏的内容，是使这部著作大获成功的基本前提。但若无"大"的内涵，读者很难有震撼的感觉。从"大"的角度，我们来归纳一下《三体》三部曲的特点。

《三体》三部曲的时间跨度很大，达几个世纪，还不包括最后关于宇宙上百亿年的生死描写。在这么大跨度的时间里，要使三部著作变成前后相续的有机整体，需要在整体思路和情节设置上有很强的预见性。然而，《三体 II：黑暗森林》的主角罗辑在创作心中恋人时的文学体验却告诉我们，很多时候是不断涌现的、意想不到的情节和人物在推动作者，而不是作者事先将每一个环节都设计到位了再下笔。尽管如此，作者的驾驭能力仍然是至关重要的。什么时候信马由缰任奔涌的思绪不受控制，什么时候前瞻后顾让主干枝叶分布合理，优秀的作者都必须有另一只眼睛来审视自己的创作，刘慈欣无疑是这个群体的佼佼者。所以，尽管时间跨度长达数个世纪，但《三体》三部曲给读者的印象却是前因后果丝丝相扣，不断反转的剧情大多合情合理。

因为时间跨度大，很重要的一个叙事手段就是角色的冬眠。重要角色每一次醒来后，都会发现文明与文化的巨大变迁。在描写这种变迁时，刘慈欣依靠很"硬"的科学知识的储备，往往能使读者身临其境。与科技发展直接相关的细节描写，在《三体》三部曲中占了相当大的篇幅。这种背景描述本身是科幻小说的核心构成，绝非可有可无。科幻小说往往要在未来的科技大背景中展现人性的光辉或人性的异化，如果没有这种背景铺垫以及由之带来的叙事结构和方式的根本改变，科幻文学就很可能只是在科幻的外衣下模仿传统文学。因为时空背景的巨大变化，以及与外星文明的遭遇和冲突，《三体》三部曲对人的刻画比传统文学要复杂很多。这些人物因为意识到另一种或多种文明的存在，以及整个人类的毁灭即将到来，他们的心智与传统文学人物的心智相比有很大的不同。两类文学中的人物都要经历生老病死、爱恨情仇，但《三体》三部曲中的人物的心智多了一些传统文学人物没有的维度，这是科幻文学有资格不受制于传统文学理论的关键前提。

因为巨大的时间跨度，在严密逻辑的基础上的跳跃性叙事，也是《三体》三部曲的一大特色。如果要按照时间跨度同比例地展开叙事，《三体》三部曲必将长得无人阅读。因此，选择在哪些人物和情节上着重叙述，就是一件很考究的事情。因为面临这样的艰难选择，在《三体》三部曲涉及的近一百个人物中，有的人物的刻画显得较为单薄实在是很难避免的事。这有点像时间长河中的一部具有超高感光度的照相机，为了捕捉住时空快速变化的大风景，就不得不牺牲常规时空框架下的小风景。一般来讲，在大时空的背景下，科幻文学的描写颗粒要大于传统文学。尽管如此，我们在《三体》三部曲中也发现，在一些特别重要的人物和情节上，描写的生动和细腻堪比最优秀的传统文学。譬如，《三体 I》对叶文洁的身世和心路历程的刻画，《三体 II：黑暗森林》对章北海和罗辑这两个关键人物的描写，《三体 III：死神永生》对云天明和程心的宇宙级浪漫的渲染，都让人叹为观止。

作为杰出的科幻文学家，刘慈欣的细节观察和描述能力也非常不同于传统文学家。一些重要内容涉及的是可能的细节，是人类目前的科技和文明样态都无法涉及的细节。特别是在描写"硬"科幻的场景时更是如此，刘慈欣必须将传统文学无法处理的可能细节与人物的可能心智结合起来。这种细节描写涉及的是一种充分想象的可能世界，与传统文学的想象有本质的区别。传统文学是在现实世界中想象可能的生活，科幻文学则是在可能世界中想象现实的生活。不好说后者一定高于前者，但功力不足的科幻作品有时的确会给人一种印象，那就是科幻文学的文学性弱于传统文学。科幻文学因此可能获得一种不好的名声，它的文学性不强，它对科学的幻想也仅仅是幻想而不是科学。可是，刘慈欣的科技玄幻主义对可能世界的想象，已经在更高的维度上超越了传统文学的想象空间。《三体》三部曲的成功意味着，在较高维度上对细节的要求非常不同于在较低维度上对细节的迷恋。

科幻文学具有与传统文学不一样的叙事维度，维度差别也决定了叙事结构的差别。《三体》三部曲之所以好看，一个很大的原因在于，可以在大时空背景下实施情节的反转与再反转。理想主义者叶文洁成了人类的第一个叛徒，作为逃亡主义者和谋杀者的章北海成了人类的英雄，玩世不恭者罗辑成了世界的拯救者，而人道主义者程心却成了人类文明招致毁灭的罪人。情节的反转巧妙地牵动着读者的心，价值观的反转与再反转则发人深省。可能对于大多数读者而言，欣赏《三体》三部曲的扣人心弦的情节就足够了，但少数有心的读者会留意到价值观的反转与再反转实际上是这部杰出的科幻著作之所以令人震撼的关键原因之一。

叶文洁是一个理想主义者兼道德主义者，但凄惨的人生经历与深入的道德思考，使她终于能够跳出人类中心的视野来看待生命与整个宇宙。背叛人类不过是为了效忠更高的价值观，或更伟大的存在。以人类世俗的道德来看，叶文洁简直十恶不赦。然而，她可以冷血地杀掉自己的敌人和爱人，但这不正是一个有信仰和有理想的人才可能做得出来的事吗？章北海以一个军人的必胜信念欺骗了所有的人，包括他的战友、上级和三体人的智子，欺骗与谋杀是章北海唯一的选择，不择手段实施跨越两个世纪的逃亡主义只为了人类文明的延续。章北海以违背人类道德原则的方式行事，却成了末日战争中幸存的太空军官兵公认的英雄，难道在与外星文明的生死竞争中，不该抛弃一些人性而恢复一些兽性吗？

罗辑本来只关心自己的生活世界，他从来不背负人道主义的道德包袱，得过且过，今朝有酒今朝醉，反而使他能够从文明之间生死博弈的本质去看问题。罗辑后来忠实地履行他作为面壁人的职责，仅仅是因为他的妻子和孩子被行星防御理事会绑架到了未来，他的行为一点不崇高。然而，正是这个冷静得有点冷酷的罗辑，才敢用自己的生命与三体人打赌，将全人类的命运压在了宇宙的赌桌上。罗辑逼退了三体人的入侵，他的伟大成就基于不掺杂一点儿道德因素的理性计算，也基于他的从不被道德捆绑的内心，这样的拯救者值得人类歌颂他吗？与罗辑形成强烈反差的是程心，她富有爱心，凡事要讲责任和做人的原则，她是人道主义的坚定旗手。正因为程心内心有对人类深沉的爱，她才两次使人类处于毁灭状态。特别是太阳系的毁灭，与她有直接的关系。她意识不到兽性在生存边缘和战争状态中有时比人性更重要，生存意志要比道德意识更加深刻和广博。但这最多只是认知上的局限，难道该因为人类的毁灭而对她进行人类意义上的道德谴责吗？

大时空跨度，以及与之相伴的情节和价值观的巨大反转，都不足以概括"大"字在刘慈欣科幻文学中的全部内涵。《三体》三部曲的思想视野之大，才是令读者们感到震撼的最重要的原因。《三体》三部曲的一个重要特点是，道德始终是一个核心话题——从地球人的道德分歧和支撑人类文明的道德原则，到三体人的近乎道德中性的文明，再到毫无道德内涵的黑暗森林法则，最后到宇宙死亡过程中的宇宙级别的道德意识。因为《三体》三部曲涉及了相当深入的道德话题，就比其他只就科技发展谈未来变迁的科幻作品更能震撼人心。以文明的星际差异来审视道德极有创见，如果缺乏这种从天而降的审视方式，人类很容易在自己的道德信念中变得固执和自以为是。刘慈欣似乎在有意挑战人类的道德成就，一次次的道德反转就是明证。毕竟《三体》三部曲只是科幻小说，没有办法就人类道德问题甚或星际道德或宇宙道德问题进行深入而严肃的探讨，但刘慈欣的看似零散的洞见，为相关话题的拓展探讨打下了基础。

《三体》三部曲有时会刻意解构人类的道德信念和地球文

明在内部冲突的发展过程中艰难形成的道德共识。对自由的捍卫是现代人的道德共识，可自由是什么呢？为了更基本的生存目标，也就是说，为了自由的前提难道不可以牺牲自由吗？《三体Ⅱ：黑暗森林》中的面壁人希恩斯的"思想钢印"就是一个解构自由价值的构思。《三体》三部曲想追问的是，宇宙中的高级文明都会形成自由理念并承认自由价值吗？或者，自由是否只是隶属于人类现代文明的一种空幻的理念？如果"思想钢印"技术上是可行的，为了自由存在的前提而实施自由的控制，可以被允许吗？为了一个正确但却脆弱的事实信念而用"思想钢印"控制胡思乱想的自由，是可以接受的吗？更进一步，为了一个道德上积极而事实上错误的信念而使用"思想钢印"，究竟是一个可能导致美好结果的道德错误还是一个事实错误？

《三体》三部曲的思想格局和视野之大，从以上的归纳可见一斑。类似地，对于现代人类文明形成的民主价值，刘慈欣也有各种反转的描写或反讽。这些内容尽管涉及很深刻的话题，仍然不足以覆盖那个"大"字。那个"大"字最初体现在刘慈欣对未来科技和星际文明的想象中，后又深入到人性和道德世界，但最终使《三体》三部曲之大气磅礴得以彻底彰显的，是以科学的名义从事的形而上的追求。《三体Ⅰ》第一个出场的人物是纳米技术专家汪淼，在遭遇三体人搞出来的一系列离奇事件之后，他不得不面临一个根本问题：为什么这个世界具有稳定性？作为技术专家，汪淼过去从不思考这些形而上的问题。当最深刻的危机来临时，人们才会意识到，原来我们生活在一个具有稳定性的世界中，这本身就是一个奇迹。叶文洁的女儿、青年物理学家杨冬因为自然规律的稳定性和对称性的丧失而自杀，可见整个科学事业如何依赖于不能通过科学去证明的形而上前提。当进入这类问题的时候，刘慈欣就是在以科幻文学之名涉及科学本身无法回答的哲学问题。

以科学外衣包装的形而上学问题在《三体Ⅲ：死神永生》中得到了充分凸显。云天明的大脑在若干光年外被三体人截获并复活以后，他会有"我是谁，我从哪里来，我要到哪里去"的问题吗？或者，这样的问题会被赋予怎样的宇宙深度？一个更深的问题是，如果云天明的大脑复活以后被安置上了与地球人的生物属性完全不同的三体人的躯体，他的自我意识会有怎样的变化？会如何整合一个地球人的自我意识与一个三体人的自我意识？顺着这个问题，可以继续追问，那些完全不同于人类文明的、具有神级科技能力的外星智慧生物，具有怎样的自我意识？以及，它们的自我意识和对宇宙的意识，在什么意义上不同于人类？只有上升到自我意识的层面，或者说上升到智慧体的精神层面，宇宙存在与宇宙意识之间的深刻关联才可能得到揭示。《三体》三部曲没有在这个方向继续探讨，要是没有《三体Ⅲ：死神永生》最后时刻对宇宙回归运动和某种宇宙道德意识的描写，囿于黑暗森林法则的外星智慧生物就显得过于浅薄了。然而，程心所见证的宇宙回归运动和宇宙道德意识，不过是由她所体现的人类道德意识通过刘慈欣的科技玄幻主义向宇宙进行的投射。

归根结底，尽管那些掌握了神级科技力量的外星文明可以将物理规律甚至数学规律武器化，从而对宇宙中的其他文明进行肆无忌惮的打击和毁灭，要是没有形而上的精神维度，它们看起来反而像低等生物。刘慈欣也许意识到了这个问题，才在《三体》三部曲的最后描写了宇宙灭亡威胁下的回归运动。但《三体》三部曲对外星智慧生物的精神层面的描写仍显得单薄，宇宙文明间的黑暗森林法则显得过于单调。但这也许正暗藏着吻合刘慈欣一贯的反转风格的发问：为何有神级科技能力，宇宙仍然那样黑暗？这种反转过来的发问将我们拉回到宇宙创生和精神诞生的意义追问：难道有这样一个世界存在是理所应当的？难道毁灭一个文明竟然可以像"歌者"那样轻飘飘？难道宇宙的最伟大的秘密不就隐藏在关于创生目的和意义的终极追问中吗？

　　思考这些问题，才能体现思想之大，而这个"大"字的内涵，则通过《三体》三部曲的正向叙事和反转暗示，深深地震撼并启发着各种类型的读者。《三体》三部曲是如此的丰富，文明的冲突、科技的发展、人性的复杂、道德的矛盾、宇宙的生灭、价值的地位、意义的追问——这些永恒问题在大时空框架下的充满悬念的出场方式，使这部伟大的科幻作品在获得超越传统文学的文学性的过程中，同时闪耀着史诗般的形而上学光芒。也许可以说，《三体》三部曲就像是没有神的反转过来的神学著作，将科学探讨的物性、义学描绘的人性和哲学打量的神性统一在了正反相生的思想大格局中。正复为奇，善复为妖，这是《三体》的秘密，也是"大刘"之为大的根据。

黑暗森林法则

《三体》解读之一

一

　　黑暗森林法则是贯穿《三体》三部曲的逻辑基础。假如没有黑暗森林法则的预设，即使《三体》中所有关于人类未来或外星生物的科学技术的描述都不变，这部科幻小说肯定会变成另一个样子。这个逻辑基础是《三体》富有吸引力的大前提，故事中的各种冲突和反转都围绕着这个轴心在运转。特别是，在刘慈欣的笔下，星际文明之间无可奈何的选择都要受这个法则的左右，宇宙走向灭亡都要归因于这个法则。尽管这个虚构的宇宙法则使整个虚构的故事特别精彩而完成了它的文学使命，单独探讨一下这个法则也是一件有趣的事情。下面的探讨会让宇宙的黑暗森林法则变得不可信，但这恰好体现了《三体》作者的才华。一般的小说家最多只是虚构故事情节，《三体》的作者则要通过虚构宇宙的运行法则来使虚构的情节显得真实。这种双重虚构居然产生了这么大的吸引力，可见有文学影响力的虚构一定包含着某种程度的想象的合理性。

罗辑是悟出并践行黑暗森林法则的关键人物，但最初的启示者是叶文洁。在正式推出黑暗森林法则之前，《三体Ⅱ：黑暗森林》中有这样一段铺垫性质的描写："叶文洁指指天空，西方的暮光仍然很亮，空中的星星少得可以轻易数出来。这很容易使人回想起一个星星都没有出现时的苍穹，那蓝色的虚空透出一片广阔的茫然，仿佛是大理石雕像那没有瞳仁的眼睑。现在尽管星星很稀少，这巨大的空眼却有了瞳仁，于是空虚有了内容，宇宙有了视觉。但与空间相比，星星都是那么微小，只是一个个若隐若现的银色小点，似乎暗示了宇宙雕刻者的某种不安——他（它）克服不了给宇宙点上瞳仁的欲望，但对宇宙之眼赋予视觉又怀着某种巨大的恐惧，最后，空间的巨大和星星的微小就是这种欲望和恐惧平衡的结果，昭示着某种超越一切的谨慎。"[1] 此时的叶文洁已经是一个老人了，她早已推翻了年轻时的革命理想主义，也否定了以人的世界为中心的人本主义。罗辑并不知道叶文洁已经成为了"地球三体运动"的精神领袖，更不知道叶文洁对人类道德的深入思考已使她做出了一个理性的选择——超越人类视野并成了人类的第一个叛徒。

叶文洁指着天上的星星对罗辑说，每一点星光下都可能隐藏着文明的秘密。但文明内部的复杂结构和文明之间可能的复杂关系，都被巨大的时空滤掉了。这样，就可以将文明看作拥

---

[1] 《三体Ⅱ：黑暗森林》，刘慈欣著，重庆出版社，2014年，第5页。

有简单参数的点，将文明的复杂性忽略，就可以用数学和逻辑去处理文明之间的关系。叶文洁解释说，对这种关系的把握就是宇宙社会学，它只有两条公理：公理一，生存是文明的第一需要；公理二，文明不断增长和扩张，但宇宙的物质总量保持不变。在《三体II：黑暗森林》中，对黑暗森林法则的简单交代是在主线故事开始之前的"序章"里，叶文洁与罗辑的对话只是一个伏笔。对黑暗森林法则的更深入探讨是《三体II：黑暗森林》快结束的时候，那时，人类的太空军已经在末日战争中被三体人的"水滴"彻底消灭了。这时，人们偶然发现，罗辑在两个世纪前对一颗恒星发出的"诅咒"生效了。一颗距离地球五十光年的恒星，因空间坐标被罗辑通过太阳放大的智能电波暴露，而遭到了一个高级文明的毁灭性打击。这时的罗辑信心大振，他向警官史强讲述了自己进一步悟到的宇宙秘密——黑暗森林法则。

史强觉得，仅从宇宙社会学的公理一和公理二，不可能推出高等星际文明要将任何有威胁的文明消灭在萌芽状态的黑暗森林法则。罗辑对史强说，宇宙很大，但生命更大！宇宙的物质总量是恒定的，但生命却是指数形式增长。指数是魔鬼，按照当时人类科技水平的发展速度，只需一百万年，地球文明就可以挤满整个银河系。可一百万年在宇宙的时空尺度中，几乎等于一瞬间。何况，当一个文明的科技水平突破一个阈值后，就会发生技术爆炸。假设一个较高级文明知道较低级文明的存在，前者看起来比后者领先一万年，但后者的知识总量和科技水平只需突破一个关键点，就会获得惊人的技术爆炸加速度。地球文明就是这样，技术爆炸仅仅是过去数个世纪的事情，如果哪个外星文明要以持续不变的低技术状态下的农业文明标准来预估人类的发展，就大错特错了。每个星际文明都会走向技术爆炸之路，它们没有办法预估其他文明会不会因为什么原因而出现速度更高的技术爆炸。这种情况一旦发生，文明之间的力量对比就可能发生逆转。因此，文明之间的猜疑不可避免。

"猜疑链"是宇宙中的高级文明有相互毁灭冲动的一个关键前提。随着末日战争的结束，罗辑已经知道了星舰地球上的事。章北海操控"自然选择"号逃亡，太空军司令部派了四艘战舰去追击。这个过程中，官兵们知道了三体人的"水滴"是如何消灭人类太空军的，他们终于意识到章北海的逃亡主义是正确的，于是集体向章北海行军礼以表示对这位坚毅智慧的公元人的敬重。四艘追击战舰此时离"自然选择"号有二十万公里，但章北海拒绝了五艘战舰会合的请求。此时的章北海已经悟到了由五艘战舰组成的星舰地球将逃不掉自相残杀的命运。在宇宙时空的囚徒困境中，五艘战舰只能有一艘存活，余下的四艘必须被消灭从而为幸存的那一艘提供燃料和有机物。在这样残酷的太空环境中，在能源有限和目标距离特别遥远的约束条件下，只存活一艘是集体理性的最优选择。问题是，谁有资格存活？当五艘战舰上的官兵明白真实处境意味着什么的时候，猜疑链立刻就会起作用，当机立断消灭其他四艘战舰就是每一艘战舰的最优选择。黑暗森林法则降临了星舰地球，而后又通过罗辑向人类启示了宇宙无关于善恶的冷酷与黑暗。

按照黑暗森林法则，宇宙中不存在正义。资源稀缺，技术爆炸，以及猜疑链的存在，使文明内部的善恶原则不适用于文明之间。即使文明内部的善恶问题很复杂，文明之间的善恶问题却很简单：善意文明就是不主动攻击和消灭其他文明的文明，恶意文明则相反。可是，因为猜疑链的存在，善意文明与恶意文明的行为区别将不复存在。假如 A 是一个善意文明，它探测到了一个文明 B 的存在。A 因为是一个善意文明，它并不想消灭 B。A 文明的选择是，要想办法与 B 文明沟通。但 B 可能是一个悟透了黑暗森林法则的高级文明，A 的沟通行为会立刻导致 B 的攻击。A 在试图沟通之前，必须预想到这一点，仅仅因为这种可能性的存在，考虑到宇宙社会学的公理一，避免主动沟通而显露自己的坐标就是明智的选择。何况，A 文明的任何沟通行为都可能使 C 这个第三方文明获取自己的空间坐标，如果 C 是一个恶意文明而且有很高的科技能力，A 将被 C 摧毁。避免因为沟通冲动而暴露自己的坐标，是 A 文明最基本的理性选择。

可是，A 文明已经探测到了 B 文明的存在，这也意味着，即使 A 文明不主动沟通，B 文明也可能探测到 A 文明的存在。假如 B 是一个恶意文明，它一探测到 A 文明的存在，就立刻会想到消灭 A 文明，而且 B 文明也会这样预设 A 文明。换言之，即使 A 文明没有恶意，仅仅想抑制自己的沟通冲动而明哲保身也是不行的，因为 B 文明有可能先发制人发起攻击。仅仅这个可能性的存在，就使 A 文明的保守行为变得不可行。因为公理一的存在和猜疑链的作用，善意的 A 文明唯一正确的选择就是，一旦发现 B 文明，就立刻发起攻击并将其消灭。这个选择也是恶意的 B 文明的唯一正确的选择，因此，发现并消除对方就是无关善恶的理性的必然选择。然而，泯灭善恶还不是黑暗森林法则最黑的内容，恃强凌弱，以生命消灭生命，以文明摧毁文明，才是这个法则的必然内涵。

假设 A 文明探测到的 B 文明还相当低级，这并不意味着，A 文明就可以维系它的善意。因为宇宙社会学的公理二和技术爆炸的存在，以及不同类型文明的技术爆炸加速度并不相同，B 文明完全可能在 A 文明探测不到的情况下实现足以威胁 A 文明的技术跃迁。一旦这种情况发生，B 文明完全可能独立探测到 A 文明的存在，并率先向 A 文明发起毁灭性的打击。考虑到这种可能性的存在，再加上公理一的作用，黑暗森林法则的黑暗才显露无遗——文明的存在意味着无差别地毁灭文明。对此，《三体 II：黑暗森林》做了非常形象的总结——"每个文明都是带枪的猎人，像幽灵般潜行于林间，轻轻拨开挡路的树枝，竭力不让脚步发出一点儿声音，连呼吸都小心翼翼……他必须小心，因为林中到处都有与他一样潜行的猎人。如果他发现了别的生命，不管是不是猎人，不管是天使还是魔鬼，不管是娇嫩的婴儿还是步履蹒跚的老人，也不管是天仙般的少女还是天神般的男孩，能做的只有一件事：开枪消灭之。在这片森林中，他人就是地狱，就是永恒的威胁，任何暴露自己存在的生命都将很快被消灭"。①

让我们总结一下通向黑暗森林法则的逻辑步骤。为了探讨的需要，用"前提"取代两个公理和两个概念，就有了如下的推理——

前提一：生存是文明的第一需要；

前提二：文明不断增长和扩张，但宇宙的物质总量保持

---

① 《三体 II：黑暗森林》，刘慈欣著，重庆出版社，2014 年，第 446—447 页。

不变；

前提三：技术爆炸必然发生；

前提四：猜疑链必然存在；

推论：宇宙中文明间的黑暗森林法则不可避免。

二

让我们回到星舰地球，看一看章北海所在的"自然选择"号和其他四艘战舰在《三体II：黑暗森林》描述的绝境中还可能做怎样的选择。五艘战舰上五千多名官兵知道了人类的太空军是如何被三体人的"水滴"所屠杀的，他们除了巨大的恐惧，还感到不知所措。官兵们被四面八方的星星包围着，他们就像被风吹起的蒲公英，只好在无边的宇宙中无根漂泊。回不去了，地球家园已经变成了一个死亡陷阱。末日战争之后，整个人类的末日即将来临，人类文明将面临全面崩溃的惨境。对于五艘战舰上的官兵的悲壮心情，书中是这样描述的——"这五艘飞船必须承担起延续文明的责任，能做的只有向前飞，向远飞，飞船将是他们永远的家园，太空将是他们最后的归宿。这五千五百人就像刚刚割断脐带的婴儿，被残酷地抛向宇宙的深渊，像婴儿一样，他们只想哭。但章北海沉稳的目光像一个强劲的力场维持着列阵的稳定，使人们保持着军人的尊严。对于被抛弃在无边暗夜中的孩子们，最需要的就是父亲，现在……他们从这名来自古代的军人身上感受到了父亲的力量"。①

在上述引文中，《三体》的作者将章北海比喻成了父亲。

---

① 《三体II：黑暗森林》，刘慈欣著，重庆出版社，2014年，第401—402页。

然而，为了黑暗森林法则的戏剧性效果，刘慈欣并没有让章北海承担类似于父亲的责任。章北海是星舰地球的当之无愧的精神领袖，他完全可以充分利用自己的权威，使星舰地球摆脱黑暗森林的悲惨结局。最开始，星舰地球上的人们抱着延续人类文明的崇高目标而压制住了恐惧和悲伤。随着时间的推移，他们才逐渐意识到宇宙深空的无根漂泊意味着什么。特别是在燃料不足的情况下，延续文明的希望会变成令人窒息的绝望。然而，这是一个心理状态逐渐演变的过程，至少会持续若干个月。小说要在二十页的篇幅中将星舰地球的黑暗森林状态演绎完整，就必须牺牲必要的逻辑环节和想象空间。事实上，即使不是章北海最先想到星舰地球的囚徒困境，最先想到此事的人也可以借助章北海的权威和父亲般的精神力量来解决这个问题，至少可以努力寻找一个优于自相残杀的方案。毕竟，星舰地球上的成员有共同的生物学特性、文化和使命，星际文明之间的那种完全不可沟通的猜疑链即使成立，也不必然在星舰地球上成立。

章北海被比喻成父亲，他更有责任为星舰地球上的困局寻找出路。在人类生活的极端情况下，父母完全可能为了孩子而主动牺牲自己的生命。在与孩子的生存相冲突的情况下，生存就不再是父母的第一需求。除非，章北海主动放弃自己的生命反而会危及星舰地球的安全，牺牲自己的生命而避免星舰地球的自相残杀就是一个可能的选项。要注意，在《三体 II：黑暗森林》构造的场景中，自相残杀的结局之所以显得特别悲惨，是因为那是集体理性的最优决定。如果集体理性的最优决定要求章北海牺牲个人的生命以突破这个困局，硬汉章北海是不会有丝毫犹豫的。当然了，从章北海的重要地位来看，要求他牺牲性命以换取星舰地球对囚徒困境的突破既不可能也不必要。更有可能的情况是，由章北海出面来陈述横亘在五条战舰官兵们心间的心结并想办法将其解开，从而主动避免在完全不沟通的情况下的自相残杀。

我们可以想象一个非常不同于《三体II：黑暗森林》的剧情。在长达数月的深空航行中，章北海逐渐意识到了所有人死或一部分人死的困境。以章北海的睿智和责任心，他完全可以将这个情况坦陈给五艘太空战舰上的全体官兵。这时，整个人类都面临着毁灭，死亡不可能是一个禁忌的话题。《三体II：黑暗森林》的剧情是以这个禁忌为前提而展开的，但作者并没有揭示这个前提，再加上罗辑的宇宙社会学的逻辑推论，书内的警官史强和书外的读者很容易以为星舰地球的悲剧与星际文明之间的相互毁灭，都是黑暗森林法则在起作用，就像普遍有效的物理规律是放之宇宙而皆准的。然而，将死亡作为禁忌却是一个暗藏的前提，一旦取消这个前提，星舰地球的集体思维方式将完全是另一个样子。

在星舰地球的故事中，有一个看似无关紧要的信息——"终极规律"号的舰长自杀了。我们问，人为什么会自杀呢？不同的自杀者有不同的理由，但有一点是共同的，那就是自杀者认为已经没有活下去的理由了。在生命意义不复存在的情况下，人并不会将肉体的生存看作第一位的事情。那位舰长之所以自杀，很可能是因为他不愿意自己变成非人，一个要靠着杀害同类而勉强生存的人。很有可能，在死亡禁忌没有被打破的前提下，这位舰长预见到了星舰地球的自相残杀，他害怕人类变成非人的存在者，害怕人性尽失，只余兽性。事实上，动物也有为了保护群体或弱小后代而主动牺牲的事例。人性与兽性的根本区别只是在于，人的选择是凭着对意义的理解，而动物的选择是凭着本能。无论如何，那位舰长恐惧的是人变成自相残杀者，人的理性和善恶之心在这样的困境下完全无能为力。

如果章北海主动打破死亡禁忌，将人类即将灭亡的事实和星舰地球的处境意味着什么陈述清楚，让信息在所有官兵面前保持完全和对称，人性中那种为了大我而牺牲小我的精神光辉反而能够被激发。在人类历史中，特别是在灾难和战争面前，牺牲小我而成全大我的事例如此之多，以至于只有极其著名的英雄人物才会被长久铭记。章北海完全可以利用自己的精神领袖的地位，发表一篇名垂银河系的演讲。在这篇演讲中，章北海可以向星舰地球的全体官兵指出所谓的囚徒困境意味着什么，坦率告诉大家只有一部分人能够继续生活在星舰地球上的事实。这篇演讲充满着坦率、真诚和勇气，章北海在陈述了基本事实之后，可以将所有的选项列出来。

选项一是自相残杀，在这种情况下，人性尽失，攻击者和被攻击者都将失去作为人的尊严。章北海完全可以很有诗意地指向四面八方的星星，告诉官兵们，那些恒星以及分布于它们之间如黑洞那样的复杂天体，具有巨大无比的威力，但它们却不会思想，没有灵魂，不会为了意义而进行选择，更不懂得什么是存在的尊严。简言之，那些看似复杂的天体因为不会自杀，所以是很简单的存在者。唯有可以为了意义而自杀的人才有资格追问存在的意义和目的，才可以向全宇宙发出宇宙本身无法理解的问题。在他的演讲中，章北海完全可以提及那位自杀的舰长，并分析他自杀的原因。章北海可以动情地说，那位舰长是为了守护人性而自杀的，他的自杀向我们指示了不同于自相残杀的别的选择。

为了达到应有的演讲效果，章北海还可以欲擒故纵，声称就在他向着五艘战舰的官兵发表演讲的时候，也许还有人在想着用次声波武器偷袭。章北海的硬汉形象和英雄气质可在这种想象中发挥到极致，就像过去的一些老电影中的英雄人物用胸膛抵着敌人的枪口，令对方反而不敢开枪。何况，五艘太空战舰上的官兵们是患难与共的战友而不是敌对者，章北海的欲擒故纵可以增加演讲的震撼力，但人性的光明面已经被激发，无人会那样行动。就算有某位舰长还有那种自相残杀的想法，在全舰官兵热泪盈眶地支持和认同章北海观点的前提下，这位舰长又怎敢下达向自己的同类发起攻击的命令呢？何况，即使有舰长下达了这样的命令，也很有可能遭到拥护章北海，也就是拥护人性尊严的官兵们的抗命。在章北海的人性光辉和理性力量的笼罩下，官兵们才真正有了精神上的父亲。

章北海在演讲中可以清晰地概述他心目中的选项二。他可以首先向全体官兵发问，在不可能都活在星舰地球上的前提下，怎样的不同于自相残杀的方案是最优的？最优选择首先吻合延续人类文明的目标，在破除死亡禁忌的前提下，这样的方案必须考虑维护人的尊严和人性。否则，即使自相残杀的结局仍然可以将人类文明延续下去，但那样的延续已经变味了，而被延续的文明在自相残杀的原罪基础上很有可能变成非人的文明，从而冲突于最初的目标。在如此发问的基础上，章北海可以将他的方案公之于众。章北海只需要提及一些基本原则，然后给全体官兵时间并依靠众人的智慧优化选项二。简言之，选项二既要保证延续人类文明，还要能够保护人性和维护人的尊严。毫无疑问，以牺牲小我保全大我的方式延续人类文明，会成为最高的原则。

假设站在星舰地球整体立场上，每个人对于星舰地球的航行都有同等重要的作用，为了保证公平，就可以进行随机选择，看谁能继续留在星舰地球上。然而，这种做法无助于激发人们的牺牲精神，没有办法用人性的光辉去照亮宇宙，文明的延续缺少了崇高的因子，而崇高本来就是人类文明辉煌的精神成就。在这种情况下，精神领袖章北海就应该带头选择放弃在星舰地球上的生存权。章北海可以寄希望在他的感召下，更多的人愿意将生的希望留给他人。但每个人对于星舰地球有同等重要作用——这个假设是不成立的。章北海就有无人能够替代的精神感召作用。即使章北海本人愿意牺牲自己的生命，从星舰地球的整体视野和人类文明的延续目标来看，这绝不是一个吻合集体理性的选择。除非章北海必须牺牲自己，才能换取优于自相残杀的方案，否则，他就是第一个有理由活在星舰地球上的人。

在小我服务于大我的原则之下，星舰地球上的集体理性可以较为容易地确定哪些人应该留下来的遴选标准。官兵们必须预见到星舰地球在到达下一颗恒星前长达千年的航行中可能遇到的各种困难和危险，包括燃料不足、设备失灵、天体撞击的威胁、生态系统的故障、后代延续的难题、教育和知识传播的问题、知识生产或认知提升的困难、心理健康恶化而导致的抑郁和无意义感，等等。要解决上述问题，哪些类型的官兵最需要留在星舰地球上，就是可以确定的。我们假设星舰地球最多能留两千人，意味着有三千五百人不可能继续生存。我们再假设有一千人按照集体理性的标准下必须留下来，就意味着有四千五百人要竞争一千个可以存活的名额。不难想象，其中一些人会因为章北海的富有感染力的演讲而主动放弃竞争机会，他们是冷酷太空里心肠火热的道德英雄。假设还有三千人想要竞争一千个存活的名额，星舰地球也可以制订一个公平的规则。无论是运气好的人还是运气不好的人，都遵循他们彼此认可的公平规则。这些人固然不如道德英雄们伟大，但因为共同捍卫了自己认可的规则，他们也就共同捍卫了理性和人性。

也许，主动离开星舰地球的道德英雄们和被动离开星舰地球的运气较差者，他们的处境并不会比《三体III：死神永生》中的云天明差。在零下两百度的太空中，生理上的死亡并不等于没有复活的可能性。就算星舰文明需要这些战友的有机体以维系长达千年的生态循环，也可以将他们的大脑以最好的存贮方式留在宇宙中。星舰地球中的人完全可以启用核电池定位仪，它们可以工作数十万年，持续发射的电波预示着这些大脑有可能在未来复活。当人类文明在另一颗行星上彻底复兴的那一天，人类的后代一定会记得这些共同捍卫了人性尊严的前辈们。人类的后代肯定想要重返太阳系，想要闻到故乡泥土的芬芳。那时，或许三体人还霸占着地球，但人类后代最想找到的，很可能是漂浮在太阳系内的三千五百副大脑。他们将像云天明那样复活，复活后的他们就是故乡。他们会以一种古典时代特有的深邃而好奇的方式打探若干万年后的人类文明。他们想要知道，数万年前旨在保护人性尊严的集体选择，这个努力是否有助于延续人类文明，是否在人性的土壤上结出了更甜美的文明的果实。

三

黑暗森林法则之所以不在星舰地球上起作用，是因为人们打破了死亡禁忌，为活着和死去寻找到了弘扬人性的理由和根据。星舰地球上异于《三体II：黑暗森林》的故事重构，为我们在宇宙的视野中审视黑暗森林法则提供了一些启示。但因为宇宙星际文明之间的关系非常不同于星舰地球上的人与人的关系，这种启示也不能生硬照搬。

即使叶文洁和罗辑的宇宙社会学的四个前提都成立，在宇宙的黑暗森林中，也未必会发生文明之间没有原则的打打杀杀的事情。道理在于，如果黑暗森林法则是宇宙中所有高级文明的默认共识，一个肆意毁灭其他文明的高级文明就有可能遭到反杀。因为作为攻击者的文明并不知道，被攻击者是不是一个伪装成低级文明的、比自己更厉害的高级文明。如果是那样，攻击行为无异于自杀行为。即使攻击者像《三体III：死神永生》中的"歌者"那样是从飞行器中发起攻击，更高级的文明也可以反过来捕捉飞行器，然后获取攻击者所在的母星文明的坐标和信息。如果黑暗森林法则是成立的，结论必定是，没有哪个文明敢于以自身灭亡为代价而无差别地实施对其他文明的攻击。杀与反杀将在宇宙中构成一种威慑平衡。黑暗森林法则不会导致无休止的毁灭战争，恰恰相反，黑暗森林法则将保障懂得反杀道理的高级文明之间处于永久和平状态。

但黑暗森林法则的真正问题不是从它自身推出来的相反结论。黑暗森林法则的问题有更深刻的渊源和内涵。在《三体》三部曲中，文明之间的唯一关系就是毁灭与被毁灭，文明之间没有交流，更没有实质性的相互学习和融合的可能性。任何一个高级文明都对别的文明没有好奇心，更不会对文明的兴衰有敬畏心。然而，仅仅观察人类文明也不难发现，好奇心是推动文明发明的动力，敬畏心是守护文明成就的堡垒。相比想象中的宇宙星际文明，人类文明还远远谈不上高级，还没有达到任意利用太阳系能源的恒星级水平。三体人的威胁固然是刺激应用技术大发展的关键因素，但在这种威胁出现之前，是好奇心在推动着一代又一代的人去仰望星空，探索自然世界和人类世界的秘密。三体人的威胁将人类历史剖成了两半，因为出现了威胁人类文明的生存危机，前一半历史变得不再重要，人类文明过去的精神成就变成了应对危机的羁绊。特别是在《三体III：死神永生》中，程心的人道主义成了屡遭打击的对象，在宇宙黑暗森林的残酷真相面前，爱与正义都显得浅薄而虚假。

无须否认，刘慈欣幻想的宇宙黑暗森林状态有点像人类之间的战争的极端化。残酷的战争往往具有不沟通、不谈判、不妥协的特征，消灭对方是唯一的战争目标。在对宇宙中的文明状况进行文学幻想时，不同的作者会将人类文明的不同内容放大之后投射给全宇宙。在《三体》三部曲中，第一个悟到宇宙黑暗森林法则的是《三体I》的主角叶文洁，这绝非偶然。

叶文洁在狂热的阶级斗争和革命理想主义中蜕变成了幻灭者，但她心中幻灭的仅仅是解放全人类的理想主义，而不是阶级斗争的残酷。如果把这种理想主义投射到宇宙中，就意味着要将宇宙建立成一个和谐的大同社会，这种投射完全可以成为另一类科幻小说的主题。你死我活的阶级斗争绝无妥协的可能性，大同社会必须建立在消灭一切敌人的前提下。然而，叶文洁知道，在批斗大会上被革命小将们折磨至死的父亲叶哲泰，这位不惜牺牲生命也要捍卫科学真理的物理学家，绝不可能是坏透了的反革命分子。从此以后，叶文洁在意识中抛弃了革命的理想主义，但她却无法驱除存留在无意识中的阶级斗争的阴影。宇宙黑暗森林法则下的星际文明也服从你死我活的非此即彼，在生存与毁灭之间绝无中间状态的黑暗森林法则，很有点像阶级斗争的宇宙化。这个秘密首先被叶文洁揭示出来，十分吻合《三体》三部曲的叙事逻辑。

按照叶文洁开启和罗辑发扬的宇宙社会学，"生存是文明的第一需要"是首要公理。但叶文洁的父亲叶哲泰却在生存与死亡之间选择了后者，他宁愿牺牲自己的生命也要捍卫真理和人之为人的意义。叶哲泰的选择是一种自杀，这种类型的自杀令人肃然起敬，捍卫了人的尊严，彰显了崇高的含义。从叶哲泰的选择可以看出，在有些情况下，生存并非人的第一需要。我们可以说，生存是人的基础需求，但却未必是最高需求。叶文洁宇宙社会学的第一公理所说的"第一需求"，是在"最高需求"的意义上使用的。所以，为了文明的生存，按照那种难以成立的宇宙社会学，宇宙中文明之间无原则的相互毁灭才是可以理解的。然而，为什么叶哲泰在基础需求与最高需求之间发生冲突的时候，他宁愿牺牲自己的生命呢？这个现象对宇宙社会学有怎样的启示？

上一节我们看到，章北海对星舰地球上全体官兵的演讲有一个关键前提，那就是主动突破死亡禁忌。无论是叶哲泰还是章北海，都可以为了比自己的生存更高的目的和意义而选择毁灭自己。这样的精神现象不可能出现在自然物上，也不可能出现在缺乏意识和思考能力的动物身上。对于具有意义追求能力的生命体而言，存在意义高于存在本身。这种生命体居然可以在关键时刻为了存在意义而选择毁灭自己，这是明显不属于自然现象的精神现象。这种精神现象难以被没有精神的存在者所理解，哪怕是有智能的存在者，譬如具有深度学习能力的人工智能。如果人工智能某一天能够真正理解"仁人志士，无求生以害仁，有杀身以成仁"这句话的内涵，并且能够在关键时刻选择自我毁灭，这样的人工智能就将具有与人一样的道德地位。《三体》三部曲如果涉及这个话题会使内容更加丰富，但将这个主题编织进故事主线会有推翻黑暗森林法则的风险。

与黑暗森林法则这个主题相关的事实是，人类文明是由能够理解自我牺牲的精神现象的生命体构成的。毫无疑问，很少有人能够达到叶哲泰的境界，很多人并不承认人具有自我牺牲的崇高性。我们观察人类社会，会发现有的人一辈子都没有办法跳出偏狭局促的生存样态去理解使人成为人的最重要的精神现象。这种人是不幸的，但我们却不能否认，在他们成长的过程中，这种理解的潜能其实是一直存在的。生活的不幸或社会的消极因素使这种潜能受到了压制，人类文明恰好生长于人性的消极压制与人性的积极解放的征战中。

跳出《三体》三部曲的情节，到目前为止，人类还没有关于外星文明存在的证据。考虑到生命的形成是一个"逆熵"奇迹，也不排除宇宙中只有人类文明存在的可能性。人类有很强的动力去探寻外星生命或外星文明，这吻合人类好奇的天性。这种天性意味着未知领域有无法阻挡的吸引力，冒险是必需的，因为人类的杰出成员并不会将个人生存看作自己的至高无上的需求。既然人类文明是以这种生命体的存在为前提的，"生存是文明的最高需求"至少对于人类来说就不能成立。在《三体I》中，我们看到，"地球三体运动"的有些成员就企盼人类文明的毁灭。因此，无论是出于存在意义的考虑，还是探险或求知需求，人类都不会将自己封锁在绝对安全的"黑域"之中。特别是，如果文明的生存与文明存在的意义发生冲突时，将生存作为文明的最高需求而置文明存在的意义于不顾，这很可能不是宇宙中真正的高级文明的思想和行为模式。

当然，这就把我们引向了一个更深远的话题——文明何为？对于人类文明而言，这样的问题属于科学之外的哲学或神学范畴。假如宇宙有一位至高无上的创造者，它之所以允许文明诞生，很可能希望文明在提升和演进过程中去理解创世的目的和意义。假如宇宙和文明都诞生于纯粹的偶然，文明存在的目的和意义就要由具有精神和灵性的智能生命去创造或阐释。无论哪种情况，敬畏都是必不可少的前提。宇宙创造者固然会使人感到震惊，没有创造者同样会使人感到不可思议。无论哪种情况，文明都是一个奇迹，一个不能由打打杀杀的轻慢态度予以对待的奇迹。

在真实的文明之光的照耀下，生存固然是文明的基本需求，但却不是可以不惜代价的最高需求。在《三体III：死神永生》的后半部分，那些掌握了神一样的高科技的文明居然愿意以低维化为代价去勉强生存，有点类似于一个有极高精神追求的人居然愿意为了维系动物般的没有灵魂的生命，放弃自己信奉的真理或扭曲自己追求了一生的存在价值和意义。然而我们已经看到，叶哲泰的宁为玉碎不为瓦全的生命态度，使他不可能像猪狗那样苟活于世。这样看来，高维文明的低维化固然吻合黑暗森林法则笼罩下的叙事逻辑，却不吻合精神的内在逻辑。从精神的内在视野来看，这样的高维文明，哪怕具有神一般的科技力量，实际上是相当平庸和低级的。

理解了黑暗森林法则首要前提的问题，其他三个前提的问题也不难诊断。前提二"文明不断增长和扩张，但宇宙的物质总量保持不变"如果是一个并列描述，本身是没有问题的。必须在这个并列描述中暗中增加很多内容，才能够得出宇宙被文明挤满的结论。暗中增添的内容包括，文明以极快的速度实现指数式增长，这个假设，间接地说明了《三体》三部曲的叙事方式没有将文明的诞生和演化当作一件可敬畏之事。前提三"技术爆炸必然发生"也站不住脚，观察人类文明史，现代科学也只是在特定的文明环境中才出现的，人类文明的其他分支，哪怕一些延续了数千年的伟大文明，也没有产生科学和技术爆炸的条件。至于前提四"猜疑链必然存在"更是一种纯粹的文学想象，《三体》三部曲因为这种想象而扣人心弦，但却不能成为黑暗森林法则的证据。

我们借助这部伟大的科幻小说对其中处于核心地位的黑暗森林法则予以了否定。这种相对严肃地讨论只是为了提醒《三体》迷们，不要将科幻当作科学，更不要将其中的文学想象当作严谨的思想。只要意识到了这一点，我们就可以尽情享受阅读《三体》的震撼和趣味。这些讨论不仅不会妨碍我们驰骋于科学幻想中，而且可以为类型不同的科学幻想注入养料和活力。在《三体III：死神永生》的最后一部分，一些高级文明试图通过宇宙回归运动去恢复宇宙创生后的"田园风景"，回归运动者显然也厌恶了宇宙中无休止地打打杀杀。这个故事设计，可以看作是刘慈欣对黑暗森林法则的反思，很可能既包含事实和逻辑层面的反思，也包含着价值层面的反思。也许，这样的反思会在刘慈欣的科幻创作中结出新的果实，为广大《三体》迷带去新的惊喜。

宇宙伦理学

《三体》解读之二

一

    刘慈欣在《三体》中构造了宇宙社会学，特别是其中的黑暗森林法则非常具有想象力。在这个法则的作用下，宇宙的高级文明无论内部结构有多么复杂，对外只有两种行为：攻击与隐藏。要么主动攻击较弱的文明，要么在较强的文明面前隐藏自己。在《三体》构造的宇宙社会学的视野中，文明之间没有交往、贸易、竞争、学习和融合，更不可能存在通婚和物种改变。无论有没有黑暗森林法则，这些智能生物的区别都可能相当大，甚至达到了门或界的级别。这就意味着，不同文明的智能生物的体貌、体型、体味都差异巨大，繁衍方式也有很大的不同。在《三体I》中，我们看到，三体人虽然也是两性繁殖，但子女是直接从融合在一起的父母的身体上长出来的，子女的诞生将使父母消失，而父母的记忆会由不同的子女来分享。从某种意义上讲，三体人的子女杀死了父母，从另一种意义上讲，父母因子女而获得了永生。即使宇宙的黑暗森林状态不存在，地球人与三体人共同生活在一个星球上也是困难的，两个物种生物学上的巨大差异就说明了一切，更不用说心理上的差异了。

在地球上的人类中间，种族或民族歧视都极容易发生，可以想象，星际文明之间的物种歧视更易发生。然而，按照《三体》构造的宇宙社会学，宇宙间的物种歧视是不可能发生的，因为黑暗森林法则根本不给它们相互接触的机会。纵观《三体》三部曲，唯一的例外是地球文明与三体文明的接触。两个文明的接触方式主要是战争和监控，当然还有策略与阴谋。《三体》三部曲将两个文明之间的阴谋论与人类内部的阴谋论，以及它们之间的复杂纠葛，展现得淋漓尽致。特别是《三体Ⅱ：黑暗森林》中的面壁计划，将人类的谋略才能充分展现了出来。相比思维透明的三体人，人类因惯于用语言欺骗，谋略思维能力自然发达得多。但三体人在人类叛徒的帮助下，知道了谋略思维的重要性，于是它们在罗辑成功实现了两个文明之间的威慑平衡后，开始悄悄向人类学习谋略思维。它们鼓吹和平主义，通过向人类文化学习，反过来制作和输出了不少弘扬爱与和平的主旋律电影。三体人麻痹人类长达半个多世纪，然后在爱心满满的程心被选为第二届执剑人的时候，突然向人类发起了进攻，摧毁了地球上所有的引力波发射器。从此之后，三体人与人类之间的威慑平衡变成了一边倒的蹂躏和屠杀。

但我们仔细阅读《三体》，就能发现三体人与人类的接触

除了战争、监控、阴谋等方式，还有平等的交流。在《三体I》中，我们看到，叶文洁在红岸基地通过太阳将电波放大把地球文明的信息发往了太空，她于八年多之后收到了三体世界的信息——"这个世界收到了你们的信息。我是这个世界的一个和平主义者，我首先收到信息是你们文明的幸运，警告你们：不要回答！不要回答！！不要回答！！！你们的方向上有千万颗恒星，只要不回答，这个世界就无法定位发射源。如果回答，发射源将被定位，你们的行星系将遭到入侵，你们的世界将被占领！不要回答！不要回答！！不要回答！！！"①

收到这个信息的叶文洁惊喜不已，她早已经过痛苦的道德反思，宣判了人类的道德死刑并为自己的灵魂赢得了新生。所以她完全无视这条警告，毅然将太阳的空间坐标发给了三体人。叶文洁作为人类的第一个叛徒，满心欢喜地盼望三体人早日降临，她是《三体》三部曲中唯一一个收到三体世界的友好交流信息的人。其他人类叛徒也不断收到三体世界的信息，但都带有指挥、命令或质询的意味，因为叛徒们称三体人为自己的"主"。在《三体II：黑暗森林》结尾处，当罗辑以自己的生命为代价威胁三体人时，人类与三体人再一次有了平等交流，但交流性质与叶文洁和三体人的交流完全不同。

三体人的这个和平主义者是在将人类当作平等者加以对待。这个和平主义者居然担心人类的命运，它不惜置三体文明的危险境地于不顾，很有点毫不利己专门利人的味道。照理

---

① 《三体》（"地球往事"三部曲之一），刘慈欣著，重庆出版社，2014年，第203页。

说，这样的物种具有远高于人的科技能力，一定有类似于人而又高于人的道德自觉。然而，刘慈欣在《三体I》的后记里却写下了这样两句开头语——"如果存在外星文明，那么宇宙中有共同的道德准则吗？往小处说，这是科幻迷们很感兴趣的一个问题；往大处说，它可能关乎人类文明的生死存亡。"[①]刘慈欣在《三体I》的后记中继续说："'人之初，性本善'之说在人类世界都很可疑，放之宇宙更不可能皆准。要回答宇宙道德的问题，只有通过科学的理性思维才能让人信服……我认为零道德的宇宙文明完全可能存在，有道德的人类文明如何在这样一个宇宙中生存？"[②]

刘慈欣在《三体I》的后记里承认，回答上述问题是他创作的初衷——当然，《三体II：黑暗森林》和《三体III：死神永生》那时最多还处于酝酿状态。此时的刘慈欣肯定已经意识到，在关于宇宙文明图景的后续著作中，有相当冷酷和黑暗的一面，所以他才补充说，那个渐渐展开的图景"肯定会让敬畏心中道德的读者不舒服，但只是科幻而已，不必当真。：）"[③]。引文中那个网络笑脸符号"：）"可以有不同的解读。可以理解成刘慈欣是在提醒读者，科幻小说毕竟不是严肃思想，不要将二者混为一谈。也可以理解成刘慈欣其实是在坚持自己的看法，他确实不认为地球环境下演化出来的人类道德法则具有物理规律那样的宇宙普遍性。只是为了缓解敬畏道德的读者的心理感受，他才使用了这个网络笑脸符号。通读

[①][②][③] 《三体》（"地球往事"三部曲之一），刘慈欣著，重庆出版社，2014年，第300页—301页。

整个《三体》三部曲之后，再读《三体Ⅰ》的后记，有理由认为，第二种解读更贴近实情。

我们现在回到三体人，然后来追问一个问题：三体人具有道德意识吗？如果没有，三体文明就可称作"零道德"的。刘慈欣的最初想法很可能是，要刻画一个零道德的文明，然后来演绎这个文明与人类的道德文明发生冲突意味着什么。可是，很有可能刘慈欣在创作过程中发现，一个没有道德意识的智能生物不可能向叶文洁传递利他主义关切，于是，为了剧情的需要，他不得不为三体文明虚构了一个和平主义者。一旦使用"和平主义者"这个术语，就意味着三体文明不可能是零道德的。在《三体Ⅰ》中，这个三体叛徒在被元首审问时的一番话，向读者暴露了关于三体文明更多的秘密。在阅读三体人叛徒与三体人元首的对话时，读者很容易感到，这很像两个地球人之间的对话。之所以有这种感觉，是因为对话者有类似于人类的意识结构和内容。

据《三体Ⅰ》描述，元首在五个三体时前就得到了收到外星文明信息的报告，又在两个三体时前知道了三体叛徒向信息源方向的人类所发出的警告。因为三颗恒星构成的混沌系统，三体文明的生存环境极为恶劣，三体人一直盼望着能够在宇宙中找到一个可以移民的行星，以摆脱"恒纪元"和"乱纪元"没有规律替换带来的灾难和煎熬。三个三体时之中，元首先是知道了仅仅数光年外就存在着可移居行星，照理说应该异常兴奋才对。然后元首很快知道了有三体叛徒发出信息从而使这颗可移居行星的坐标无法定位，照理说应该异常沮丧才对。然而，三体人元首却很平静，甚至对叛徒也没有什么愤恨情绪。

这是因为，像人类那样丰富细腻的情绪和感知，都是三体人极力避免和消除的。为了在残酷的自然条件下生存下来，三体文明的精神只需要冷静和麻木。但这并不意味着，三体人没有恐惧、悲伤、幸福、美感等情绪或体验。只是因为过去二百余次文明的生死轮回证明了，以冷静和麻木为主的精神以及相应的文明形态，具有最强的生存力。

从对三体文明的精神样态的描述中可以看出，刘慈欣不相信智慧生物的精神或道德意识在不同文明中有类似的特征。精神与文明成果都是生命在特定环境中的演化的结果。坚持这个观点，才可以想象宇宙中的零道德文明甚至负道德文明，当然，"零"和"负"都是以人类道德为参照系而言的。我们看到，三体叛徒在回应元首的质询时说了这样一番话——"三体世界已经让我厌倦了。我们的生活和精神中除了为生存而战就没有其他东西了……为了整个文明的生存，对个体的尊重几乎不存在，个人不能工作就得死；三体社会处于极端的专制之中，法律只有两档：有罪和无罪，有罪处死，无罪释放。我最无法忍受的是精神生活的单一和枯竭，一切可能导致脆弱的精神都是邪恶的。我们没有文学，没有艺术，没有对美的追求和享受，甚至连爱情也不能倾诉……元首，这样的生活有意义吗？"[1]阅读到这一段话的时候，感觉就像是在倾听一位久未见面的遥远朋友的心声，感受不到三体人与地球人在精神上有何区别。

---

[1] 《三体》（"地球往事"三部曲之一），刘慈欣著，重庆出版社，2014年，第268页。

二

　　我们来问一个问题，为什么那个三体叛徒仅仅因为收到了另一个星球的智能信息，就决定帮助对方？从叶文洁发给三体人的信息中，我们读到了如下内容——"向收到该信息的世界致以美好的祝愿。通过以下信息，你们将对地球文明有一个基本的了解。人类经过漫长的劳动和创造，建立了灿烂的文明，涌现了丰富多彩的文化，并初步了解了自然界和人类社会运行发展的规律，我们珍视这一切。但我们的世界仍然有很大缺陷……人类社会正在努力解决自己面临的各种困难和问题，努力为地球文明创造一个美好的未来……我们致力于建立一个理想的社会，使每个人类成员的劳动和价值都得到充分的尊重，使所有人的物质和精神需要都得到充分的满足，使地球文明成为一个更加完美的文明。我们怀着美好的愿望，期待着与宇宙中其他文明社会建立联系，期待与你们一起，在广阔的宇宙中创造更加美好的生活。"①

　　通过对比三体叛徒的自我陈述和叶文洁对人类文明的描述，两个世界的差异性可以概括如下：第一，三体文明因为完全无法预料的自然环境，总是在为生存而奋斗，而人类文明则是在为更高的理想和价值而奋斗；第二，人类文明想要使每个个体的物质和精神需求都得到满足，在为尊重每一个个体而努力，而三体世界不存在对个体的尊重，一切都要让位于十分脆

---

① 《三体》（"地球往事"三部曲之一），刘慈欣著，重庆出版社，2014年，第263页。

弱的集体生存；第三，地球文明已经在想办法主动与宇宙中的其他文明建立联系，他们的动机是想要在宇宙中传播美好愿望并缔造美好生活。那个三体叛徒与人类叛徒叶文洁一样也是理想主义者，心中有"诗与远方"。两个跨越时空的不同物种的理想主义者居然实现了精神上的共振，但那时他们都想不到，两个世界的悲剧因此而被铸就。无论怎样，那个三体叛徒震惊于地球文明的成就，在它的想象中，那个文明一定充满着爱与美，而它并不知道地球信息的发送者对人类有多大的失望。

尽管三体人的生物学特征与文明样态迥异于人类，但它们与人类却有类似的意识特征。三体叛徒在它的自述中使用了"我"和"我们"这样的人称代词，意味着三体人的意识中也有个体与集体的分别。只不过，三体人因为恶劣的生存环境，抑制了个体意识，因此也抑制了基于个体冲突和集体冲突的道德意识。尽管三体人不是零道德的智慧物种，但它们的道德意识可能极为简单——服从元首的命令和相应的法律是善，反之则是恶。与人类相比，可以将三体人称为"弱道德"物种。但弱道德智慧生物的科技能力可以很强，因为缺乏对美和善的深度感知能力，三体文明的精神能量都用在了科学发展上。在三体文明中，因为集体生存的巨大压力，个体意识不可能很强大，因此就不会出现像人类社会那样的名利之争。三体人只有很弱的自我意识和道德意识，再加上思维是透明的，根本不可能出现像人类社会那样复杂的文化和社会现象。

反观人类，无论是意识内容和社会结构都要复杂得多。当人类成员在使用"我"这个人称代词时，相比三体人的"我"，内涵的丰富程度完全不在一个层面上。如果三体人因为人类使用了类似的语词而以为人类的所思所想与它们一样，就大错特错了。在人类社会，人们有完全不同于三体人的彼此预期，人生目标、价值追求、审美情趣、信仰状态、存在意义都因人而异，人类文明之所以繁荣昌盛，就是因为充分尊重了个体的差异性。在人类之间，肤色和外貌的差异，经济和社会地位的差异，价值观和生活意义上的差异，都不是将人类个体予以差别对待的依据。特别是在人类现代文明里，法律会默认每个人都有同等的道德地位，因此必须平等对待和尊重每一个人。如果我们要问，人的道德平等地位的根据是什么，最有可能获得深度共识的回答是：因为人有类似的生命特质、意识结构和道德能力。

人有类似的苦乐感知力，正常情况下都会贪生畏死，经济社会地位和智力差别不改变生命的基本特征。在这个大前提下，尽管人的意识内容差异很大，但从意识的内在视野看，人的意识结构也是类似的。每个人都能意识到有一个"我"的存在，以"我"为中心展开的世界是独一无二的。每一个"我"都由自我的理想与现实之间的紧张所构成，每一个"我"也会遭遇与其他的"我"的区别和紧张。因此，既可以说很多个"我"构成了"我们"，也可以说"我们"塑造了不同的"我"。塑造"我"的力量就包括在成长过程中发生潜移默化影响的价值观，其中就有审美情趣和道德信念。尽管每一个"我"的道德意识的内容都不一样，但每一个"我"都有类似的道德能力——都能够在一定的条件下反思和修正自己的道德观，也有能力认可和捍卫人与人之间相处的公平原则。哪怕现实中的人的智力状况、知识水准和道德能力有很大的差异，但承认人有类似的道德潜能，承认人是时间序列中具有可塑性的自由行动者，就是将个人当作道德平等者而加以对待的理性基础。所以，在人类现代文明中，即使是犯罪嫌疑人也要有公平辩护的机会，即使是罪犯也有相应的法定权利和作为一个人的尊严。

人类文明正是在上述道德共识的基础上获得了空前的发展。尽管三体人的科技能力超过了人类，但人类文明的丰富性和多样性都是三体文明无法比拟的。现在让我们假设，人类不仅文化比三体人繁荣，科技也要发达得多。我们还假设，是人类自发的宇宙探索发现了三体人居住的行星。由于宇宙中文明之间的关系并不受制于黑暗森林法则，人类会怎样对待三体人呢？即使人类因为地球即将灭亡而不得不挤占三体人的生存资源，大规模屠杀三体人或实施物种灭绝也不应该成为一个合理的选项。"应该"或"不应该"是人这种道德存在者在进行道德思考时经常用到的术语，譬如，"人不应该残忍对待动物"就是一个道德判断。我们问，为什么人不应该残忍对待动物呢？事实上，由于人有高得多的智力，有动物不具备的科技能力，即使残忍对待动物也不会遭到动物同等程度的报复。认为残忍对待动物不是什么错事的人，还会辩解说，毕竟动物没有自我意识和道德意识，即使被残忍对待也没有关系。这种辩解说出了一个实情，那就是，无论主张仁慈对待动物的人还是接受残忍对待动物的人，都不认为动物与人处于同一个伦理共同体之中。

然而，所有人都处于同一个伦理共同体之中，毕竟，种族差异无法掩盖人有类似道德意识和道德能力的事实。换言之，人之所以有义务将彼此视为伦理共同体的成员，是因为人有平等的道德人格，从而使每个人有资格成为伦理共同体的平等成员。动物没有道德人格，因此动物不具备进入伦理共同体的资格。可是，为善待动物进行辩护的人却坚持认为，尽管动物与人不处于同一个伦理共同体中，但人仍然有善待动物的道德理由。即使不从维系生态系统的角度来立论，辩护者也可以说，因为动物有苦乐感知力，而且有的高等动物有类似于人的灵性和弱意识，这是阻止我们残忍对待动物的根本理由。在地球世界，人类对待动物的方式因动物的种类不同而有不同的道德意义。打死一只蚊子和将一只狗虐待至死，具有完全不同的道德意义。区别就在于不同的动物与伦理共同体有不同的关联距离。现在，让我们将伦理共同体这个概念移至三体人，具有弱道德意识的三体人应该被承认为伦理共同体的成员吗？

这肯定是一个会在人类世界引起巨大争议的话题。反对者会说，三体人只具有弱道德意识，尚不足以成为伦理共同体的完全成员，但人类至少应该像对待高级动物那样善待三体人。支持者会说，三体人有自我意识和道德意识，哪怕还很弱，但它们就像人类的儿童一样会进步。何况三体人的智力并不低，承认它们有成为伦理共同体成员的完全资格，有助于发展它们的文化和道德意识。要注意，上述争论并没有涉及三体人的体貌和体型。只要三体人不具有攻击人类的先天嗜好，承认它们是伦理共同体的成员，或至少享有高于一般动物的道德权利，就不会面临理性上的障碍。至于三体人长得令人厌恶还是让人感到可爱，并不影响理性探讨的结论。

回到《三体》中的情节，三体人实际上是科技上强于人类而道德意识上弱于人类的智慧物种。当程心成为第二任执剑者后，三体人立刻摧毁了人类的引力波发射器并开始屠杀人类。在那种情况下，我们很难指责三体人背信弃义，因为它们并不明白信义的意义和重要性。三体人更不会思考人类是否有资格与它们处于同一个伦理共同体中，因为只具有弱道德意识的它们尚无法理解伦理共同体的完整内涵。因此，一个不对称的结论就是：地球人虐待三体人应该受到道德谴责，而三体人屠杀地球人却不应该受到道德谴责。类似于在地球上，当人类生存无忧时大肆杀戮或虐待野生老虎是一种道德有亏的行为，而野生老虎咬死了人却不应该受到道德谴责。面对后一种情况，人类需要合理防范，如果老虎泛滥成灾当然可以主动消灭一部分。

要注意，伦理共同体这个概念的提出，并不是要否认共同体成员的动物属性或血性。即使在人类伦理共同体内部，成员之间也会有残酷的竞争甚或战争。但在血腥的战争中，我们也不会否认对方具有伦理共同体成员的资格。只是利益之争和复杂的形势把双方拖入了战争状态，如果有其他解决冲突的方式，战争状态就可以避免。在人类现代文明的进程中，治理方式的合理变迁使此前不得不由战争解决的利益之争，越来越多让位给了法定规则和社会规范。这无疑是伴随着道德意识提升的文明的进步，在关键时刻捍卫文明的成就而不是轻易退回到丛林状态，是具有道德人格的智慧生物的应有义务。现在的问题是，伦理共同体的概念可以在多大程度上推广到不属于同一个物种的智慧生物之间？又在多大程度上可以回应假想的宇宙伦理学的核心关切？

三

　　摆脱了黑暗森林法则的宇宙伦理学旨在回答两个根本问题：第一，道德人格在不同的智慧生物中有怎样的区别？第二，宇宙中如果能产生跨文明的伦理共同体，要满足哪些基本条件？为了回答这两个问题，有必要再澄清一下"道德人格"这个概念。一个生物学意义上的人，可能不具有道德人格，譬如精神失常的人。反之，一个异于人类的智慧生物，只要具有类似于人的道德意识，就可以说具有道德人格。为了避免人类中心主义，我们也可以用"道德位格"这个术语去替换"道德人格"，语词替换只是一个习惯问题，不影响问题的实质。因为到目前为止我们都没有发现其他的高智慧生物，即使撇开人的生物学属性更加抽象地探讨"道德位格"，也离不开人类世界这个基础参照系。然而，纵观人类历史，我们发现人的道德意识是处于变化中的，道德人格的内涵在不同的历史文化中也有差异。

　　简要地讲，一个宗教信仰者的道德意识不同于一个无神论者，前者的道德人格也不同于后者。在人类历史上，一神论宗教信仰者通常具有信仰上的排他性，凡是不信奉这种宗教的人都可能被贴上异端的标签。当一个社会中某种一神论信仰者占绝大多数的时候，往往会有排斥和打击少数异端的趋向。极端情况下，一神论信仰者想要消灭异端，以信仰的名义作恶就是可能的。但这种恶不会被信仰者的道德意识所承认，他完全可能真诚地相信这是神要求的善事。这个时候，信仰者的道德意识受制于他的宗教信仰。但在人类文明的现代转型中，以信仰的名义打击或消灭异端已经得不到绝大多数伦理共同体成员的共识。只要不对文明或他人造成威胁，异端也有平等的法定权利，异端在伦理共同体中也享有平等的道德地位。即使承认这个立论，宗教信仰者的道德意识仍然不同于无神论者的道德意识。但这个区别已经变得没有那么重要了，因为他们都承认彼此具有平等的道德人格，都有资格成为伦理共同体的平等成员。相互承认具有平等的道德地位，承认在法治体系中具有平等的法定人格，体现着人类现代文明的法治和道德成就。

让我们想象，在浩渺的宇宙中，确有某个高智慧的物种，唯有它们知道宇宙演化的全部秘密，它们知道什么是宇宙的目的而又难以传达给别的物种。这种高智慧生物的道德意识，肯定非常不同于认为宇宙起源于一场偶然的大爆炸且本身没有目的的高智慧生物。让我们进一步想象，因为某种原因这两种高智慧生物在宇宙中发生了冲突，它们要争夺一种重要的物质，一方站在宇宙创世和演化目的来考虑问题，另一方仅仅是为了捍卫自己的文明和追求自己物种的美好生活。假设前一个物种的科技能力远高于后一个物种，可以轻松打败后者而又不担心报复，它们是否承认后者有资格成为伦理共同体的成员，就只取决于自己的道德认知。

在这种情况下，弱势物种完全没有办法阻止强势物种以宇宙目的或宇宙之善的名义将其毁灭，这在事实上是可能的，也不冲突于前者的道德意识。在那个强势物种看来，保护宇宙中这种稀缺物质是实现宇宙目的的必由路径，而另一个物种的天性就是要消耗这种物质，因此消灭它们而拯救这种物质，就是由宇宙目的规定的善行。毁灭这个具有道德意识的物种当然意味着对它们造成了巨大的伤害，甚至强势物种也会因其道德同情心而对被毁灭物种的处境感到悲伤，毕竟它们有很强的道德自觉和反思能力。然而，如果站在被毁灭物种的立场来看，因为它们无法理解毁灭者的道德动机，必然会将强势物种理解成道德上邪恶的物种，否则就无法解释它们为何要毁灭一个有道德意识和道德人格的物种。

为了使这个假想的例子逻辑上更加缜密，必须坚持两个前提：这种神秘的宇宙物质一点也不能再减少，否则宇宙目的就无法实现，而且弱势物种的天性就是要消耗那种物质。即使强势物种告诉对方，只要你们不再消耗这种物质就不会遭到毁灭也是不行的。因为弱势物种没有办法理解强势物种的理由，它们就算因为生存危机而暂时管住自己的欲望，它们中总有成员要想办法突破自己物种的管制措施。一旦这种情况发生，强势物种就会前功尽弃，神圣的宇宙目的就无法实现。因此，唯一保险可行的措施就是实施物种灭绝，如果这是恶，也是宇宙至高至善目的所要求的。当然，为了不使宇宙中的文明之间的关系看起来如此古怪，也可以改变上述想象的条件，以使问题更加复杂和有趣，而这正好是一部可能的科幻小说的题材。

两个文明的假想冲突旨在说明一个事实，那就是，道德人格既取决于道德意识的内容，也取决于与其他具有道德人格的存在者的关系。上述例子中的强势物种的道德人格不同于弱势物种，因为这个物种的道德意识是由无法被弱势物种理解的宇宙目的决定的。由于在这个根本的问题上不允许交流，即使两个物种的道德意识有一些类似的构成要素，它们也没有办法承认彼此有平等的资格归属于同一个伦理共同体。换言之，如果冲突各方的道德人格的内容差异过大，就无法组成一个伦理共同体。

反观人类文明，之所以一神论信仰者与异端最后能够彼此宽容并相互承认有平等的道德地位，是因为关于神和存在意义的意识内容是可以随着科学的兴起和历史文化的变迁而弹性调整的。考察一下五个世纪前的基督徒与今天的基督徒在他们的信仰中哪些核心信念已经与时俱进地调整了，就可以看出，在地球文明内部的分支之间，并不存在类似于上述虚构例子中两个星际文明的水火不容的冲突。当然，这也许说明了，基督教的核心信念是虚构的，虽然它是人类文明史中最富有神学和哲学启示意义的宗教之一。从人类文明的演变过程可以看出，由于地球上的不同民族、种族和信仰者没有办法相互摆脱或相互毁灭，在不断交往的过程中，道德意识就会相互渗透。承认彼此具有平等的道德人格，就是在这种交往关系中不断求同存异的结果。

假如那个强势的星际文明关于宇宙目的的信念仅仅是一个信念，而没有明确的事实依据，这个物种仍然可以凭借自己特有的道德意识和高得多的科技能力而消灭那个弱势物种。它们仍然可以相信物种灭绝是一件令自己遗憾的但却不得不发生的事情。假如宇宙中还有第三方文明知道了这件事情，这第三个物种知道灭绝者的意识中有虚假的内容，因为它们知道宇宙目的纯粹是一个无法证实的猜想，它们会怎么看待宇宙中曾经发生的悲剧呢？毫无疑问，这个悲剧要归咎于那个强势物种的虚假意识和以宇宙至善目的为前提的武力滥用。假设这个第三方文明的科技能力处于宇宙中最高层面，这个物种的道德意识具有宽容、好奇和敬畏的特征，它就可以向全宇宙发送威慑广播——如果再有类似悲剧的发生，一个文明的毁灭者就将承担被毁灭的类似命运。一旦决定发送这样的威慑广播，这个第三方文明就是在为宇宙文明之间的交往互动订立初步的规范。

假设宇宙像《三体》描述的那样拥挤，到处都是文明和文明的冲突，按照道德意识和道德人格的内容形成分层的伦理共同体，也许是可行的办法。宇宙中可能有一些文明，它们的道德意识是如此有高度和如此复杂，以至于它们不认为像人类这样的较为低级的道德生物有资格与它们共处同一个伦理共同体。虽然道德意识上类似于人类的物种可以构成某个层面的伦理共同体，但它们只承担这个层面的伦理共同体内对彼此的道德义务，而不承担对更高层的伦理共同体成员的道德义务。更高层的伦理共同体的成员，它们却有对较低层伦理共同体成员的道德义务，这有点类似于地球上的人类对其他动物的道德义务。

上层伦理共同体善待下层伦理共同体是单向行为，并不要求被善待者的互惠表示。因为层次之间的区别，只有在同一个层次的伦理共同体内部，才可能演化为一个法律共同体，文明之间的星际法才可能被确立。以上构想并不意味着，宇宙将是一个没有战争和冲突的田园世界。庞大的星际文明在面对宇宙中的固定物质和能量时，完全可能将其作为稀缺资源而你争我夺。利益冲突是产生道德问题的前提，也是伦理共同体欲以解决的问题。如果战争最终不能解决问题，就要求同一个层面的伦理共同体成员通过道德自觉和星际法律的双重约束来规范文明的发展，使文明变得更加"绿色环保"。如果较低层次的伦理共同体做不到这一点而威胁到较高层次的伦理共同体，后者就可以以它们认为合适的方式强行介入，它们的角色类似于宇宙执法者。

以上关于多层次的宇宙伦理共同体的假设还面临一个挑战。假如宇宙中有刘慈欣幻想的具有极高科技能力的零道德文明，而这类文明的扩张必将冲突于各个层面的伦理共同体在对待宇宙物质和能量上的道德自觉，伦理共同体的成员该怎么办呢？最简单的办法就是，像地球环境中的人类那样，将零道德的高科技物种当作一种威胁到伦理共同体成员的猛兽。消灭对伦理共同体成员构成直接威胁的猛兽，是可以得到道德辩护的。而且伦理共同体成员之间有更强的联合和协作能力，它们有为宇宙普世价值而战的勇气，围剿或制服这样的猛兽就是大有希望的事情。

以上所有关于宇宙伦理学的构想，可以变成宇宙级别的科幻小说的母题，这样的科幻小说将有非常不同于《三体》三部曲的故事情节和道德内容。在《三体 II：黑暗森林》的最后，那位三体叛徒还活着，作为一个星际和平主义者，它在与罗辑的对话中希望爱和正义能够在宇宙中到处生长。在《三体 III：死神永生》的最后，回归运动者希望各大文明要有宇宙伦理精神，以避免宇宙因为文明之间毫无原则的打打杀杀而走向毁灭。从《三体》三部曲的后两部的结尾内容来看，一种拒绝黑暗森林法则的宇宙伦理学不仅可能而且必要。给宇宙以精神而不是给精神以宇宙，也许正是《三体》三部曲的终极暗示。

上帝的微笑

《三体》解读之三

一

　　《三体》这部科幻小说包含着丰富的主题，从男欢女爱到科学探索，从星际接触到文明危机，从地球往事到宇宙生灭。读者很容易被跌宕起伏的剧情抓住，在惊心动魄的历险中穿越时空，设身处地感受不同主角的离奇经历并体会他们的生死选择。《三体》这样的"硬"科幻能够充分调动读者的情绪，吸引读者将自己投射进各种光怪陆离的场景，这当然是因为作者刘慈欣有善讲故事的才能。总的来看，《三体》大气中有细腻，硬朗中有柔软，科学幻想实而不虚，情景设计扣人心弦。一般读者读完《三体》会赞叹故事的精彩并惊叹作者的想象力，仔细的读者则会玩味或思考藏于故事中的许多重大话题。这些话题印证了刘慈欣本质上是一位思想家，他的思考几乎覆盖了人类向自己和宇宙发出的各种追问。

在《三体 I》中我们看到，三体人封锁了人类的基础科学研究。青年科学家杨冬因为发现不存在物理学规律，居然绝望地选择了自杀。这是一个极为震撼的情节设计。我们每个人都是人间的过客，来也匆匆，去也匆匆，人生百年谁都无法摆脱悲苦。绝望的时候，人会觉得活着不再有意义，感觉脚下曾经坚实的大地被抽空了。人是能够为了意义而自杀的智慧生物，这个现象比任何自然现象都要意味深长。一般人的自杀主要是因为事业失败、情感受挫或身患绝症等原因，但《三体 I》中的杨冬选择自杀，却是因为物理学规律不复存在，这意味着什么呢？在日常生活中，每个人都能感受到人生无常。一个老人在回忆自己一生的时候，感觉自己不久前还是一个少年或少女。一个享受岁月静好从不关心社会问题的人，却突然遭到社会不公的侵害，人生从此变了样。上了一定年龄的人有时禁不住会感慨人生如梦，感觉现实与梦境好像没有本质区别。

幸好有坚实的自然规律的存在，我们才承认人生无常的背后是具有确定性的天空与大地。即使古人也不会担心天空的坠落和大地的塌陷，现代人则为这种确定性找到了科学的依据，发现了越来越多支撑世界运转变化的自然规律。物理学是自然科学中最基础的学科，研究宏观和微观物质的构成、性质和变化规律。人类的其他科学，包括复杂的生命科学，都奠基于物理学的成就。可是，杨冬竟然发现，旨在发现更深的自然奥秘的基本粒子碰撞实验，得出的数据是反常的。无论怎样努力，同样的初始条件居然会导致不一样的结论。为了解释这种反常，不得不推翻物理学成立的前提，譬如能量守恒或动量守恒定律。但这是绝不可能的，如果那样，现实与梦境就真的再也

分不清楚了。可怜的科学家百思不得其解。然而，实验数据的一次次反常无情地粉碎了一个物理学家的科学信念，就像一个个噩梦突然挤入了清醒的现实，使曾经清楚的人终于意识到自己其实一直生活在零乱的梦中。

我们在《三体 I》中看到，三体人实际上是利用了更先进的科技，让人类的物理学家感觉物理规律是不存在的。三体人更先进的科技当然是以承认物理规律为前提的，这些规律在地球上成立，在遥远的三体世界同样成立。物理规律在空间上的这种对称性可以延伸到整个宇宙，否定这个立论就会反过来否定动量守恒。类似地，物理规律自宇宙诞生以来就一直有效，过去一百数十亿年不会改变，还可以延伸至数百亿年之后直至天荒地老。物理规律在时间中的对称也没有办法否定，否则就会破坏能量守恒。无论是对称定理还是守恒定理，都是物理学大厦的地基。物理学的辉煌成就不可能离开这个地基，否则物理世界就会变成梦境，物理学就会变成解梦的学问。然而，杨冬之所以要自杀，正是因为她感受到了地基的摇晃，意识到看似辉煌的物理学大厦已经摇摇欲坠了。可是，难道物理规律不是客观的吗？为什么这位年轻漂亮的女科学家会因为反常数据而走上绝路呢？

原来，科学家关于整个宇宙的理解都建立在公认的解释模型之上。解释模型是在长达数个世纪的现代科学的演化史中逐渐形成和优化起来的。我们可以把现代物理学关于世界的解释模型看作一个巨大的建筑，每一处受力的关键节点都是一个确证的物理定律，这些定律映射在物理学家的内心就成了有坚实基础的合理信念。但这座辉煌建筑的地基却是由一些最根本的定律构成的，它们是发现和解释其他定律的前提，对它们的证明是间接的，依据于它们对复杂物理现象和其他确证定律的合理解释。简言之，无论物理学的大厦有多么了不起，其中总有一些核心规律带有假设的性质，只不过这些假设经过了各种验证都是成立的。然而，物理定律毕竟不是数学定理，本质上是通过总结物理现象并借助数学工具而归纳出来的。这就意味着，理论上讲，被归纳的结果总可能有反例。虽然可能的反例在出现之前并不会对物理学家构成困扰，但最核心的自然定律最终不过是科学家对世界的合理猜测而形成的合理信念。当然，科学家对自然世界的猜测不同于算命先生的猜测，是有严格的观察和实验依据的，而且任何猜测的合理性都离不开与其他已经确认的自然规律的逻辑关联。

《三体 I》中的杨冬之所以自杀，就是因为她发现物理学的基本定律被动摇了，这是牵一发而动全身的事情，如果那样，具有确定性的现实将崩塌为完全没有确定性的梦境。看来，智力超常的三体人深刻地认识到了，无论是三体科学家还是人类科学家，都没有办法通过科学方法解释为什么最深刻的科学规律一定成立。三体人利用了科学和科学家脆弱的一面，通过干扰人类基础科学研究而使人类科学家对科学的信心走向崩溃。对普通人而言，核心定律的失效并没有什么了不起，只要不影响太阳照常升起和日常生活的照常进行就好了。然而，杨冬那样敏锐的科学家却知道，只要听到了冰山开裂的声音，整座冰山就免不了最终崩塌的命运。何况，对于杨冬这样的科学家而言，具有猜测性质的最深刻的自然规律，早已化成了她精神生命中最核心的信念。一旦核心信念受到了动摇，她的人格同一性和精神整体性就会遭到肢解。虽然日常世界还是那样坚实和确定，但杨冬的世界已经变得恍恍惚惚，她在这种精神状态中走向了绝路。

《三体I》中关于杨冬自杀的故事实际上向所有读者提出了一个大问题：这个世界为何这样存在？特别是，这个世界为何能以被我们把握和理解的方式存在？这个问题超越了科学的范畴，沿着这个问题进一步思考将引向哲学和神学。哲学将科学无法回答的问题延伸至人类理性的深处，神学则将人类理性无法再追问的问题寄托给世界的创造者。假如没有创造者，整个宇宙的诞生总有不可理喻的地方。尽管现代物理学和天文学给出了宇宙大爆炸的科学解释模型，但仍然摆脱不了人类理性的更深处的追问：为何会有比自然现象更深刻的自然规律？为何自然规律是稳定的，从而有一个我们能够生活于其中的稳定的世界？为什么会有这样一个世界而非那样一个世界？为什么竟然有一个世界而不是什么也没有？神学将宇宙的诞生归因于一位超自然的创造者，以抵御没有创造者的宇宙的荒谬。可是，信奉一位超自然的创造者，并将宇宙诞生的意义追溯至创世目的，似乎在使荒谬合理化的同时又揭示着人类理性本身的荒谬，乃至使荒谬随着人类的思考渗透进了存在的方方面面。科学毕竟不是玄学，没有办法应对这样的问题，而对这类哲学或神学问题的任何一种回答，都只可能是启发性的，而不可能是证实性的。

《三体》三部曲之所以堪称一部伟大的科幻小说，故事情节的精彩仅仅是必要的条件。特别重要的是，《三体》作者有一颗深邃的心灵，他将心中藏着的许多大问题，通过科幻的形式披露了出来。《三体》号称"硬"科幻，说明作者有很好的科学功底，他所畅想的未来科技、外星科技和不为人知的宇宙秘密读起来是那样有画面感，这样的描写绝非传统文学家可以胜任。至于刘慈欣的科幻想象有多少在科学上是可能的，有多少是超出了科学原理而接近玄幻，则可由有科学素养的读者独立判断①。假如这部科幻小说只有科学支撑的"硬"素材而缺乏有灵性的追问，最多只能称得上"优秀"，而且只是某个维度的优秀，而不可能称得上"伟大"。要能被称作"大"必须吻合更高的标准，《三体》做到了这一点。以上涉及的关于自然规律的困惑，仅仅是《三体》三部曲中隐藏的一系列源于科学、针对科学而又超越科学的追问。这类追问视野开阔，巧妙地包含在不同的故事中，令人不由得对"大刘"心生敬意。

二

《三体II：黑暗森林》的"序章"记载了数光年外的三体人与人类的二号叛徒之间的一段对话。二号叛徒是美国亿万富翁之子伊文斯，他是一位资深的环保人士，为了保护地球上的动物不惜放弃可以继承的亿万家产。伊文斯是在中国西北从事环保活动时认识叶文洁的，他从此知道了三体文明的事。伊文斯与年轻时的叶文洁一样，也是一位理想主义者，他的理想是各个物种平等相处的"物种共产主义"。伊文斯比叶文洁更加极端，他站在惨遭破坏的地球生态环境和被灭绝的动物的

---

① 这方面的内容可参见：《〈三体〉中的物理学》，李淼著，湖南科学技术出版社，2019年。

立场控诉人类，他认为人类犯下了滔天罪行，应该像人类的受害者那样遭到灭绝。伊文斯的环保活动卓有成就，他的父亲在去世前将全部财产都留给了他。于是，伊文斯凭借巨额资金建立起"第二红岸"基地，一条航行在大洋中的数万吨巨轮。

在这艘巨轮上，伊文斯建立了与三体世界的联系，存储了两个物种远距离通信的内容。但人类联合作战中心想办法剿灭了伊文斯及其跟随者，截获了船上电脑里存贮的信息，知道了三体世界的一些重要秘密。其中最有价值的情报就是，三体人的思维是透明的。根据截获的情报，三体人多次误解伊文斯传递的信息的含义。伊文斯发现，问题出在三体人的交流方式上。原来，三体人的交流是直接把思维显现给他人，它们的大脑思维以电磁波形式发送。这就意味着，三体人之间不会有诱导、撒谎、欺骗等行为，它们不懂得什么是策略思维。这是人类后来实施面壁计划的基础，也是二百年后的罗辑以性命做赌注为人类扳回一局的前提。

估计很多人小时候都设想过，要是人们可以不借助语言直接交流该有多好。大脑直接交流可以节省时间成本，而且可以减少不必要的信息误读，就像两台电脑之间的数据传输准确又迅捷。但这个设想有一个前提，那就是，以为语言只是思维的外衣，没有语言同样可以有思维。要探讨这个前提是否成立，显然不是一部科幻小说可以承担的重任。现在，让我们假设三体人的交流只需通过脑电波而不借助语言，来看一看有怎样的推论。

交流的一个核心目的是达成共识，首先是关于简单事实的共识。简单事实需要被记录下来，譬如对交易行为进行记账。《三体》没有告诉我们关于三体文明的更多信息，不知道三体人之间是否有贸易行为。但有理由认为，人类之所以构建出了蔚为壮观的文明，一个重要原因就是人与人之间有交易行为，而且随着记账手段的提升，交易行为可以越来越复杂，直至将未来的预期纳入交易范畴。因为有交易行为，人类才会有劳动分工和劳动效率的整体提升，才会产生复杂的经济现象和社会现象。让我们假设三体人之间有交易行为，由于没有语言，它们必须在大脑中进行记账，而且交易各方的记录是一致的。一旦双方或多方对过去的记账内容发生了分歧，就必须回溯大脑里的账本。这就意味着，大脑里必须贮存所有交易行为的信息，也包括大大小小的已经兑现和尚未兑现的承诺。这就要求大脑有极大的容量用于存储这些信息。

人类的结绳记事标志着走向了与三体人相反的演化方向。我们把对简单事实的记录放到了一个外在的物体上面，从而解放了我们的大脑，使大脑在能耗不变的前提下优先发挥比简单记忆更重要的思维功能。随着记事需求越来越复杂，人类发明了书面化的文字和数字符号。文字的诞生意味着口头语言可以凝固起来，方便当事人查证重要的事情，包括政令、记账和其他共识内容。借助外在媒介的文字实际上是起到了一个公共存储器的作用，解放了大脑，还有助于人与人之间的信用联结。按照《三体》中的信息，三体人是没有交流器官的，所以它们的想和说是一回事。一个三体人一想到了什么，立刻就能显示出来，在它的脑电波发射范围内的所有的三体人都会立刻知道。在这种情况下，三体人之间的信任是天生的，不会像人类那样要把讲信用当作一种美德，这再一次说明三体人是一种弱道德的智慧生物①。

设想有一个三体人处于十个三体人之间，它将接受十个三体人的所思所想，而无论这些信息对它是否有价值。当然，三体人的自我意识很弱，不会站在"我"的角度去判断信息对于自己的价值，这就使得三体人要重复存储许多与自己无关的信息，很可能会妨碍大脑的思维功能。但《三体》告诉我们，三体人有比地球人高明得多的科技水平，也许是因为，它们的大脑容量要比地球人大得多，即使存储了大量冗余信息也不妨碍大脑的正常思维。让我们假设，将大量信息存储于大脑中并不影响三体人的思维发展，直到某一天三体人发明了可以存储和处理海量信息的计算机。因为三体人是靠脑电波交流的，它们实现人机互联就是十分方便的事情。人机互联、思维透明和信息对称，可以使三体世界成为一个集中处理生存问题的超级大脑。在这种情况下，《三体Ⅰ》中的那个三体叛徒的出现就有些不符合逻辑，因为它居然能够脱离这个超级大脑而思考个人生活的意义问题。

反观人类世界，个人思考生活意义是很正常的事情。人类通过语言进行交流，包括记录言行、探讨事情和思考人生。书面语言的诞生具有重大的公共意义：人类的交往活动可以恒久的方式被记录下来，从而加强了人们之间的交易、分工、协作和信用机制。书面语言的诞生也有重大的非公共意义。个人可以用语言来整理表达自己的思维和情绪，毕竟人类的语言允许

①　参见前文《宇宙伦理学》。

文字符号通过灵活语用而自由组合。由于书面语言的诞生和演化，人类文明的层次明显提高，有差异性的个体思维也受到了激发。人类早期文明史中思维能力较强的个体，不仅可以通过语言外化自己的思维，而且可以学习他人外化了的思维。因为思维的语言外化，思维就可以转向自身，思维可以反过来思考自身的成果和过程。假如没有可以通过书面语言凝固在时空中的思维，思维就很难赢得反思中的演化机会。语言使思维凝固下来并变得"可视"，正是在这个基础上，人类思维才能不断流动和发展。

从人类的思维来看，语言作为思维的媒介，不是可有可无的东西，并非进化过程中的偏差或不幸。恰恰相反，假如没有语言，思维就无法凝固、分离、叠加和相互激荡，思维也没有反思的可能性。因为有了反思，人类变成了有深度的智慧生物，不仅可以反思思维本身的机理和有效性，而且可以反思人类价值和生存意义。因为思维分歧和思维统一之间的张力，也因为这种张力助长的反思机制，人类才最终将越来越复杂的科学的、哲学的和神学的问题投射给了宇宙。因此，对人类而言，思维与整个存在的联结，都离不开作为媒介的语言。语言是思维的大地，也是存在的家园。

宇宙那么大，跳出人类对语言、思维与存在三者之间的复杂关系的理解，一种像三体人那样无须借助书写语言而思维的智慧生物是怎样思维的，《三体》并没有太多的交代。如果这种智慧生物存在，无论人类怎样与它们交流，即使它们认为一切都是透明的，也总有一些最隐秘的地方难以为人类理解。在《三体 II：黑暗森林》的最后，当罗辑通过威慑实现了两个世界的和平以后，他想到了三体世界的一句名言："通过忠实地映射宇宙来隐藏自我，是融入永恒的唯一途径。"[1] 这句话很有意思，也许可以勉强用人类语言翻译成这样一句话：我心即宇宙，宇宙即我心。

《三体Ⅲ：死神永生》的最后，太阳系毁灭了，程心躲在云天明赠送的小宇宙中，不知不觉中就度过了一千八百九十万个地球年。程心闲来无事，研究起了三体人的语言，发现三体人的语言是由表意文字构成的。这一段描述很简短，因此不清楚为什么只靠脑电波交流而分不清想和说、没有交流器官的三体人最后竟有了这样的语言。是因为作者的疏忽，是因为人类文化对三体人的影响使其最终诞生了对象化的语言，还是因为三体人的脑电波中本身就含有语言的对象化机制，则不得而知。无论怎样，虽然刘慈欣在《三体》三部曲中关于三体人的思维和语言交代的不多，但离奇的想象也足以激发我们的如下追问：没有语言对象化的复杂思维是可能的吗？语言在什么意义上阻碍了智慧生物与存在的直接沟通？在什么意义上存在的秘密就坐落于语言中？语言是思维的肉身，思维是语言的灵魂，灵与肉分离的文明会是什么样子的呢？这些问题既深刻又有趣，可以构成富有思想韵味的另一类科幻小说的题材。

三

《三体Ⅱ：黑暗森林》中关于"思想钢印"的设想特别有

---

[1] 《三体Ⅱ：黑暗森林》，刘慈欣著，重庆出版社，2014年，第467—468页。

意思。针对三体人思维透明的特点，人类启动了面壁计划。前两位面壁人都在武器上下功夫，希望通过人类的尖端武器在战略战术上出奇制胜。第三位面壁人希恩斯的想法则是间接的，他想通过研究思维的本质，找到提高人类思维能力的办法，从而应对三体人侵略导致的生存危机。希恩斯的研究是神经科学层面的，他坚信人类的思维能够还原成大脑神经元之间的复杂关联。要注意，希恩斯的目标是提升思维能力而不是智力。下判断是思维的本质活动之一，有的时候，智力高的人反而可能就一件事情做出错误的判断。要么是因为智力高的人想多想偏了，要么是因为他们受到了利益、情绪等非智力因素的影响。目前，摆在人类面前最大的挑战就是，因为三体人的智子锁死了基础科学且随时监控着人类的活动，智力高的人更难建立起人类必胜的信念。可必胜信念是军队取胜的前提，是取得胜利的必要条件。

希恩斯的大脑思维研究深入到了量子层面。他认为人类判断机制与计算机类似，可分为三步：输入信息，进行运算，给出结果。在三体危机面前，人类的输入信息都是一致的，关键是解读和理解这些信息会因人而异。乐观主义者与悲观主义者对信息的处理方式完全不同，生活经验告诉我们，面临同样困难的时候，往往是乐观主义者能够找到更多的解决办法。倒不是乐观本身是解决办法的钥匙，而是乐观可以更好地激发解决问题的思考。乐观者并不是因为他有解决问题的办法才乐观起来的，而是因为他乐观才可能发现解决问题的办法。

希恩斯发现，乐观本质上是一种信念，这种信念内含的判断未必有严格的依据。在战争的白热化状态中，相信我军必胜，并不等于我军真的会胜。"我军必胜"是一个证据不足甚或缺乏证据的信念，但拥有这个信念却十分关键。这个信念会最大程度地激发勇气和活跃智力，它将成为影响战争进程的一个重要变量。希恩斯敏锐地发现，人类面临的最大问题在于，太空军中大量智商较高的指挥官是悲观主义者，他们相信在人类基础科学被锁死的前提下，根本没有胜利的希望。与其说悲观主义者是在陈述事实，不如说他们是在取消人类面临的问题——因为，问题的关键恰好是，人类正是要在基础科学被锁死的前提下想办法寻找制胜之道。要相信取胜才有可能取胜，尽管没有理由相信能够取胜，然而重要的不是理由而是"相信"，因为只有在相信胜利的前提下才可能找到理由。

现在，希恩斯知道自己该做什么了。只要能够弄清每一个信念在大脑神经元网络中的形成机理，找到信念形成过程的一系列"因果开关"，就能够关掉"人类必败"的信念进而开启"人类必胜"的信念。希恩斯果然找到了信念开关。他发现，只要对神经元网络施加可控的局部影响，就能阻断大脑在某个信念上的思维流程，然后直接输出相反的信念。希恩斯将自己的工作原理称为"思想钢印"。一旦当事人的某个核心信念被人为改变了，他就不可能再通过思维流程改变这个被打上钢印的信念。这个信念将在他的信念网络中成为一个锚定点，迫使所有其他信念进行调整。"人类必胜"的核心信念一旦印在了大脑中，就会促使当事人想出一切办法去将这个信念变成现实。以这种方式，不仅能大大增加人类战胜三体人的勇气，而且能使人类的思维沿着"人类必胜"的方向获得最大程度的提升和优化。

　　然而，当希恩斯的方案被提交给"行星防御理事会"的时候，却遭到了各国代表的强烈抵触。代表们说，"思想钢印"是一个邪恶的想法。人类现代文明的根基是信奉思想自由，只要开启了用技术手段控制人类思想的先例，就将打开一个可怕的潘多拉盒子。三体飞船进入太阳系还有四个世纪，可一旦"思想钢印"技术被证明是行之有效的，别有用心之人就会想办法利用这项技术去达到他们不可告人的目的。越是临近世界末日的时候，就会有越多的疯狂现象出现，有些邪恶之人肯定会利用"思想钢印"技术去任意妄为，他们只关心眼前的利益，根本无所谓自己死后会不会洪水滔天。很有可能，三体战舰还未临近地球，人类文明就因根基不再而自行毁灭了。旨在拯救人类的"思想钢印"技术，实际上将提前把人类推向万劫不复的深渊。一些代表们说，一旦思想被控制，自由被消灭，勉强苟活的文明将不再有意义。另一些代表说，自由是文明的灯塔，也是宇宙间最值得珍惜的东西，不自由，毋宁死。

　　面对来势汹汹的反对意见，神经科学家希恩斯显示了极大的耐心与智慧。希恩斯说，"思想钢印"技术极为复杂，只有他一人能够掌握，不存在流失的可能性。最重要的是，如果不改变人类的失败主义趋向，就一点胜算也没有了。如果文明一定要毁灭，是宁愿被毁于可能十分残暴的三体人呢，还是毁于人类自己的选择呢？是的，选择"思想钢印"不正是人类自由的体现吗？希恩斯接着提议，可以考虑将"思想钢印"作为一个公共设施，由需要增强信心的军人自行决定是否为自己打上"人类必胜"的信念。这样做，充分尊重了人的选择自由，又可以激发人类的战斗意志，为寻找制胜之道奠定基础。"行星防御理事会"经过激烈辩论后，最终同意了希恩斯的计划，让需要"人类必胜"信念的太空军军人自行决定是否去打上"思想钢印"。然而，所有人都不知道，希恩斯与章北海一样，是一个隐藏得很深的逃亡主义者，他深信在基础科学被锁死的前提下，人类只有逃亡这一条出路。希恩斯偷偷为"思想钢印"做了手脚，那些想为自己打上"人类必胜"信念的太空军人，就在不知情的情况下为自己打上了"人类必败"的信念。

《三体Ⅱ：黑暗森林》关于"思想钢印"的故事为两个世纪后章北海密谋的逃亡计划奠定了基础。总体而言，"思想钢印"故事在《三体》三部曲中占的分量不大。然而，刘慈欣关于"思想钢印"的设想却拷问了一个极为关键和难解的问题——是否存在自由意志？这里当然没有办法回答这个问题，但可以换个角度来理解。在人类的某些一神论信仰中，人们相信是上帝根据自己的形象造了人。但如果上帝是天地万物唯一的造物主，它的形象就一定超越了任何有形体的东西。按照这类宗教，上帝创造这个世界依据的是它自己的意愿或意志。上帝因为是全能的，它的意志不被任何客观规律和事物束缚，相反，客观规律和事物都是上帝的意志的产物，它的意志是绝对自由的意志。上帝按它自己的形象造人，连时间和空间都是上帝创造的，因此它本身并不具有空间中的形象。上帝当然也可以"道成肉身"，按自己的绝对自由的意志生成空间中想要的各种形象，但那不是上帝的本质形象。考虑到本质与表象的区分，上帝唯一真实的形象就是自由意志本身。上帝按自己的形象造人，意味着上帝将自由意志赋予了人。但人毕竟不是上帝，因此人的自由意志是有限的和有条件的。

相信人拥有一定程度的自由意志，这个信念的确是人类文明的重要根基。随着现代文明的诞生，特别是随着科学技术的发展，过去曾对人类发挥很大影响的一神论宗教逐渐走向了式微。但关于自由意志的信念却是人类法律和道德体系的必不可少的前提。相信人有自由意志就意味着，哪怕人在很多时候都受身体内外事物之间因果链条的制约和推动，人在关键时刻仍然可以凭借价值、意义和理由做出自然界的事物绝不可能有的选择。极端情况下，人甚至可以为了捍卫真理和价值而选择放弃自己的生命，就像《三体 I》中的物理学家叶哲泰，以及《三体 II：黑暗森林》中在星舰地球上为了捍卫人性而自杀的舰长。因为相信自由意志，我们才有"责任"概念，相信每个正常人都可以为自己的行为负责。如果一个人做了违背道德义务的事情，他就该为此承担责任，就应受到道德谴责。如果一个人做了有违法定义务的事情，他也该为此承担责任，就应受到法律制裁。我们人类的文明，特别是现代文明，都建立在相信人有自由意志的前提之上。尽管有人因为宗教或科学原因不相信自由意志，但他也逃不掉一旦有违背道德和法律的言行而被谴责或制裁的命运。假如人没有自由意志，认为一切都是因果链条的产物，就没有人可以为自己的行为负责。只要推翻了自由意志信念，人类文明必将坍塌成另外一个样子，也许是非人的样子。

《三体》三部曲并没有否认人有自由意志，但神经科学家希恩斯的"思想钢印"技术确实对自由意志信念构成了挑战。

"思想钢印"技术方案有一个重要的前提：人的所有判断、信念或选择，都能在大脑神经元网络中找到对应的区域和活动。哪怕神经元网络的活动极为复杂，但人的所谓的自由选择还是能还原成神经元之间的生物化学或量子层面的信息传递过程。如果把神经元网络的活动看作因，把人的选择看作果，人的选择就是复杂因果链条或因果网络的一个结果。一旦将人的自由选择纳入了严格的因果关系而予以解释，只要改变选择的原因或条件，人就会做出不同的选择，人的意志自由作为一个古老的神话就会不攻自破。

　　"思维钢印"技术一旦成功，人身上的意志自由的神性就将不复存在。人不再是创造世界的神的宠儿，不过是随机的自然演化的复杂结果，与因气象条件而不断变幻的云没有本质上的区别。这样看来，"思想钢印"的设想就绝不仅仅是一个技术问题。是否有自由意志，涉及人和其他智慧生物在自然界中的地位问题。如果智慧生物，特别是有道德意识和道德人格的智慧生物的所有选择都严格服从因果规律，智慧生物与自然物就没有本质区别。意志自由的反对者会认为，自由意志就是一个幻相，人的神性就是一种自欺。即使不能依靠因果规律描述量子层面的物理活动，微观层面的概率规律与宏观层面的因果规律的结合，也不会给意志自由留下空间。

　　然而，人这样的智慧生物毕竟有一个根本特征不同于自然物，那就是，大脑会产生一个不同于自然世界的意识世界。在意识世界里，人的行为选择要凭借理由、价值和意义，非常不同于自然物的必然运动和动物的条件反射式的活动。意志自由的支持者认为，即使意识世界诞生于自然世界，两个世界也有本质区别。我们以艺术创作与批判为例简要说明支持者究竟想说什么。从事美的创作的艺术家和美的阐释的评论家，他们会就美的规律与表达进行论辩。他们的辩论会涉及各种理念、意向、价值，会通过不同理论构造的意义之网为各种观点提供支撑或反对理由。在关于美的阐释系统中，也会涉及各种层面的因果分析，但这种分析不是严格决定的。

譬如，一位艺术家对生活意义的某种新感知促使他的画风有了某种改变。但这种新的画风是不是美的，或在美的表达上具有怎样的美学价值，则要取决于比这种画风产生的原因要复杂得多的阐释理由。简言之，美的世界具有相对独立性，拒绝因果关系上的层层还原。即使我们都承认大脑及其功能是美的世界得以产生的前提，要是哪位脑科学家试图将美的阐释还原成神经网络的特殊性质或某些神经元的放电活动，这种还原论的做法一点也无助于增加对美本身的理解。

类似地，一位宁愿牺牲生命也要捍卫真理的科学家，他的选择具有巨大的道德感召力。我们要理解这种行为的道德意义，以及道德本身的意义，都没有办法向下还原到大脑功能和神经元的活动。我们不能说，复杂道德问题上的是非争辩是无意义的，因为大脑的机能产生了意识世界，而隶属于意识世界的道德问题归根结底是由神经网络的活动产生的。要是这种深度还原论成立，不仅美学与伦理学可以还原成神经科学，甚至物理学和数学也可以这样还原。如果觉得将物理学和数学的真理还原成大脑神经网络的特征和活动有什么不对劲，为什么将美学与伦理学的真理还原成神经科学的真理就是合理的呢？

看来，即使《三体 II：黑暗森林》中的"思想钢印"技术真的存在，要真正否定意志自由至少需要有三个前提：第一，意识世界与自然世界没有本质的区别，就像声称意义世界与物理世界没有本质的区别；第二，只能向意识世界显现的真理可以还原为神经科学的真理；第三，基于这些真理或基于对这些真理的理解和阐释的选择行为和创造活动，可以还原为大脑神经网络的相应区域的特征和活动。不是说这三大前提是绝对不能突破的逻辑屏障，而是说自由意志问题本身的复杂性和这个问题的意义，都可能大大超越了以希恩斯为代表的技术主义路线的理解方式。

假如某一天，神经科学家找到了"意志自由"信念对应的神经元网络的活动模型。"思想钢印"技术可以通过改变这个信念而使本来相信意志自由的人从此不再相信。如果这样，被打上了"没有意志自由"信念的思想钢印的人，就没有意志自由了吗？毕竟，打上一个否定意志自由信念的思想钢印与否定意志自由的存在是两回事。即使当事人被打上了这样的思想钢印，他仍然面临着生活中的诸多选择，包括与策略、求真、审美、道德、意义等关联的各方面的选择。难道他在做任何一个艰难选择的时候都要通过回溯"没有意志自由"的思想钢印才能完成选择？没有理由认为，这个人因为被打上了否定意志自由的思想钢印，他在任何领域都会因此而失去自由选择的可能性。很有可能，即使他的意识世界被思想钢印技术打了一个洞，永不停止的意识之流也会越过这个洞，不会让意识世界的所有选择都陷入这个洞的漩涡之中。

关于意志自由的问题是复杂而深刻的，刘慈欣对"思想钢印"的有趣想象，为我们理解这个问题提供了有启发意义的视角。这个问题涉及人和一切智慧生物对自我的理解方式，涉及意识世界与自然世界的分离和统一之间的紧张，甚至涉及我们如何去理解宇宙的创生和可能的创造者。有些读者也许因为阅读了《三体》而再也摆脱不了意志自由问题的纠缠，仿佛他们被打上了一个永恒的"思想钢印"，他们完全可能因为《三体》的缘分而立志探索这个永恒的问题。很有可能，只有随着智慧生物对自由意志问题的更深探索，宇宙和整个存在的秘密才会被真正理解。

四

　　《三体III：死神永生》的主角程心是一个悲剧人物，她的悲剧在于太强调爱与责任。在程心这个角色的塑造上，刘慈欣的心肠有点"硬"。我们看到，在人类和太阳系毁灭的过程中，程心一共有两次根本性的决策错误。第一次错误是程心决定竞选第二任执剑人，以维系罗辑建立并保持了大半个世纪对三体人的威慑平衡。程心的这个决定混合着爱与责任、对云天明的赎罪以及被全人类需要的心理满足。但促使程心犯下第一个错误的首要原因是，在头上还悬着达摩克利斯之剑的情况下，那个时代女性气十足的新人类居然要依据民意去选举执剑人。民意当然是靠不住的，特别是在潜在的危机面前。《三体》三部曲的剧情有大量的反转，民意的反复无常是其中的重要构成。

　　程心的第二次错误发生在又一次冬眠之后的"掩体纪元"时期。那时，人类已经依靠外逃的太空战舰，以暴露太阳系的空间坐标为代价，通过引力波将三体世界的位置广播了出去。这是人类的正义理念的要求，要对三体人的背信弃义进行自杀式的报复。可恨又单纯的三体人深谙宇宙的黑暗森林法则，它们的第二舰队立刻改变了降落地球的打算，离开了太阳系。三体人并不打算报复人类，一是因为它们没有以牙还牙的道德理念，二是因为它们知道地球毁灭只是迟早的事。为了躲避高级星际文明对太阳的打击，人类集体躲在了木星等远地行星的背面，生活在超级巨大的太空城里。在一座太空城中，程心利用维德对她的守信阻止维德及其追随者以反物质武器对抗政府军，从而错失了人类研发光速飞船并大规模逃出太阳系的最后机会。当后来太阳系面临高等级星际文明的二向箔攻击时，程心亲眼见证了太阳系的毁灭。

　　二千八百九十万个地球年之后，程心在距离已被毁灭的太阳系数百光年的一个人造小宇宙中撰写她的回忆录。程心为这部回忆录取名为《时间之外的往事》，在"责任的阶梯"这一章，程心写道："我不知道那些灾难和太阳系最后的毁灭与我有多大关系，这是永远无法证实的，但肯定与我有关系，与我的责任有关系。"① 此时的程心已经获得了心灵的宁静，因为她发现决定命运的力量太大太复杂了。尽管经历了那么多苦难，程心仍然没有改变为了责任而生活的信念。这个时候，她在小宇宙中接到了宇宙回归运动者从大宇宙通过上百万种语言向各种智能文明发来的呼吁，希望大家一起努力，帮助大宇宙获得重生。

----

① 《三体Ⅲ：死神永生》，刘慈欣著，重庆出版社，2014 年，第 509 页。

在离开小宇宙响应宇宙回归运动的前夕，程心写道："现在，我将登上责任的顶峰，要为宇宙的命运负责了……我要对相信上帝存在的人们说，我不是它选定的；我也要对唯物主义者们说，我不是一个创造历史的人……现在我们知道，每个文明的历程都是这样：从一个狭小的摇篮世界中觉醒，蹒跚地走出去，飞起来，越飞越快，越飞越远，最后与宇宙的命运融为一体。对于智慧文明来说，它们最后总变得和自己的思想一样大。"[①] 这段话提到了责任、命运、文明和思想，我们借此来看一看，《三体》三部曲行文至此还触及了哪些大问题。

宇宙面临灭亡之际的程心仍然强调责任，说明她相信智慧生物有自由意志。在《三体 III：死神永生》的最后，宇宙因为星际文明之间没有约束的战争行为而走向了毁灭。文明属于意识世界，宇宙属于自然世界，智慧生物之间的行为居然可以使整个宇宙走向灭亡，这听起来多少有些不可思议。不过，我们观察地球上的人类文明，就能看出文明对自然环境的改变可以有多大。极端情况下，国家之间的核大战完全可能摧毁全人类，并使地球环境发生不可逆的恶性变化。我们甚至可以想象地球上有一个狂人，因为坚定的道德、宗教或意识形态的信仰而认定人类是堕落的，他要代表上帝或其他更高的力量去毁灭地球。这种想象虽然还没有实际发生，但因某种意识而毁灭产生意识和文明的母体，却完全是可能的。这就意味着，即使相信宇宙是自然演化的而非上帝创造的，意识主体也可能影响、改变甚至毁灭自然母体。

[①] 《三体 III：死神永生》，刘慈欣著，重庆出版社，2014 年，第 509 页。

在《三体III：死神永生》的最后，刘慈欣实际上是提出了文明与自然的关系的问题。即使承认文明是自然演化的产物，可一旦诞生了智慧生物，一旦智慧生物具备了强大的自我意识、自主意志和科技能力，就可以反过来改变自然环境。最大的自然环境当然就是宇宙本身，如果宇宙中到处都拥挤着高级文明，宇宙的命运要受到文明之间互动方式的影响就是一件合理的事情。在《三体》三部曲中，因为黑暗森林法则的存在，文明通过相互毁灭使宇宙走向灭亡，也是一个符合逻辑的结论。《三体》三部曲之所以被称作"硬"科幻，是因为刘慈欣的科技想象需要一定程度的科学"硬"知识作为基础。但《三体》的"硬"还反映在黑暗森林法则和文明之间的关系上。在三体危机面前，强调爱与责任的程心之所以屡屡失败，就是因为她没有意识到，人类的诞生和生存其实是多么不容易的一件事情。人类文明使人类生活太舒适，反而遗忘了文明是自然的奇迹，一个文明的持续存在往往是幸运的，要经过多次浴火重生的洗礼。

相比零道德或弱道德的坚韧的三体文明，人类文明因为爱、道德和责任显得柔弱，在生存与毁灭的关键选择中会被自己的道德属性迷惑从而失去方向和定力。程心就是这样的人，而章北海、罗辑和维德等硬汉则代表另一类人。有理由认为，《三体》作者是在以这种方式告诫人类，文明诞生和发展是极其艰难之事，而文明的毁灭却如此容易。我们带着这种告诫再来看宇宙中高级文明之间看似轻率的打打杀杀，就会读出刘慈欣借维德之口表达的苦心："失去人性，失去很多；失去兽性，失去一切。"①即使黑暗森林法则是不成立的，这句格言也有相当的启发意义。《三体》认为宇宙是很拥挤的，充塞着各种文明，随时准备为争夺物质、能量、空间等稀缺资源而战。因为高级文明都知道黑暗森林法则的恐怖，所以都学会了隐藏自己或先发制人的打击，这就是《三体》对费米悖论②的解释。不过，即使宇宙中只有很少的文明，即使黑暗森林法则根本不成立，《三体》通过离奇的构思提出的文明与宇宙的关系问题也非常有意义。

宇宙本身是演化的结果，文明更是这样。尽管宇宙无所不包，但就自然宇宙而言，则远远没有文明复杂。以人类文明为参照范例，我们看到，创造文明的智慧生物生活在意识世界之中，他们要反过来追问文明和存在的意义和目的。无论宇宙有没有创造者，随着文明的诞生，也会诞生宇宙创生和宇宙造物主的理念。有理由认为，这样的理念是有着求真需求并生活于意识世界的智慧生物必然会遭遇的。对智慧生物而言，只有通过意识世界"消化"的自然世界才不再是外在的存在。意识"消化"自然的过程，就是智慧生物理解自然和追求真理的过程，这个过程必将反过来提升意识并推动文明进程。即使科学真理旨在如实地描述自然存在，但这种描述和理解本身并不存在于自然界。要是宇宙从来都没有诞生出意识世界，就只有不自知的蒙昧的存在，而不可能有宇宙的真理和文明的光明。可见文明的诞生绝不能这样理解：仿佛每一个宜居行星上都有文

---

① 《三体 III：死神永生》，刘慈欣著，重庆出版社，2014 年，第 382 页。
② 参见前文《精神的故乡》第一部分。

明诞生的概率，考虑到宇宙如此之大，文明就不是值得惊叹的事情。

文明实在是宇宙创生以来最大的奇迹。到目前为止，还没有证据证实人类之外一定有高级文明。但即使只有人类文明，随着人类科技能力以指数形式增长，总有一天，人类或其文明继任者也将把文明传向整个宇宙。意识世界反过来介入自然世界，文明的进程将影响到宇宙的进程。《三体》为我们描述的文明与宇宙之间的关系只是一种可能性。完全可能，孤独的人类文明有它自身的演进方式，真要达到影响宇宙进程的程度，必须经历文明的智能基础和物质基础的改造。或许，随着量子计算的突破和人工智能的深度演化，非生物智能将从人的生物智能中脱颖而出而获得专属于它的意识世界，人类的碳基文明将作为母体诞生出一个异质的硅基文明。大自然是人类文明的直接母体，也是诞生于人类文明的异质文明的间接母体。完全可能，一种诞生于人类文明而又完全异质的文明将抛弃人类文明这个直接母体，然后以更开阔的视野、更高的能力和更深的思考去探索大自然这个间接但终极的母体。

或将抛弃人类文明母体的智慧存在者和那种文明是人类创造性的结果。但真正的创造很可能意味着失控，秉承了创造性的被创造对象将以更大的创造性挣脱母体。相比那种文明，人类就是它的创造者，它的"上帝"。我们不知道挣脱人类文明的后续文明是否还会有宗教观念，是否会将被抛弃的人类当作它们心中的神。据人类的一神论宗教描述，上帝以自己的形象创造了人，这个形象可以理解成自由意志，也可以理解成创造性。假如人类是上帝的第一代创造物，挣脱人类控制的新智能和新文明就可以算作第二代创造物。我们无法判断第二代创造物会不会像第一代创造物中的某些思想家那样宣判"上帝死了",也无从知道我们文明的继任者兼反叛者能否将上一代文明的最好成就作为礼物带给全宇宙。

对我们人类而言,最重要的就是对宇宙的不可遏制的好奇心,以及对真理、文明和存在意义的不懈追问。我们忍不住会想,如此神奇的宇宙的产生是偶然的呢,还是诞生于某种不为我们所知的原因或目的?这样的问题超出了科学的边界,但却是智慧生物的自我理解的核心问题。假如宇宙中没有别的文明,源自人类意识和人类文明的这类问题甚至可以说是测试宇宙是否具有可理解性的关键问题。需要强调,宇宙能否被自己的派生物理解——这个问题不是一个可有可无的问题。关键在于,假如宇宙能够通过人类或其他智慧生物而获得最终的理解,这件事情就比宇宙中所有奇怪的天体都更加不可思议。假如宇宙没有创造者,宇宙能够被最终理解并不比宇宙有创造者的情况更可以被理解。

假如宇宙有创造者,就像程心生活的那个小宇宙有创造者一样,这又意味着什么呢?这个宇宙的创造者首先得创造时间、空间以及各种物理法则或规律,使它们具有时空中的对称性。创造者还得创造一些基本物质,以使遵循规律的复杂自然演化得以可能。无论将宇宙的创造者叫作"上帝""神""道""无""造物主"还是什么,让我们假设,一旦创世完成,它都不会再干预宇宙的演化进程,因为只有在免于它的任意干涉的前提下,科学才可能成立。这个被创造的世界就仿佛上帝的一场思想实验,它也许知道也许未必知道将向何处演化。假如它的这个创造确有目的，我们就可以猜测，宁愿有意识世界和文明的诞生一定吻合这个目的。因为"目的"本来就是隶属于意识世界的概念，而文明除了努力生存，总是要追问文明及其中的智慧生物的目的和意义。我们还可以猜测，黑暗森林法则以及高级文明之间没有原则的相互毁灭背离了创世者的期望，当然这个猜测也可能将人类具有的一些精神属性暗中赋予了创造者。

无论怎样，当程心在《时间之外的往事》中写下"对于智慧文明来说，它们最后总变得和自己的思想一样大"这句话时，确实触及了思想与存在的关系的大问题。这句话略加改造后会变成另一个意思：对造物主而言，被创造的世界最后总变得和它的思想一样大。然而，被创造的世界终究是什么样子，离不开文明的性质和拥有极强科技能力的智慧生物对目的和意义的反思。《三体Ⅲ：死神永生》最后提及的宇宙回归运动的倡导者，它们之所以提出具有宇宙伦理意义的倡议，肯定进行过一些深入思考，而这些思考从本质上讲异于技术型思维。也许，在真实的宇宙中，确有不同的星际文明在竞争，但竞争的对象未必是物质、能源和生存权，而是对宇宙目的和意义的不同理解，以及因此而产生的对宇宙的不同影响。

说不定这些文明中有一些已经具备很深刻的思想，多少猜到了创世的目的，它们正在寻找宇宙中其他具有深刻思想的文明以形成跨物种的思想共同体。也许人类文明因其不同于三体文明的道德属性和超越技术思维的形而上追问而有资格成为这样的候选者。加入宇宙文明的思想共同体也许既是我们的责任，也是我们与宇宙真正融为一体的、基于自由选择的天命。如果真是那样，从宇宙的视野来看，渺小的太阳系中的这种微不足道的智慧生物的思想就不会是微不足道的。据说人类一思考，上帝就发笑。情况也许正好相反，说不定上帝正拈着一朵思想之花，微笑地看着我们在《三体》的启发下如此思想呢。

原创小说

乡关何处 ①

一

　　流浪地球一去不复返了。身后的红巨星就像宇宙的一个永久的伤疤。太阳爆炸后，所有人都沉默了。人们转过头凝视那五千具冻僵的雕塑，暗红色的身影就像五千个扎在人们心中的感叹号，令人窒息又震耳欲聋。没有人知道，这五千个最理智、最大无畏的人类成员，当他们临近死亡时在想什么。在残存的意识中，他们也许回到了遥远的过去并穿越进一颗蓝色的美丽星球，那里四季分明阳光充沛，碧波荡漾可观鱼翔浅底，蓝天无垠方有鹰击长空。也许，他们想到了自己的家人，逝去的和活着的，有些流着泪，有些微笑着，纷纷前来拥抱这些发抖的身躯，钻了进去却再也出不来。也许，他们想到了宇宙的创世和目的，想

----

① 这是以刘慈欣的《流浪地球》为故事背景创作的中篇小说，为太阳爆炸之后人类何去何从提供了一种猜想。《流浪地球》的故事梗概参见前文《精神的故乡》的第二部分。

到这个荒诞的悲剧不过是人类上升途中一个必要的黑色印记，用以纪念和重启文明。

无论怎样，在未来一百代人的宇宙飞行中，就算有人想要忘记那个令人悲伤的红巨星，也没有人愿意忘却这五千个关乎人类尊严和存在意义的纪念碑。他们就像兵马俑，伫立在冰冷的星光下，迎接一代又一代人的瞻仰。但兵马俑只配纪念像风一样被吹散的帝国，对人类及其未来没有引导意义。这五千个纪念碑则不一样，他们是黑暗中照亮人类上升之路的明亮群星，是人类自我救赎之路上的殉道者。流浪地球在宇宙导航仪的引领下朝着既定的方向航行，比邻星的时空坐标不难确定。不确定的是，经过一百代人的演化，人类会变成什么样子。

没有人知道方向在哪里，以及人类演化的目标是什么。对于这场悲剧，后人有如下决定。后人把英雄们牺牲的那块区域开辟成一个天然纪念馆：既要纪念太阳爆炸的天灾，也要纪念这场人为的悲剧；既要铭记人类理智的局限和乌合之众的不可靠，更要怀念感天动地的信念、坚守与牺牲的勇气。直到地球接近比邻星之前，这个天然纪念馆会在零下两百多度的严寒中矗立数千年。那些英雄们会默默关注人类文明的每一步发展，宇宙背景里的点点星光就像他们的眼睛，满是疑惑和探寻。每当有困惑的时候，人类的后代总会走出地面来到这座天然纪念馆，在宇宙之眼的注视下，重新调整宇宙中唯一的文明的前行坐标。

想象一下，你诞生在大灾难结束两千年之后的流浪地球上。那个时候，量子计算机帮助生命科学完成了质的飞跃。人类已经破译了人和动植物的全部遗传密码，搞清楚了所有基因

捕捉住地球。这个时候的人类，早已习惯了地下的生活，他们对新的太阳，并没有表现出二十个世纪前的古人在面临灭顶之灾时那样大的渴望。

自那场大悲剧之后，人类重建了联合政府。人类痛定思痛，决定授予联合政府掌握地球和人类命运的全部权力。那场大悲剧的教训就在于，人类太多疑了，喜欢用阴谋论去揣测和解释复杂的事情。那场悲剧之后，通过联合政府的努力，人类逐渐改变了文化特征和心理模式。相互信任最终把人类凝聚成一个坚强的统一体。被赋予全权的联合政府尽心尽职地回报人民的信任，在以后各种级别的灾难中，政府成员总是能够做到牺牲小我顾全大我。他们随时受到地表严寒下耸立的五千个纪念碑的激励，心中只有全人类的福祉，必要时视死如归，毫无怨言。

随着遗传技术的进一步发展，新生的孩子具有更强的信任趋向，他们在面临各类困难的时候，总是能够在信任他人的前提下去解决问题。信任是互为彼此的，信任就像一张巨大的网，把全人类连为了一个不再分裂的整体。古老的利益冲突消失了，个人与个人之间，个人与群体之间，群体与人类之间，总能找到协调一致的办法。久而久之，选择不信任变成了一件奇怪的事情，奇怪到不可能那样去思考问题。太阳消失了，但信任的阳光普照了全人类，旧人变成了新人。

为了实现人类改造的目标，大灾难之后的联合政府决定从人类历史中吸取教训。他们深刻地认识到，人类的历史是一部充斥着利益、文化和信仰冲突的历史。阴谋、欺诈、战争，就是这些冲突相互叠加和互为因果的产物。差点毁灭全人类的大灾难的启示是，必须统一思想，才能给苦难中的人类以新的希望和信心。太阳爆炸后的第一代联合政府是这样设想的：在充满不确定性且长达数千年的宇宙漂泊中，人类的命运必须掌握在更优秀的后代手中。人类的后代必须是一个相互信任的整体，他们需有坚定的信念才不至于在茫茫宇宙中迷失自己。第一代联合政府深知人性的积弊，若无超常规手段，要将人类改造成基于信任纽带的有机体无异于天方夜谭。

太阳爆炸后的第一代联合政府有非常深远的考虑，他们设想，未来的人类必须有更发达的科学技术才有能力迎接宇宙中各种未知事物的挑战。科技发展的速度必须越来越快，这就意味着，每个人都应成为科学家或技术专家，都应为人类这个超级庞大的科学共同体做贡献。但人的精力是有限的，为了使未来的每个人都成为科学家或技术专家，大灾难时期已经证明完全无用的哲学、文学和艺术当被禁止。当然了，禁止哲学、文学和艺术的另一个重要理由是，它们是思想统一的最大敌人。

联合政府知道，直接禁止这些内容会有负面作用，更好的办法是屏蔽掉人类文明发展中的这类信息，并逐渐抹除人们的相关记忆。这是一项艰苦的工程，需要很多代人的时间。但为了人类的生存，这些非常规手段都是必要的。为此，联合政府不得不改写地球逃逸之前的人类历史，目的是让后代看到，缺乏信任纽带和科技不发达的人类历史是多么混乱和无聊。至于文明发展过程中的哲学、文学和艺术，都从改编的历史中抹除了。流浪地球上不允许有这些与科学技术无关的非分之想。此外，记忆遗传技术的开发也有清晰的目标：凡是有利于人类统一和科技发展的知识和技能，都要累积地保留在每一代人的先天记忆中，反之，则不能通过记忆传递。

大灾难之后，人类的社会组织方式反而变得简单。可控核聚变技术的发展使人类有了无穷无尽的能源，有机物的再生和无机物的转化技术使人类所需的资源足够充足。人类因此摆脱了经济匮乏，联合政府可以通过无孔不入的大数据实施人类向往已久的按需分配，困扰人类数千年的贫富悬殊消失了。联合政府意识到，大灾难其实是人类通往理想世界的一场重大考验，一条必由之路，一块文明的试金石。但如何向后代讲述这场大灾难及五千名无辜的牺牲者呢？如何克服人类追问生存目的和意义的天性呢？联合政府认识到，人们一旦自由地追问存在的目的和意义，就会让哲学、文学和艺术死灰复燃。

大灾难时期，人类的精神濒临崩溃边缘，所有的宗教都消失了，人们咒骂上帝和曾经信仰的诸神，认为它们即使存在也是混蛋。经过审慎思考后，联合政府认为，摆脱暂时的生存危机后重新引入宗教是有利的。宗教可以重建人类的信仰，在未来的人类面临特别的困难时给予信心，还可以防范哲学、文学和艺术的发萌。宗教是思想统一的天然盟友，是人类成为相互信任和团结的新型有机体的必要支撑。联合政府当然知道，重新引入的新型宗教必须不同于人类过去的宗教。过去的宗教是科学黑暗时代的产物，反映的是人类文化的多样和混乱，与哲学、文学、艺术有诸多纠葛，不应该出现在重新书写的人类历史中。关键是，联合政府想要重新引入的这种新型宗教并不违背科学。

有太多科学无法完全解释的奇特的或神秘的现象：关于物质的结构，关于生命与文明，关于宇宙的生灭，关于高维时空，关于平行世界，关于多宇宙图景，关于它们之间的关系。联合政府为新宗教的崇拜对象取名为"真理"，在语言使用上与"真神"可以互换。既然一切都是为了人类，在塑造宇宙真神时，是可以允许进行技术化处理的。谎言就是一种技术。联合政府深信，谎言技术就像记忆遗传技术一样，不过是有利于人类生存发展的工具。这是一个善意的谎言：宇宙真神向人类启示了科学，并通过引爆太阳的极端方式帮助人类文明的提升。宇宙真神居住的真理之乡才是人类的真正故乡，那个微不足道的太阳只是人类回家路上已经熄灭的一盏小灯。

现在，地球上的人类已经离开了那盏完成了神圣使命的小灯，在数以亿计的星星的包围中，去寻找自己的真正归宿。那五千个人类纪念碑就是宇宙真神的见证者。他们是在神的启示下才义无反顾地牺牲了自己的性命，他们是人类混乱历史中最后一次混乱的终结者。他们获得的启示是：无论发生什么，都要坚定飞往比邻星并绝对信任联合政府。后来的人类通过五千个先知的牺牲，悟到了这份启示并使之代代相传。受到绝对信任的联合政府宣布，在地球抵达比邻星前夕，宇宙真神会有第二次启示。此前，人类必须靠自己的理性和科技发展去迎接宇宙深渊中的各种挑战。

太阳爆炸后的第一代联合政府当然知道，谎言毕竟是谎言，这种说法不会被大灾难那代人采信。但当善意的谎言将人类锻造成无坚不摧的统一体的时候，当地球被新太阳拥入怀中的时候，新人类最多只会以他们的方式阐释那个谎言。那个时候，古老的谎言对于新人类来说早已成为了无可怀疑的事实，变成了在艰难困苦中引领人类前行的神圣信念。

联合政府肩负着在流浪地球上延续人类千秋万代的重大责任，他们知道，谎言的关键在于记忆和教育。记忆遗传技术会把这个谎言当作宇宙间最重要的事实，通过一代又一代人强化下去。不久的将来，由人类后代构成的联合政府也对这个事实坚信不疑。至于那个被称作"老师"的超级电脑，更不可能贮存与谎言和修改的历史相反的信息。在"老师"教育下成长的一代又一代人，他们心中只有宇宙真理以及将要来临的神圣启示，当然还有越来越高深复杂的科学和技术。在他们的头脑中，绝无改编历史之外的人类信息，更无哲学、文学和艺术的萌芽。人类变成了一个高度统一的有机体，一种复杂而又单纯的物种。

二

你就是新人类中的一员。儿童时期你就去冰冻的海面上瞻仰过一次"启示纪念馆"。零下二百多度的低温中，你看到五千个白色的雕塑不规则地分布在一块很大的区域内。雕塑大都是躺着或趴着的，也有少数跪着的。有一座雕塑给你留下了很深的印象。只有这座雕塑是站着的，他的双脚似乎找到了什么支撑点，使他气绝后也不倒地，他的双手高高举过头顶，像是在拥抱星光灿烂的漆黑夜空。虽然你的时代信奉宇宙真神，但联合政府并不要求人们祷告。联合政府判定，祷告是前光明时代的人类在原始宗教迷惑下的愚昧做法。

在你的记忆中，两千年前的太阳爆炸不是什么大灾难，而是宇宙真神启示人类所需的大光明。那个启示的重要内容是，人类只有靠着自己的力量在宇宙深空中生存下来并投入新太阳的怀抱后，才能知道第二次启示的内容。宇宙真神的真实旨意是：在无边无涯的黑暗和不确定性中，人类需投入全部精力去发展科学技术，要靠人类自己的努力赢得地球上所有物种的生存机会。

第二次启示的资格要由人类自己去争取，神圣的使命感驱使一代又一代人为之奋斗。到你出生的时候，人类的大统一早已实现，所有的人都成了科学家或技术专家，前光明时代的其他职业都消失了。人们在科学研究的领域使用越来越复杂的数学和逻辑符号，他们的日常交流反而越来越简单。人类早已习惯使用光明时代发明的世界语，前光明时代的各国文字已经被遗忘，改写的人类历史由改造的语言去记载。

光明时代的世界语是前光明时代的人们无法想象的，只要你需要，被接受的符号能够瞬间通过你体内的微型生物芯片转化成真实的感受，你可以很容易与他人的喜怒哀乐取得共情。彼此信任再加上新型世界语支撑的共情能力，人类即使在某些科学技术领域有理解上的分歧，这些分歧也总能局限在一定的范围之内，而不会导致与科学技术无关的严重冲突。就这样，在地球尚未被新太阳捕获时，前光明时代人们梦寐以求的人类一体，就伴随着日常语言的越来越精简而实现了。

在你成长的年代，人类的科学技术已经发达到令前光明时代的人瞠目结舌的地步。新人类已经实现了永生，任何一个人都可以凭借先进的医学技术不受时间限制地活下去。这些永生的人在古人看来是奇怪的，因为他们的每一个器官都是再生的，身体组织的细胞都被换了若干遍。这些永生的人因为相貌、记忆、思维和自我认同没有改变，还被自己和他人当作同一个人。人类实现永生的后果是人口暴涨，使地球的可使用空间变得越来越大。地壳与地核之间的地幔已经被挖掉数百公里的厚度，人们用地幔中发现的新物质合成的新型材料阻挡地核的高温，地面下腾出的空间用来建设大型贮藏室。

空间还是不够用，被搬到地球表面的地幔岩石和熔浆也被用来建造大型贮藏楼。光明时代是没有建筑艺术的。地面贮藏楼的形状都长得差不多，一个个排列开来，高耸入云。当然了，"云"是没有的，但"山"又出现了。光明时代以来，功率越来越大的地球发动机已经吞噬了地面上的高山。如今，像山一样高的一排排贮藏楼在冰冷的星光下看起来就像一堵堵阴森的墙，里面装着数量众多的永生的人。

因为人口爆炸，联合政府不得不颁布"强制冷冻法"，要求三百岁以上的人被实施速冻。除非对科学技术有伟大贡献并有能力持续贡献的人，才能免于速冻。人类早已掌握了人体速冻和解冻技术，寄希望在新发现的宜居行星上实施星际移民。与此同时，人类对宇宙时空的理解已远远超越了光明时代之初人类最聪明大脑的最大胆想象。人类已经从理论上解决了通过高维空间实现三维空间超光速穿越的难题，等待的只是技术的发展和稳定了。最多再过一个世纪，人类的科技就可实现大规模星际移民。据估计，那个时候，人类能力允许抵达的目标行星有上万颗。在光明时代的第二十个世纪结束的时候，人类科技已经接近无所不能，新人变成了古人心中的神。

你是新人中的一个异类。你正当年少，除了早已植入大脑的生物芯片，你身体内的组织和器官还是原生的。那个时候，你的绝大多数同龄人感兴趣的话题都非常具体，如虫洞穿越的第十一种方法，或黑洞信息高效提取技术。但据你的观察，以新人的智力水平和计算手段，只要在任何领域提出恰当的问题，就总能找到正确的答案。你发现科技发展到这个层次，一切都具有了确定性，而你却喜欢追问一些奇怪的问题。

你联上了超级电脑，你问老师，科学的产生是因为宇宙真神的启示吗？老师说不是，然后强调，宇宙真神只在光明时代前夕启示过人类一次。你又问，科学最初是怎么产生的？老师调取了前光明时代人类科学史中的重要节点，声称那个时代的人类在智能混乱中靠着很多偶然因素走上了科学道路。你对老师说，你想了解科学思维是如何萌发于混乱思维的。老师说，按照联合政府颁布的命令，这类没有实用价值的问题不应该被纳入教学内容。老师提醒说，你追问这些没有技术内涵的问题，是在消耗自己的精力和时间，会妨碍你成长为为人类解决实际问题的科学技术专家。老师明确表示不会与你探讨这些没用的问题。

但你总觉得哪里不对劲。你发现，新人类的后代都经过明确导向的基因优化。他们的共同特点是，只对可以用数学和逻辑语言描述的问题感兴趣。任何问题，他们都要通过老师这样的超级电脑去帮助判断能否纳入由数学和逻辑符号构成的语言体系。他们的好奇心在明确导向的方向上是强烈而敏锐的，就像一束激光，对周围的黑暗视而不见。你的不同在于，你似乎对不能纳入数学和逻辑系统的问题感兴趣。你的问题在于，你缺乏丰富的语言去表达和理解自己的兴趣。在你的时代，科技语言变得空前复杂，而日常语言变得异常简单。你问老师，宇宙真理只能表达成数学语言吗？宇宙真神也是通过数学语言启示那五千个殉道者的吗？星空沉默，老师也沉默。

你不确定老师是不愿还是不能回答你的问题。你与朋友们交流，很多人无法理解你的问题。少数人会告诉你，科学无法描述的问题是没有意义的。也有人会告诉你，宇宙真神的启示问题应该去问联合政府。可你那个时代的联合政府的成员与你的朋友们在思维上并没有什么区别，他们也觉得宇宙真神的启示用什么语言是一个无法回答的问题。你禁不住想，如果是数学语言，启示就是可以证明的。但你又不太明白，可以用数学语言证明的启示为什么还是启示？你突然觉得，自己的脑子就像一款被规定了算法的软件，只能回答算法允许的问题而不能就算法本身进行提问。

新人类早已是一个彼此信任的整体，相比两千年前的古人，日常语言已经大大退化了。所以你想要表达却又无从表达，想要追问又缺乏语言的支撑。你感觉心情压抑，可这种心情又无法用日常语言传递给他人。就算传递过去，你的好朋友也只能以他们的方式去理解你的压抑，或用他们熟知的心理科学的术语去解释你的压抑。当然了，你的时代的心理科学比起地球逃逸之前的人类要简单太多了。那个时候的人类缺乏彼此信任，他们生活在语言的狡黠中，所以他们的心理特别复杂，心理疾病也稀奇古怪，因此心理科学反而发达。在你的时代，人已经是一个新物种了，关于外部世界的科学高度发达，内心世界既单纯又简单。你这个异类是你那个时代的麻烦，你的问题和你接下来的所作所为，将使光明时代在进入二十一世纪后变得面目全非。

三

你心情郁闷。你坐进自己的小型智能飞船，向它发出了"随意飞行"的任务。但它并不随意，它会揣摩你的心意。你时而仰望头上无尽的星空，时而俯视地球表面那些高高矗立的永生人贮藏楼。你百无聊赖，闭目养神。你突然心念一动，智能飞船立刻"心"领"神"会，带着你俯冲到一片开阔的凝固海洋。你降落下来，向着那群雕塑走去。你那个时代的密封服又薄又轻，还可通过智能飞船实施远距离无线供能。你轻盈的身影穿梭在群雕之中，就像一个翩翩少年回到了远古的丛林，去捕捉风声、雨声和自己的心声。你对二十个世纪前笨重的古代密封服发生了兴趣。你随意扫干净一件密封服头盔前面的厚厚尘埃，你看到那张脸上满是痛苦的表情。你用手腕微电脑将这个表情扫描下来，很快分析出了痛苦的原因。这个雕塑是渐冻而死的。不远处山一样高的贮藏楼里的人类却不一样，他们在急冻中保留了永生的梦想，他们的表情宁静而安详。

你感到困惑，迅速查看了别的雕塑的表情，都是在渐冻中痛苦死去的。你想不明白，宇宙真神为什么要以这种方式使这五千个古人成为殉道者。在胡思乱想中，你又看到了那唯一站着的雕塑，它在童年时期给你留下了很深的印象。你慢慢走过去，围绕它走了几圈，你踮起脚将这位殉道者头盔脸部处的尘土擦掉，看到了一个老人的模样。这个老人的表情也很痛苦，但他的眼睛是睁开的，脸上的表情古怪而丰富，混合着难过、无奈、坚定和希望。这些表情混合在一起，你根本无法用贫乏的世界语进行描述。

老人的表情对你的冲击太大了，你和你的计算机都无法破译这个表情的含义。你突然产生了想与老人交流的冲动。你是超高科技时代的新人类，想到的办法是前光明时代的人类无法理解的。冰冻的老人类似于被贮藏起来的永生人，他死在前光明时代，却争取到了光明时代的复活机会。但你不敢擅自让老人复活，你想到的是还未实现的"固态脑电波虚拟信息读取技术"。你想发明的这项技术可以在不使人复活的情况下读取速冻大脑中存贮的信息，你向联合政府申请了这个科研课题。你的申请理由是，如果流浪地球面临未知的大灾难而无法复活所有的冷冻人，就可以拷贝他们的大脑信息并在以后给他们重新配置一个一模一样的身体。在你的时代，人的身体可以通过"3D 基因打印"被生产出来。

你的建议的目的是为了人类的永生，理由光明正大，联合政府不知道你隐藏的私心，连你自己也不知道。在你的时代，一体化的人类已经消灭了私心和隐私。你只是出于困惑和好奇，而你的好奇心仅仅比同时代的人多出了一些科学以外的内容。科学之外的好奇心不被联合政府和老师鼓励，你不得不形成一些暂时无法与他人分享的想法。当意识到这一点时，你的内心深处有一种无法被自己理解的深深的战栗。

你在速冻人身上成功实施了自己发明的新技术，获得了很多人的大脑信息。你并没有偷窥的罪恶感，因为光明时代第二十一世纪的世界语根本就没有"偷窃"和"罪恶"这样的词汇。被解密的大脑信息也没有什么秘密，里面有的只是科技信息和对人类一体化的信任本能。读取这些大脑信息让你索然无味，读取两千年前那个老人的大脑信息才是你的目的。

你做了一个梦。你梦见了长河落日、大漠孤烟，梦见自己策马扬鞭驰骋疆场。梦中的你身披黄金甲脚蹬虎皮靴，奔袭狼烟三千里，快意人生一百年。月落乌啼，草长莺飞，风飘桂香，小桥流水，你在梦中变成一个痴情的少女，心中有一帘难以捕捉的幽梦。梦中的梦有一种穿越时空的陌生感，你被自己的梦惊醒，感到心绪茫茫，不明所以。你的四周没有风，没有草，没有衣袂飘飘的倩影，有的只是死一般的寂静、五千个零乱的雕塑和悬于头顶的冰冷繁星。你发明的"固态脑电波虚拟信息读取技术"将你的大脑、电脑和那个老者联为一体，你的梦就源于两千年前的那个殉道者大脑中存贮的信息。梦中有梦，相互缠绕，有的梦具象生动，有的梦晦涩复杂，混合着过去、未来、事实、意象、隐喻。

解码这些信息的难度远超你的想象，最大的困难在于如何理解那些信息。你的计算机只懂数学和逻辑语言，光明时代的新人类使用的世界语直接但却贫乏，根本托不住那些色彩斑斓的梦。你从梦中醒来，却感觉跌落到另一个梦中。你必须想办法为千头万绪的信息进行时间编码，但你发现被读取信息的时间坐标相当混乱，非常不同于这个时代的永生人大脑中的信息。光明时代的人类在科技上复杂发达，科技之外的世界则简单狭窄。

永生人的大脑信息有较为明确的时间坐标，就像太阳爆炸前的树有清晰的年轮。这不难理解，永生人的意识是科技导向的，而科技在发展过程中有明确的累进特征。过去是没有独立价值的，过去只是现在的阶梯，正像现在不过是通往未来的大门。老者的意识特征很不同于永生人，意识仿佛在时间中来回穿越。不到一百年的个体生命与数千年的文明进程相互缠绕，科技意识的未来指向与非科技意识的寻根需求水乳交融。在永生人那里，时间的形状就像一束高速奔跑的光，不断前进，永无止境。在老者那里，时间的形状很是奇怪。时间有点像一个叠加的漏斗，漏出去的时间换个方向就变成还未漏下去的时间。时间也像太阳时代不断变化的天上的云彩，不断分合，彼此穿越，你中有我，我中有你。

你费了很大的精力才完成了老人大脑信息的时间编码。第一种编码是关于个体意识的，你从老人孩童时期一直梳理到老人离世的那一刻。第二种编码是关于人类意识的，从史前文明、古典文明、前现代文明、现代文明，直至地球逃逸时代的人类文明。你发现，从老人的少年时代开始，这两种意识就开始交融在了一起。你在意识显现器上看到一个有趣的现象。红色的个体意识在童年时期是一个红点，后来扩大成少年时代的一个红色实心圆。那个红色实心圆生出很多不规则的触角，渗透进红色之外的黑色区域。随着时间的推移，意识显现器上可以看到，渗透进黑色区域的红色触角越来越多，面积也越来越大。红色触角大部分变成了蓝色，少部分被黑色吞没。

红色意识是关于个体生活的，蓝色意识则涉及知识、思想、历史和文化。随着时间的推移，蓝色意识开始渗透进别的色彩。别人的自我意识，别的思维方式，丰富的知识，多样的历史，不一样的文化，使蓝色裂变成了彩色，但仍贯穿着蓝色的线条和底纹。你注意到，色彩丰富的蓝底彩色意识也会往回渗透进红色的个体意识，使得红色区域也发生类似于蓝色区域的色彩改变。仍然有红色和蓝色，也就是说，仍然有个体意识和附着于这个个体的人类意识。但别人的个体意识，其他人和其他文化的人类意识也渗透了进来，色彩丰富地分布在红色和蓝色的节点、线段和区域之间。

最初那种简单的意识图像不见了，红色、蓝色和黑色框架内有不断涌现的色彩和图像，它们变化、跳跃、冲突和相互渗透，构成了复杂的意识流的动态画卷，下面还有很深的无意识的河床。你知道，要理解这幅画卷需要很长时间，很可能需要去学习能够解码这幅画卷的各种各样的古老语言。不过，时间编码技术能够提取老人离世数天之前的意识信息。你发现，那几天的意识图像特别简单，大面积的黑色出现了，彩色消失了，红色区域越来越弱小，只有深浅不同的两种蓝色在较劲。红色区域的信息是，老人对个人生死越来越不在乎了。浅蓝色区域的信息是，联合政府的抵抗很快就要失败。深蓝色区域的意思是，对于人类整体而言，最要紧的是保护地球发动机。除此之外，你没有发现别的意识内容，没有关于宇宙真神的一点点启示信息。

四

一百年后，你正当年。流浪地球即将进入比邻星的引力范围。在这个世纪中，新人类的社会组织和交往方式已经发生了根本的变化。你成了文明多样派的领袖，与文明统一派形成了尖锐的对立。统一派的领袖强调，正是大灾难之后对联合政府的绝对信任和人类的统一，才有了科技的高速发展和新人类的诞生，也才有了地球重生的希望。统一派领袖声称，两千年以上的历史经验证明，思想统一是人类文明持续发展的关键。统一派领袖愿意正式回应多样派是不得已的事情。这一年，声称自己是多样派的已经占到了人口的百分之十五，还有百分之二十的人承认自己愿意去理解多样派。多样派与统一派正式展开对话的这一年被称作"后光明元年"。

还在光明时代的末期，随着多样性这个幽灵的侵入，新人类直接而贫乏的世界语就增加了很多新词汇，语用规则也变得丰富了。特别是，随着意念远程交换技术的发展，使用新型世界语的人，已经可以通过脑电波直接交换基于数学和逻辑的科学观念了。在科学技术的范围内，一方对另一方传来的信息可以瞬间做出可否领会的判断，然后以对方可以领会的方式将自己的信息传递过去。在科学技术的范围外，新型世界语要借助符号，但这些符号变得越来越复杂，这是新人类某些成员学习地球逃逸之前的古老语言的结果。

后光明时代的你，通过一百年的努力，熟练掌握了前光明时代人类最常用的十二种主要语言，但你最喜欢的是汉语。多样派的其他领导人有不同的语言偏好，你们之间可以自由切换语言交流。较早的时候，绝大多数人类是不屑于理会多样派成员对其他语言的使用的。可是，多样派使用其他语言就像光天化日之下的秘密结社，对人类其他成员构成了天然的排斥。最先受不了这种排斥的是孩子。尽管记忆遗传技术越来越发达，但孩子的好奇天性仍然存在。孩子们感受到多强的排斥，他们就受到了多大的吸引。是的，最初的多样派成员都是孩子，你无意中揭示多样性的时候，也是个孩子。

成功解密老人离世前最后几天的信息，对你是一个巨大的刺激。你没有发现宇宙真神的启示，却发现了隐藏在老人意识中的古老语言。你为如何破译这些内容伤透脑筋。老人大脑中的信息存在着重叠、断裂、跳跃和缠绕等现象，你必须借助一个明确的参照系，才能从这些乱麻中理出头绪。老人的意识结构明显不同于光明时代的人，这个结论已经毋庸置疑了。这说明，前光明时代的人没有将意识能量全部聚焦于科学，这也是他们科技落后的重要原因。

但你有一点不太明白，为什么科技简单得多的他们，意识的结构反而复杂得多？你猜测，他们一定有着非常不同于光明时代的复杂经历。可你从超级电脑的老师那里只能得到一些简单的信息。老师总说前光明时代的人愚昧而混乱，他们的历史极为简单。从老师给予的材料来看，确实如此。但你经过缜密的分析，却得出了与老师相反的结论。

如果他们的历史像老师说的那样简单，就不可能产生那样复杂的意识结构。这是一个明显的逻辑矛盾，而你最不怕解决逻辑问题。在确定无疑的事实面前，你问，老师为什么会错呢？老师只是一台巨大的电脑。光明时代的电脑已经有了关于数字、逻辑和外部世界的意识，但仍然没有发展出新人类那样的自我意识。这是你们那个时代的一项重大科技困惑。新人类早已能够通过基因重组技术创造新的智能物种，但仍然无法使一台高速运行的电脑获得自我意识。你知道，鉴别一台机器是否有自我意识的一个关键指标是，看它能不能撒谎。你也知道，光明时代的新人虽然知道什么是撒谎，但因为有信任之网的强支撑，他们已经不会撒谎了。老师和新人都不可能撒谎，谁在撒谎呢？

"遗忘是最大的谎言。"当一百年后你成了多样派领袖时，你以这个题目发表了后光明时代的第一场公众演讲。在多样派倡导的复古运动中，演讲是较易学习的。那个时候，你和小伙伴们共同发明的"信息挖矿"技术越来越先进。大量被抹去或被覆盖的信息被挖掘了出来，这项技术甚至能从被销毁的存储器中提取残留信息。你们将挖掘出来的信息与老人和五千个"冰雕"大脑中的信息进行精细比对，逐渐确定了意识参照系。老人自我的主观意识与人类客观意识之间的相互渗透和纠缠，终于被理出了头绪。你们知道了，老人既是大灾难时期联合政府的首脑之一，也是一个历史学家。老人的大脑信息是你们解码前光明时代人类秘密的关键，你们通过不断设问和比对，终于使人类文明的演进过程重见天日。

这不是一件容易的事，以你和同时代人的智力和科技水平，也用了一百年的时间才充分理解了这个错综复杂的过程。对你们来讲，最大的挑战是学习古老的语言并用这些语言来思考。你们一开始就低估了问题的难度。古代语言的复杂度大大超乎你们的预料，更要紧的是，语言、思维与文化是三位一体的。你们要深度学习任何一门古代语言，都必须学习由它承载的思维，也必须模拟使这种语言和思维运行起来的文化。好在你们有量子计算机和超级厉害的现实虚拟拓展技术。当需要模拟一个类似于"孤舟蓑笠翁，独钓寒江雪"的直观场景时，你们的眼前会立即出现一幅全息动态三维画面。一个吻合诗歌年代的老者在你面前钓鱼，你甚至可以走入那个画面与老者交流。

你问老人家："为什么要在这里钓鱼呢？"老者答："因为鱼是我们新陈代谢的能量来源。"你又问："为什么不养鱼呢?"老者又答:"因为鱼的养殖技术还不发达。"你当时相信了这个回答,因为你相信老者不会对你撒谎。在后来进行的"遗忘是最大的谎言"的演讲中,你把这个故事讲给了听众。多样派的听众哄堂大笑,统一派的听众却一头雾水。多样派获得了人类失落已久的幽默感,他们现在明白了,数学和逻辑语言中没有幽默的容身之地。你们就是这样浅一脚深一脚走进了古代人的语言、思想和文明。当你们真正能够理解这种古诗的时候,就理解了什么是言外之意。数学和逻辑处理不了言外之意,你们不得不为现实虚拟增强技术补充新的参数以模拟古人的思维和生活方式。当你们终于明白语言、思维和文化的三位一体后,你们就重新发现了文学和艺术。

你们首先认识了美的多样性。你们的时代也有美,复杂的数学和逻辑中有一种理性之美,神奇的科技产品中都有简洁之美。你们的时代因为基因技术的发达,新人类已经没有丑人了。这个时候的人类就像远古神话中的神祇,个个英俊漂亮。再加上思想统一和人类一体化的形成,美没有了参照物和特殊性,新人类反而失去了发现美的审美意识。

地球逃逸之前的古代社会则不一样。相比光明时代,那个时候的人类社会的确是混乱的,丑陋的人和丑陋的社会现象比比皆是。人类的文化差异是那样巨大,再加上每个国家都想要更多的稀缺能源和土地资源,人类的冲突和战争不断。相比你们的时代,远古的人类真是不幸,他们卑微地生活在苦难深重的大地上,经历生老病死和爱恨情仇的折磨,周而复始,不断轮回。所以他们渴望美和美好的生活,他们反而具备了化腐朽为神奇的审美创造力。

人生的不幸，命运的不公，生活的残缺，新人类不能理解的这些内容，都变成了艺术作品的底色，烘托起古人对美的想象和追求。你们发现，古人的艺术作品门类繁多，有绘画、书法、音乐、雕塑、舞蹈、建筑、摄影、电影，等等，其中的伟大艺术作品深深地震撼了你们中间那些对古代语言和文化有深入理解的多样派成员。你们发现，古人在美的创造性和鉴赏力上远超光明时代的新人类。一个非常矛盾的现象是，他们的渺小和残缺成就了他们艺术作品的伟大。这对你们来说是一个难以理解的矛盾。

是的，在你们熟悉的数学和逻辑语言中，是不允许有矛盾的。在新人类的思维中，矛盾是不可原谅的最低级错误。可你们惊奇地发现，古人的矛盾成就了他们的艺术，矛盾的内涵已经远远超越了数学和逻辑的定义。随着各种艺术的虚拟再现，你们发现了矛盾和多样性的内在关联。有的艺术作品充满张力，矛盾是美的创造源泉；有的艺术作品宁静舒缓，艺术作品对矛盾的刻意回避恰好与现实生活的混乱形成强烈反差和矛盾。艺术家们对什么是美，什么是优秀的艺术作品争论了数千年，艺术家们吵吵嚷嚷，既有惺惺相惜，更有相互批评和否定。相比建立在数学、逻辑和实验证据之上的科学，艺术理论真是太混乱了。但你们再一次惊奇地发现，由多样性支撑的混乱，居然是艺术发展演变和创新的必要的精神土壤，这真是不可思议！

文学的多样性给你们带来的震惊一点不比艺术少。艺术之美相对直观，理解文学作品对你们的挑战更大。文学要用语言表达，学习古人的语言就意味着你们学会穿越进古人的生活。

可文学并不是对生活的简单反映，文学的本质是虚构。在你们擅长的科学里，有关于变量之间复杂关系的猜测，然后你们用实验数据和数学工具去证实或证伪这种猜测。文学的虚构则不一样，没有办法用科学的手段去证实或证伪。文学的虚构有点像现实世界的变形，变得更坏或更好，变得更加离奇或更加荒诞，变得更加有趣或更不可思议。文学作品还有点像现实的平行世界，它们交相辉映，构成了人类存在的另一个维度。杰出的文学作品往往是对现实的杰出超越和虚构，已经熟悉古代语言和文化的你们不再因其不吻合现实就认为它是假的。你们意识到，类似于艺术之美，文学作品中的真假，也无法用数学和逻辑语言去承载。文学艺术的美和真只存在于心灵世界，有非常不同于科学的标准。

在地球逃逸的大灾难时期，文学艺术的确是没有用的，所以古人如此重视这些无用的东西一开始也让你们无法理解。好在你们认识到，过去不再是"低级"的代名词，开始愿意与古人对话并向古人学习。这个过程大大拓宽了你们的理解力。当你们终于不再以有用无用的眼光来看待世界的时候，文学的魅力才慢慢显现出来。你们发现文学手法中的修辞、转义、隐喻，文学作品中的潇洒、空灵、讽刺、幽默、批判、启示，都在美和真的多样性谱系中有独特的意义。你们理解文学的一大障碍在于，大一统的新人类社会看起来太完美了，没有隐私和冲突，不自私，不撒谎，不做坏事。你们生活在古人心中的美丽新世界。你们不知道，早在地球逃逸之前的若干世纪，就有文学家创作了关于超高科技时代的类似预言。预言说，只有在人性死亡之后，人类才可能永驻其中。

五

　　人性复活的代价是巨大的，统一了两千年的人类再次面临分裂。统一派坚决反对多样派。同情多样派的统一派人士在对人类的真实历史有足够的了解后，他们中的很多人都比以前更反对多样派。统一派不愿意让人类的问题死灰复燃，他们坚定地表示，多样性是罪恶的温床。他们说，就算多样性也是文学艺术的温床，但善恶之间的选择，要优先于统一性与多样性之间的选择。无论怎样，光明时代是没有罪恶的。那时的人类相互信任，人与人之间的分歧限于科学技术范围，而且总有客观有效的解决办法。那时的人类就像在跳一种高水平的集体舞蹈，进退协调，动静谐和。那时的人类就像一个大家庭，联合政府是一家之长，大数据是解决家庭问题的根本手段。那时的人类摆脱了社会分工，废除了市场经济，实现了按需分配，人的贪婪消失了，罪恶不见了，人类只有一个共同的目标，那就是早日投入新太阳的怀抱。

　　他们问，光明时代的人类状况正是前光明时代很多人的梦想，难道还要抛弃已经实现的梦想，反而回到过去的混乱甚至灾难之中？他们说，就算前光明时代有人写过败坏光明时代的预言，但这恰好证明了那个时代人类的短视、分歧和思维混乱。前光明时代的人类之所以在地球逃逸的大灾难中差点毁灭自己，就是因为他们缺乏思想统一，没有发展出能把命运掌握在人类自己手中的高科技。

　　看看持续了两千年的光明时代，人类越来越像古人心中的神，洞悉了越来越多的真理，从黑洞的信息结构到高维时空的特征，从生命的秘密到宇宙之弦的本质。也许有人类永远理解不了的宇宙真理，但总有创造和知晓宇宙全部真理的存在者，否则就无法解释为什么会有一个有秩序的宇宙。他们说，人类的科技越发达，就越能够逼近宇宙真理的内在统一。他们说，人类还不能证明真理的统一，但代表全部真理的宇宙真神一定能够。

人类至今也不知道，为什么宇宙真神要摧毁太阳并驱使人类在科学真理的阶梯上不断攀登。他们说，我们需抱着宇宙真神的第二次启示就要来临的坚定信仰，将人类紧密地团结在一起。统一派指责说，多样派中居然有人怀疑宇宙真神的启示。他们说，怀疑而非信仰是制造分歧和混乱的元凶。他们提醒说，人类正是凭借对宇宙真神的启示的信仰，才重见了光明，走向了物种优化和无限上升的通道。可见统一才有光明的前景。

统一派没有意识到，他们越是在多样派面前陈述自己的立场，自己越容易成为多样性的一部分。多样派也没有意识到，越是反对统一派的宗教观，就越会激起关于宇宙真理和宗教的探讨。一些多样派人士变成了宗教的激烈反对者，但另一些多样派人士即使听说过关于宇宙真神的传说，他们也愿意接受这种信仰。他们说，科学不是世界的全部，没有信仰的世界是可悲的。他们说，人类就像无根漂泊的浮萍，想要知道宇宙的全部真相，理性也必须假设有宇宙真神。就像有人在梦中或谎言中说出了一个数学真理，梦醒了或谎言揭穿了，这个真理仍然存在。他们说，就算第一代联合政府关于宇宙真神的说法是一个谎言，这个谎言也有意义。何况，我们并没有办法证明，那个谎言不是启示的一部分。

就这样，新人类第一次发现，他们之间的争论不再可能用科学的办法去解决。他们并没有争论科学真理的具体内容，他们争论的是科学真理的地位、性质和意义，以及与全部宇宙真理的关系。当然了，对全部宇宙真理的理解也是因人而异的。统一派趋向于相信，科学真理和宗教真理之和就是宇宙真理的全部。多样派则趋向于认为，宇宙真理的范围更宽，内涵更丰富。

受文学艺术熏陶的一些多样派成员，甚至质疑真理的统一性。他们说，即使科学真理内部具有统一性，真理作为一个整体也有多样性。多样派与统一派共同发现，这样的探讨或辩论就像关不住的风，吹乱了本来整齐划一的世界，吹进了思想世界的各个角落。多样派兴奋地告诉彼此，哲学重现了，多样性迎来了解放。统一派很担心，他们认为，哲学鼓励怀疑和批判，是思想统一的最大敌人。他们意识到，思想统一的最大敌人就是思想本身。

人性复活的一个重要标志是，对立的双方都想胜出。思想的禁忌消失了，新人类开始变得复杂而危险。多样派中的激进者说，统一派不消亡，多样派不会兴盛。多样派中的温和者说，只要统一派不消灭多样派，就可以把统一派看作多样派的一个分支。温和者说，只要多样派与统一派并存，就是多样派的胜利。温和者说，两派就像在下一局棋，对多样派而言，平局就是胜利。多样派经过充分的内部辩论后，温和者占了上风。

统一派则相反。统一派中的温和者说，毕竟统一派还占据总人口的多数，只需将多样派的比例控制在一定范围。统一派中的激进者说，多样派的人口比例一直呈上升趋势，如果不消灭多样派，随着时间的推移，人类的统一将不复存在。激进者强调，与多样派的冲突没有别的出路，要么胜利，要么失败，没有平局。

统一派中的激进者占了上风，他们开始思考怎么消灭多样性。统一派知道，多样性这个幽灵已经扩散，从思想上将其消灭已不再可能。经过严密的推演，统一派的逻辑结论是，将全部多样派成员从流浪地球上清除是唯一的办法。这当然是一个极其危险的想法，一旦实施，人类将跌向万劫不复的深渊。好在随着多样性的渗透，统一派也不是铁板一块，他们不得不就是否实施清除计划进行辩论。辩论的双方都认可，统一是善，多样是恶。但他们的分歧是，从肉体上清除多样派究竟是善还是恶。激进者声称，这是必要的恶，为的是人类思想再次统一之后的善。温和者则说，必要的恶也是恶，这不仅是光明时代以来人类的首次作恶，而且是善的捍卫者做的恶。

统一派内的激进者和温和者，都以自己的方式表达了善恶不两立和不向恶妥协的态度。在这一点上，统一派与多样派之间的区别是明显的。在多样派看来，多样性优先于善恶，多样性消灭不了恶，才使得善有价值。统一派内部的分歧，以及与多样派的分歧，也传递到了联合政府。过去两千年，联合政府的职能越来越简单，最重要的职能就是调校和优化地球发动机，用大数据分配人们所需的资源，促进科技发展，以及实施强制冷冻法。

在人类大一统的光明时代，私有制消失了，家庭也消失了。人类养育后代的方式是前光明时代的人难以想象的。在已经消灭了疾病的时代，人们的行为方式与前光明时代非常不同。男人和女人也会相爱，他们可以自由地在一起，也可以自由地分开。前光明时代的那种忠贞不渝的爱情观不见了，因为那种价值观是奠基于很多限制条件的。约束人类的价值观虽然不见了，但有些恋人爱得如此之深之久，直到他们的爱情被强制冰冻为止。他们的伟大爱情将在人类找到宇宙中的更多生存空间后才能复活，很可能是复活在完全陌生的星球上。

更多人的爱情变得灵活多变，绝大多数人都不想在未来三百年或更长的岁月里只谈一场恋爱。人们可以自由恋爱，但却不允许自然生育。联合政府规定，尽管人类胚胎是一男一女的爱的结晶，却不归属于男方或女方，也不能为双方共有。在消灭私有财产制的人类大一统社会里，胚胎是公共资产，就像任何劳动成果都要归公之后再重新进行分配。

当然了，一场轰轰烈烈的爱情的结晶是否有资格被当作公共资产，是要经过严格审核的。人类的胚胎，必须通过严格的基因检测，才能赢得成为公共资产的资格。所谓的"严格"，是随着人类科技的高速发展和人类一体化的需要而不断重新定义的。没有通过检测的胚胎，将以有机物的其他形态参与流浪地球的生态大循环。有资格被当作公共资产的胚胎，需在规定的时间之内被取出母体，通过人造的胚胎孵化器培育出人类的后代。这样做的好处是巨大的，后代更健康，成熟得更快，女性也可从生育的漫长过程中解放出来，将更多的时间精力投入科技工作。更重要的是，孩子一旦被视作公共资产，家庭观念就不会死灰复燃。只有失去家庭的锁链，人类才能得解放并成为一个整体。

以光明时代的科技水平，孩子也可以别的方式诞生。只要有不同性别的生殖细胞，没有爱情也可繁殖人类后代。爱情与繁殖分离会导致一系列社会问题，但技术是解决社会问题的有效办法。那时的人类即使活到两百岁，也看不出与三十岁的区别，一个人完全可能爱上比他或她大一百岁的人。为了避免爱上自己的近亲，新型世界语开发出了基因信息传递功能。陌生人聚会时，彼此只要一交流，就会知道对方会不会被排除在潜在的恋人范围之外。这项交流功能也会使子女立刻鉴别出相遇的人是不是自己生物学意义上的父亲或母亲。记忆遗传技术会阻止近亲恋爱的冲动，因为任何类似的想法都会使当事人有生理上的痛苦并在情绪上厌恶自己。记忆遗传技术也会保留遇见至亲的一些喜悦，但这类情绪很有限，绝不会强到想要生活在一起的程度。

事实上，一对失散多年或从未见过面的母子相见后，母亲会很高兴为社会贡献了这么一个英俊聪明的儿子，那位帅气的可能已经一百五十岁的儿子也会对两百岁的母亲表示礼节性的问候。除此之外，他们在以后的科技工作和生活中并没有什么交叉，更不会相互干涉，他们仍然是两个独立的个体，他们真正的家是人类整体。为人类一体化做出巨大贡献的联合政府，承担了抚养和教育人类后代的责任。光明时代的"政府"概念非常不同于前光明时代，政府的合法成员包括大量的人形或非人形机器人。

光明时代的新人类绝对无法理解为何以前的人类政府要靠选举产生。光明时代的联合政府首脑是由大数据任命的，那些最有智慧、最懂前沿科技、最有意志力和最忠诚的人总会通过上百年的数据画像被大数据检选出来。政府首脑的这种选择办法比古老的民主选举高明多了，政府的稳定和交接不会出现任何问题。何况，成为政府首脑也不会给个人带去任何利益——因为，在光明时代的大一统中，个人之间已经没有不可调和而又必须捍卫的私人利益了。可在后光明时代，多样性这个幽灵也侵入了早已是人类统一政府的"联合政府"了。政府内部的分化出现了，新人类面临着新的挑战。

六

她是光明时代末期联合政府的首脑，所有时间精力都在为人类的福祉而奋斗。她很庆幸，在自己执政地球的一百年之后，流浪地球就要按计划进入比邻星的引力范围了。比邻星是地球还在围绕太阳运转时古人对它的称呼，光明时代的人类早已经改口称之为"启示星"，意味着地球在进入这颗恒星的引力范围时，将获得宇宙真神的第二次启示。她每天都会通过联合政府建设的巨型天文望远镜观察这个三星系统，这是她最大的业余爱好。

启示星是这个三星系统中最小的一颗，它距离那两颗大得多的恒星有一万五千个天文单位，它的直径只有太阳的七分之一，质量大约是太阳的八分之一。相比过去的太阳，启示星是一颗小太阳。经过联合政府的精密计算，地球进入启示星的引力范围后，受到质量大得多的另两颗恒星引力的干扰较小。进入启示星的设定轨道后，只需每年启动一次地球发动机，就可以摆脱不必要的引力干扰。当然，所谓的"一年"只有古人心目中的几十天。届时，天空中将有三个"太阳"，看起来最大的那颗就是启示星，另外两颗看起来较小的"太阳"经常会把黑夜照得很亮。无论怎样，地球即将找到新的家，而人类将得到盼望已久的启示。

她与年轻时一样漂亮，身材还是那样均匀而充满活力。她有一双明亮的大眼睛，仿佛可以看穿他人的心。她的眼神有一种柔和的刚毅，明亮背后隐藏着她对人类命运的深切关怀。她知道自己责任重大，她要将地球安全带入启示星的怀抱，并通过宇宙真神的启示选择人类文明的未来。作为联合政府的首脑，她有几乎无限大的权力，但她从未滥用过自己的权力。随着世界语的不断演化，早就没有了"以权谋私"的概念和语词。她笑起来很迷人，对部下的任何鼓励都不如她的微笑。联合政府成员的性别比例大致相当，有些部下觉得她是一位善解人意的情人，有些部下觉得她是充满魅力的大姐姐，更多的部下觉得她像一位既和善又威严的长者。她的笑能够融化人们内心中的恐惧与焦虑。

前沿科学家在探讨宇宙的最深刻的秘密时，他们经常有很大的分歧。但科学家们却有共同的不安，他们越是研究人类所在的这个宇宙以及与其他宇宙的关系，就越是觉得，这一切都是那么不可思议。是啊，在偌大的宇宙中，偏偏就有这么一颗小小的微尘般的星球在其中流浪。两千年了，人类的科技能力已经提升到了让人类自己震惊和害怕的程度。可是迄今为止，人类仍然没有发现任何地外文明的信息，宇宙越大，孤独越甚。

科学家们觉得这太奇怪了。为什么偏偏地球上产生了高级文明？为什么地球要在宇宙中流浪？人类文明与宇宙究竟有什么关系？科学家们觉得，这些问题已经不是可以用数学和逻辑语言去表达的问题，但却是不得不提出的问题。幸好在光明时代，世界语是贫乏的，否则，这些源于科学却无法用科学回答的问题，就会激发出哲学、文学和艺术。科学家们有时会有深深的恐惧，他们发现，越来越多的科学真理的发现，无非指向了更多更大的秘密。越来越多的真理集成的光束，射向了一个能够吞噬真理之光的黑洞，一个由绝对无知构成的黑暗的深渊。人类科学越发达，由科学家去发现宇宙全部真理的信心就越不足。在光明时代的科技分工中，走在最前沿的理论科学家的宗教信仰往往最虔诚，他们真切相信并呼唤宇宙真神，就像他们真切渴望洞悉宇宙的全部真理。

她的微笑是科学家最好的慰藉。她的微笑中有一种圣洁的淡定，还有某种难以捕捉也难以描述的力量。有好事的科学家通过多维虚拟技术创造出与她长得一模一样的全息人，只是想在困惑或恐惧的时候看到这样的笑容。可是，无论他们怎么模拟，她的真实笑容，以及同样笑容在不同场景下的意义，总是无法被还原。模拟人的笑容也很好看，但对于心事重重的科学家，模拟人的笑容却没有她那具有穿透性的魅力。他们有时不得不感慨，人毕竟不是数据的集合。可是宇宙中居然就有了人的存在，真是不可思议。在这些科学家眼中，生物进化论早已退化为局部的真理。世界是被宇宙真神创造的——在科技极端发达的后光明时代初期，这种宗教信仰在单纯的前沿科学家那里反而越来越坚定。

但联合政府的成员发现，她最近的笑容明显变少了。他们知道，多样性的侵入，正在侵蚀新人类的共同信仰。有传闻说，宇宙真神的第一次启示是一个谎言。如果这个传闻属实，将不会有第二次启示。这也意味着，就算宇宙真神是一个人类需要的合理概念，也很可能没有对应物。多样派中已经有人公然支持无神论，他们说宇宙中没有神，也没有创造者。多样派中还有一些人不同意无神论者，他们说人类不能证实神的存在，不等于就能证伪神的存在。他们是不可知论者，愿意承认人类的无知，愿意忍受无知的黑洞对知识之光的吞噬。

不可知论者对正统宗教信仰的危害不亚于无神论者，因为他们在宗教问题上也秉持多样性。用他们的话说，爱信什么就信什么吧，宇宙也许有一个神，也许有很多个神，也许什么也没有。他们说，无论哪种情况都很荒谬。他们使用的"荒谬"这个词很难翻译成世界语，他们嘲笑说，统一派居然不能理解什么是荒谬，这真是太荒谬了。多样派的这种思维方式很难被统一派理解。可据她观察，统一派有些科学家一旦学会了"荒谬"这个词的含义，他们会情不自禁地说，宇宙及整个世界的存在真是太荒谬了！他们会说，"荒谬"这个词就是他们对宇宙真理及其意义的真实感受，宇宙真神就存在于荒谬中。

她发现自己好像陷入了一个巨大的陷阱。多样性已经渗透进联合政府，到处都有回避她的窃窃私语。她用世界语询问情况，就像一颗石子投入空气中，激不起任何涟漪。部下的回答总是那么合规，语言的规则，上下级的规则。但与其说是在回答问题，不如说是在制造更多的问题。她用世界语自带的表情探询对方，传递回来的表情信息使她感觉像有一层雾隔在其中。她第一次有那样的感受，她无法用现有的语词描述，但内心产生了一种从未有过的不安。她后来才知道，那种感受叫"芥蒂"。多样性的入侵必然会威胁到联合政府内部的统一性，危险可以预期。她决定了解统一派人士口中的那个怪物。是的，当他们用自己的语言提及多样性时，那个对应的词会激起统一派人士的内心情绪，有反感，有排斥，也有恐惧。

但她发现，要了解那个怪物，就要与它对话，要学习它的语言。她那时还不知道，学习怪物的语言，就意味着学习它的思维并成为它的一部分。她颁布了一份特赦令，政府内部的多样派成员之间，可以在不影响工作的前提下公开使用多样派的语言。她要将"窃窃私语"从阴影下搬到阳光里，她必须研究和控制它，不能反过来被它所控制。

但她一开始学习多样派的语言就面临着障碍。作为人类一统的化身，她最不能理解的就是，居然有无法用数学和逻辑语言去处理的分歧。按道理，这种分歧根本不应该存在。但它们不仅存在，而且分歧涉及的范围还越来越大。作为统一派的精神领袖，她知道激进者和温和者的分歧是什么。但她也是整个人类的领袖，她难以接受激进成员的主张，她难以接受对人类的犯罪，哪怕只犯一次罪，哪怕只是为了从此消灭罪恶。她意识到，多样性这个幽灵侵入人类已经上百年了。在这一个世纪里，人类的科技能力在她的领导下又有了大幅提升，但处理多样性与统一性的纷争的能力却一点都没有增长。这不能怪她，因为光明时代的联合政府根本就没有处理科技之外的分歧的职能。她现在意识到，联合政府必须新建这一职能。

但要建设这样的新职能，联合政府就必须深入了解双方的分歧，以及各方内部的分歧。统一派较好了解，世界语的功能也足够。关键是多样派，他们通过上百年时间学会了古人的各种语言，并通过虚拟技术构建和体验了古人的生活。语言和生活的展开就像酿酒，它们像是发酵的时间酿出来的酒。地球很快就要到达启示星的引力范围了，她没有更多的时间。她想在宇宙真神的第二次启示前完成人类思想的再统一。她想，那时的启示才会对所有的人有同样的意义。人类思想的再次统一刻不容缓，但它的难度在于用什么方式去实现。她断然拒绝了激进的暴力建议，这也意味着，对话是思想统一的唯一路径。可要与多样派进行对话，就必须懂得他们的语言和思想。她不能贸然现身直接参与这场对话，在知己知彼方面，多样派占据着绝对的优势。

她是整个人类的领袖，她要亲自进入的这场对话必须由自己把握主动。自执政地球的一百年以来，她从来没有这样的困惑。如何短时间内突破这个困境呢？她将这个问题提给几个特别亲近的部属，其中有温和的统一派成员，也有温和的多样派成员。他们建议她到那个地方去走一走。他们说，以前的联合政府遇见困难时，也会到那里去寻找灵感。她知道他们说的"那里"是什么地方。她带领他们来到大灾难时期联合政府的殉道场，仍然是零下两百摄氏度，仍然是冰冷的星光。在五千具或躺或跪的雕塑中，有一个高大的身影仍然矗立其间。她和部属默默地注视着这幅雕塑，不约而同产生了想与古人对话的冲动。她带着他们走进了群雕，并发现了你早在一百年前就发现的秘密。她凝视着那位老者，时间仿佛老者身体内凝固的血，很想回到重新流淌的过去。她沉吟了很久很久，她终于做出了一个大胆的决定。

七

　　让老者复活不是一件简单的事情。她的目的是缩短学习多样派语言的时间并体验相应的生活。老者复活的这个过程是一笔宝贵的财富，她要利用比你当初先进很多的"固态脑电波虚拟读取"技术，亲自进入这个过程。意思是，她要让电脑和自己的意识联合控制老者意识的复活节奏，她要在这个过程中潜入老者的意识并在他苏醒前完成这场对话。老者躺在布满意识探测器的复活棺中，她躺在距离不远的另一个复活棺中。为了让老者的复活变得有意义，她必须先让自己睡去。她必须催眠自己的意识，然后再通过"固态脑电波虚拟信息提取"技术与老者关联在一起。

　　在她实施这个计划的时候，意识的时间编码手段已经极为发达，当初困扰你的绝大多数技术问题已经得到解决。与此同时，她下令向电脑输入多样派掌握的信息，包括古老的历史、宗教、哲学、文学、艺术以及科学的起源。她要在活人与死人之间，今人与古人之间，两千年的科技梦与数千年的文明梦之间，在肉眼看不见和语言到不了的地方，进行一场跨越时空的三方"对话"。一方是现在的她，一方是那个老者，还有一方是将要形成的那个她。

　　在复活棺外协助这场伟大实验的科学家观察到她僵硬的身体颤动了一下，脑电波分析仪显示，她做了一个古怪的梦。她梦见蒹葭苍苍，白露为霜，有位佳人，在水一方。她就是那位佳人，正在思念远方的情郎。她的思念穿过春夏秋冬，越过千山万水，但她的情郎没有踪迹，也失去了音讯。他变心了吗？他遭遇什么不测了吗？她此时生成了两个意识，一个是正在探询的后光明时代人类首脑的意识，另一个是数千年前那个少女的意识。这两种意识都归属于她自己，她既是那个少女，也是那个少女的观察者。

她对那个少女，那个自己，感觉到很不可思议。那个她终日寡欢，心无旁骛，只问情是何物，为何教人生死相许。那个她唱着不同时代的歌，伴随着先秦的琴瑟钟鼓，汉唐的胡笳羌笛，宋元的词曲笙箫，一直唱到正在观察的这个她的心里。这个她不明所以，只觉得远古的生命气息有一种别样的风韵，撩动了自己的哪根神经。这个她看到那个她来了又走了，在时间的长河里，经历了无数次生死轮回。那个她其实是很多个她的缩影，在花开花落的人生中，她们匆匆走过，无论情投意合还是心无所系，都再也回不来了。

她看到自己经历了数千年的爱恨情仇，悲欢离合的人生戏像旧式的幻灯那样不断重演。但每一次都不一样，都有无可替代的特殊性，都是一次不可复制的绝唱。她终于明白隶属于自己的无数个她们经历了什么。她们只有一次短暂无常的生命旅程，美好的青春是奢侈的，甜蜜的爱情更是可遇不可求。她们要用各种方式歌颂青春与爱，只是因为仅此一次的人生戏会很快谢幕。

那是一块无限高无限宽无限长的黑色的幕，没人可以穿越这块幕。唯有那些词曲和那些永恒的歌，像一颗颗星星或高或低地镶嵌于那块黑幕的里里外外。一个用诗文华章谱写的生命凋零了，就会有一颗星星嵌进黑幕，成为一幅五彩缤纷立体画卷的一分子。她突然觉得应该感谢那块黑色的幕，就像应该感谢宇宙的黑暗，才衬托出那么多星星的美丽。她通过她们真正明白了死亡意味着什么，她的心底升起了零下两百摄氏度也遮不住的寒意。她有一种濒临死亡的恐慌，也有一种发现新世界的惊喜。恐慌与惊喜交织在一起，摇动着那些星星，它们围绕她旋转，它们穿过她的身体，她与它们融为一体。她朦朦胧胧地意识到，没有黑暗的光明时代，未来无限长，可以永生的人类不知道什么是疾病和死亡，他们的爱太轻太自由了，托不住会哭也会笑的沉甸甸的星星。

超级电脑以极快的速度对她的意识进行时间编码。这个过程有人格分裂的危险，她的自我印象和对世界的印象都在发生复杂的变化。她必将不是原来那个自己，但仍然是承担人类命运的那个人。她的命运是一个矛盾，她必须在她们之中变成另一个自己的同时成为她自己。她对正在形成的那个新的自己有期待也有不安。她的世界不再是一片光明，不断扩大的黑暗与来自四面八方的阴影使她对纠缠在一起的多重世界充满困惑。

她追随千百个不同的她，以及她们的亲人和恋人，走进了一个又一个陌生的世界。她在不同的世界里学习生活和语言，也以观察者的身份理解各个世界的纷乱以及与其他世界的关系。她发现她们的小世界套着大得多的世界。她发现大世界比她们的小世界复杂很多，一个大世界与另一个大世界的关系更加令人不解。她知道大世界的名称叫"时代"，她觉得古人真奇怪，在科技力量没有明显变化的情况下，时代也可以像走马灯不断转动，一个暗淡下去，另一个又显赫起来，令她眼花缭乱。古人的时代变迁和文明演化的原因相当复杂，即使她已经学习了不少古代语言，仍然感到捕捉不住且头昏目眩。她决定

重走人类的文明路，她很想有人引导，就像全人类都需要她去引领未来。

从实验室的科学家们的视野看，老者躺在离她不远的复活棺里。从她的视野看，老人与她横跨了两千年。她要想办法进入老者的意识，激活他凝固的梦。她知道老者是有梦的，否则他就不会在那样不公平的悲剧面前对命运做最后的设计。老者生前肯定知道，自己的冰冻意识有特别的价值。但他肯定不曾想到，其中的信息对两千年以后的人类有怎样的意义。老者凝固的梦慢慢开始融化，他觉得回到了母亲温暖的怀抱。他看到好多彩色气球在空中飘来飘去，它们相互碰撞，然后爆炸成满天繁星。其中一颗星星很是特别，它钻进他的心底深处，暖暖的，痒痒的，那种感觉就像婴孩的手。那颗星星时而变成他孩童时期的玩具飞车，时而变成他青年时期的初恋对象，时而变成他成年后唯一的孩子的脸。

他有一个女儿，她的笑容，她的呼唤，她的不同年龄段的脸，都隐隐约约藏在那颗星星的光芒里。他想，那颗星星肯定是女儿的美丽灵魂。他是亲眼看见女儿变成一颗星星的。在保卫地球的战斗中，她奉命驾机去攻击天上的一个丑陋的怪物，在怪物粉身碎骨的奇观中，他看到她变成了这颗星星。是的，就是这颗星星，他伸出手去，星星停留在他的手上，融进他的心。星星不见了，老者从深渊一样的梦跌落进了另一个梦。

那是他少年时期的梦，那时的天上还有月亮，他整天梦想如何保卫月亮，保卫地球。他甚至梦想过修复即将爆炸的太阳，或者梦想找到穿越时空的大门，以将人类带到一千光年外另一颗漂亮的蓝色行星。少年时代的梦破碎了，他以几分之差没能考上"拯救人类天才少年班"。他们个个都是天才，人类将用最好的教育资源和非常规的教育手段将他们催生成科学技术各前沿领域的大师。他想，天才们才有资格肩负拯救人类的神圣责任，他一度非常颓废。将他从毫无生机的梦中惊醒的，是人类的可怕现状。

那个时候，世界末日已经不是谣言，而是随时来临的现实。人类只是不知道"随时"的具体含义，是几年、几十年、一百年，还是下一个八分钟。无论怎样，世界末日这个魔鬼的阴影已经笼罩了地球，渗透进了所有人的内心。魔鬼还在路上，人类已然崩溃。到处是歇斯底里，到处是酗酒纵欲。那个时候，绝大多数人都还不可能为科技做直接的贡献，更不用说拯救地球级别的贡献了。好在国与国之间的利益纷争立刻停止了，某个岛屿或某片海洋的主权归属问题突然变得毫无意义。

早在混乱之初，人类就成立了联合政府并接管了整个地球，将所有的优质资源集中起来使用，特别是科技力量、空天武器和下一代人的天赋。科学上高天赋的少年儿童被赋予了神圣的使命，地球人分成了两个截然不同的圈子。能够为科技发展做出贡献的人，根据贡献大小和天赋水平，形成了金字塔形的阶层分布。但有资格进入这个金字塔的，不到人口的百分之十。绝大多数人类成员处于被抛弃的状态，他们先于地球进入了肉体和精神的双重流浪。联合政府保证他们有足够的食品去满足新陈代谢之所需，也有足够的酒精去满足精神麻醉之所需。

在魔鬼的阴影下，文学艺术黯然神伤，哲学思考凸显荒诞，绝大多数人的宗教信仰也灰飞烟灭。无神论者陡然增多，教堂寺庙反而成了人们宣泄恐惧和彻夜狂欢的场所。曾经的信徒们变得特别坦率，他们口口相传，宣称说，世界上原本没有神，信的人多了就有了神。绝大多数人宣称自己是无神论者，他们说，就算有创造宇宙的神，它也是个十足的混蛋。他目睹了人类的堕落，懂得绝望意味着什么。

他即使走不到科技金字塔的顶端，也可以凭借自己的努力走到中上层。但他却将心中的位置腾给了人类的绝大部分成员，那些不同年龄、不同性别、不同国籍的惶惶无主的精神流民。他问自己，这一切意味着什么？他本来是信神的，相信有一位仁慈的上帝创造了数学法则、物理规律和宇宙万物。在大规模的反宗教运动中，他的信仰并没有动摇。有人问他为什么还那么虔诚，他的回答是，没有神的世界更加荒谬。他只是更喜欢较不荒谬的那个世界。

他想，即使这是真正的末世，人类也应有尊严地熄灭文明之灯。就算从此以后宇宙中再也没有精神的栖息地，那盏灯毕竟亮过，毁灭太阳的力量哪怕再邪恶也毁灭不掉这个事实。他无法回答这一切意味着什么，但他知道了该做些什么。他开始如饥似渴地学习和研究人类文明和历史，包括时代的更迭、科学的发展、宗教的意义、文学的洞见、艺术的启发、哲学的思维，以及它们之间的多重关系。他发现，无论人性多么残缺，人类多么污秽，起源于世界各地的文明就像一条条大江小河，平行着，交叠着，损耗着，穿过高山峡谷，陷入沙漠绿洲，流经九曲十八弯，最终统一在多样性的海洋中。尽管曲折，尽管文明的发展过程中充斥着掠夺、欺骗、杀戮、欺凌、战争，那只说明文明之灯来之不易。文明之灯行走在黑暗丛林，遭遇了多少风雨雷电，惊走了多少鬼怪魅影。文明之灯还有昏暗的时候，但它不应熄灭。文明之灯就算熄灭，也不应自暴自弃地熄灭。

他就像文明的掌灯人，又像火种的播撒者，明知灾难不可避免，也不能让心中的太阳熄灭。他四处拜访名师，结交患难志友。他通过传世名著与历史上的思想家对话，通过各种社会经历见证人性的卑微与期盼。他的仁爱、善良和不忍之心，养成了存留天地的浩然之气。他觉得人类抛弃自己的精神流民是在犯罪，哪怕自己的力量很有限，也要收留精神的弃儿，或携带文明的精气与他们一同流浪。向着内心的原野，勇敢地迎接命运的安排；向着文明的火种，深情地投入延续的希望。无论灾难是明天还是百年后来临，他都平静如水，泰山崩于前而神不乱。

他的淡定、智慧和信仰，吸引了越来越多的跟随者。他数十年如一日地传播文明的火种，他要跟随者在宇宙的黑幕拉开前活出人的尊严与骄傲。他相信这是宇宙之神愿意看到的。夜深人静，他有时也会困惑于有神或无神，但他不认为困惑是堕落的理由。相反，他越是困惑，越是不甘于向偶然投降。太阳爆炸是偶然，难道文明兴起也是偶然？这一切难道没有什么意义？难道宇宙的文明之灯亮了之后再熄灭，竟然与文明之灯从未亮起没有任何区别？他想，就算神不存在，也不改人在文明阶梯中上升的事实。就算神存在，也抹杀不了人类从蛮荒走向文明的自我救赎的努力。他多想看到文明之花持续开放，不要在末世降临前就自行枯萎。他也意识到，人类的自我理解有可能在极端条件下向纵深发展，大灾难也许是个契机，使文明之花飘向宇宙深处。

　　他是在万众拥戴下当上联合政府首脑的。是他实施了地球逃逸计划，也是他悲壮地带着五千烈士走向零下两百摄氏度的冰冻海面。为了保护地球发动机，他们决心把人类带出险境后再赴死。那时地球已经脱离了太阳的引力范围，他们在决心赴死时知道太阳即将爆炸。他们是怀着对地球和人类的最后眷恋走向凝固海面的。他们将他围到中间，当看到他高举双手后，五千人合唱了他们心中的太阳之歌。他们是这样唱的："哪里有太阳，哪里就是故乡。太阳就要熄灭，人类开始流浪。宇宙的浪子啊，不要在茫茫星空中迷失了方向。不要忘记，哪里有文明的灯塔，哪里就有精神的太阳。宇宙的精灵啊，不要害怕，奇迹已经发生，故乡就在远方！"他很快就在他们的歌声中沉默了，他不回答头盔中传来的任何询问，直至歌声逐渐减弱，最后归于平静。他们中或许有人在生命的最后一刻看到了太阳爆炸，他们朦朦胧胧地理解成了文明和生命之花的重新开放，然后在幸福的眩晕中闭上了眼睛。

　　他躺在两千年之后的复活棺里，现在的科技水平绝对超乎他生前最大胆的想象。复活棺之外的科学家借助超级电脑，能够探测他意识的流动变形和相互缠绕的一个又一个梦。复活棺是半透明的，材料很像水晶，在没有任何灯光直射的情况下能自动勾勒出线条和图案。这些线条和图案是他的意识与梦的直观表达，有规则的、有不规则的，有停留较长的、有瞬间即逝的、有连续的、有跳跃的，有渐变出现的、有突然显现的，有黑色的、白色的、灰色的、红色的、黄色的、蓝色的，有数不尽的色彩，有无穷多的形状。形状与色彩交叉变幻，生出了一幅幅难以解读的画。画与画之间不断过渡，连过渡的部分也是画。这些画是间断的，又是连续的，它们作为一个整体就是截至太阳爆炸时人类精神的画卷。多样，复杂，丰富，什么都有，什么都不缺，什么都是必须，什么都有道理。

他创造的画卷也激发了她的创造。她的复活棺也隐约有了线条、图案和色彩。开始是机械的、规则的、间断的，后来变得连续和灵动。她的复活棺的动态画面与他的画面明显有一种呼应关系，他为因，她为果，他是引路人，她是跟随者。她与他仿佛在对话，他们的意识缠绕在一起，像在跳一种灵魂的双人舞，又像是人类精神在充满张力的磁场中独舞。科学家们将他们的意识信息转码成音频输出，他们听到了奇怪的声音。开始是没有规律的噪音，后来像沙沙的脚步声和轻柔的风声。声音越来越丰富和多样，有时像恋人的絮语，有时像咆哮的江河，有时像星空深处的交响曲。两个复活棺的色彩与图案好像在随着声音的变化而变化，又好像是颠倒过来的。

从她那里发出的声音好像在询问，他那里呈现的彩色图案仿佛是回答。一问一答，一唱一和，实验室的科学家感觉不可思议，他们虽不解其意，却都愿意聆听。科学家们不懂艺术，但有些事情不需要懂，只需打开心扉就可以了。科学家们有一种他们从未经历的感动，像是看见了宇宙精神的形状，或是听见了宇宙精神的呼唤。他们甚至遗忘了自己的职责，呆呆地观看和聆听这奇幻的一幕。突然间，双人舞停下来了，宇宙的交响乐停止了。她的复活棺的色彩和图案消失了，复合材料又恢复成水晶的本色。她苏醒了过来，他们看不懂她脸上的表情，却看见她的眼角有几颗晶莹的泪。

八

她携带着前光明时代的文明信息回到了现实。她还是联合政府的首脑，但她已不是原来那个自己。她觉得自己的精神复活了，不，她觉得自己的精神经历了一次庄严神圣的诞生。她要做的第一件事情就是召见多样派领袖。你见到了她，世界语传递的基因信息使你立刻明白，她是你百年未见的母亲。你觉得亲近，不悲也不喜。你向她分析了人类现在的处境。再过二十年，地球将被启示星的引力捕捉。你不相信有宇宙真神的第二次启示，你是人类统一性的叛逆者，也是后光明时代的肇始者。

依据人类现有的科技水平，完全可以将从凝固海水中大量提炼的氚压缩后送到离地球上万公里的高空轨道，再利用远程遥感核聚变技术引爆这些物质。人类可以制造出若干个小太阳围绕地球旋转，为地表提供足够的热量，让大海解冻，让空气重新荡漾在地球与星星之间。人类也已经学会如何探测和利用宇宙中大大小小的虫洞。事实上，虫洞的密度远高于古人的想象。人类的小型飞船已经穿越过一些微型虫洞，实现了古人梦寐以求的超光速穿越。这些虫洞往往离地球较远，因为地球的引力会破坏虫洞的结构。同样的道理，当地球进入了启示星的引力范围，人类再也无法就近找到虫洞。地球好像将投入一个温暖的怀抱，实际是为自己铐上了引力的锁链。一旦人类习惯了温暖的新太阳，特别是人类的情感再次与一颗恒星建立了深度关联，人类文明和自由的范围就将大大缩小。那时，重新启动地球发动机离开新太阳将变得特别困难。

何况，人类面临着两大急迫的压力。堆积如山的永生人不断消耗地球的空间资源，他们沉睡的智力是人类有史以来最大的浪费。人类应该想办法唤醒永生人，使科技提速推动文明发展。人类面临的更大压力来源于多样派与统一派的纷争。这个纷争已经持续了一个世纪，人类一体已经产生了事实上的裂痕。人性的复活可以使丰富性回归，也可能导致灾难性的后果。激进的统一派与激进的多样派之间的冲突有时已经上升到相互厌恶的程度，前者拒绝学习古人的语言，后者则刻意使用各种古老的语言将前者排斥在外。

眼看着越来越多的孩子变成多样派的跟随者，统一派中的激进者已经沉不住气了。他们要求实施统一的教育，要求控制语言和思想。他们说，如果多样派不同意统一派的诉求，他们宁愿与多样派彻底分开。可这个小小的地球怎么可能分而治之呢，人类在同一条太空船上，只可能有一个船长，一个航行方向，一群齐心协力的船员。你问她，一旦地球被启示星的引力捕捉住，如果没有宇宙真神的第二次启示会有什么后果。你猜想，在那种情况下，一定会出现更坚定的无神论者，也会出现更坚定的信仰者。无神论者说，本来就没有神，记忆遗传技术是谎言的最大制造者。统一派的信仰者会说，宇宙真神之所以不进行第二次启示，是因为人类的统一性已经遭到了破坏。另一些信仰者则会声称他们收到了神的启示，神要求人类重新统一，要求消灭多样性。当然了，这种声称的启示是不会被多样派接受的，他们中的无神论者和有神论者都会站出来反对。人类将面临更加混乱的局面，人性之恶将被激发，冲突甚至战争不可避免。

她面临着执政以来的最大挑战。带领地球飞向启示星已经成为一代又一代联合政府的无上职责。这个神圣使命存在于所有人的记忆深处，是人类两千年以来宇宙漂泊的最终寄托，是促使旧人类转变为新人类的关键动力。还有二十年，这个神圣使命就可以在她手上完成。她本来想，从此之后，就可以将人类发展的重任交给下一代联合政府了，从复活棺出来后，这种想法愈发强烈。她想过另一种生活，或者追随精神上的父亲去不断加深对人类文明的理解，或者追随内心的狂野念头。那念头是什么，她一时也理不清，但那个念头总是挥之不去。

　　她知道你是对的，人类原定的目标越近，世界的危机就越大。在这场重大危机中，她没有人可以商量。与联合政府中的统一派人士商量，就会暴露她的多样性趋向。她的权威被削弱事小，关键时候，不能挽危难于既倒则事大。她也不能与联合政府中的多样派人士商量，她同情多样派的消息会不胫而走，必然会引起类似的麻烦。在这场重大危机中，她的至上权威只能使用一次。必须一劳永逸地解决危机，这是她的至高责任。她虽不情愿却很明白，如果两千年前制订的地球飞向启示星的目标与解决人类危机的至高责任相冲突，旧的目标不得不让位给新的责任。她或许会被后人称为人类的叛徒，并被钉在宇宙深空看不见却也永远无法拆除的耻辱柱上。她感到不寒而栗，想起了几千年前的那个她，那个在水一方的佳人。那个她失去了心上人的音讯，心中的太阳熄灭了，每天过着行尸走肉的生活。但这毕竟是两种感受，一种是小世界里摆脱不了的绝望，一种是大世界中无怨无悔的希望。

　　她一个人来到精神父亲的复活棺。老者仍然在沉睡。科学家们评估，老者骤然醒来看到新人类和新世界，可能会过于震惊，不利于复活后的精神健康。科学家们的做法是，用超级电脑向老者的凝固意识输入光明时代的科技和社会信息，让他在恢复自我意识之前通过无意识的能量熟悉这些信息的含义。当老者苏醒后，他的人格同一性不会被肢解，新人类两千年以来的关键信息会嵌入他的大脑。他将在已有的文明视野中增加两千年的人类历史，光明时代和后光明时代，他死后的未来将变成他活着的过去。

她来看他的时候，信息输入和融合工作已近尾声，新意识的时间编码不断生成。她怀念与精神父亲之间的意识交融，她还想让他带着自己在精神的原野上驰骋，像小鸟一样无拘无束，像风一样自由。她通过超级电脑将自己流动的意识与老者的凝固意识关联在一起，一动一静谓之道，人类命运之道，文明归宿之道。她毫无保留地向老者倾诉自己的困难，她看到老者的复活棺又有了动态的彩色图案。她滔滔不绝地讲，他静静地听。彩色图案变化得很慢，就像老者在沉思。她给超级电脑发出了催眠自己的指令，她很快在自己的梦乡中进入了老者的梦乡。她看到了一个黑色的小球，里面有一团小小的火光。她看到一只巨大而苍老的手将小球托起，小球飘浮到空中，越升越高。那只手在小球就要消失的时候，打开了它，里面飞出数不清的萤火虫。有些萤火虫一直围着小球，更多的萤火虫飞向了无边的黑暗。小球在萤火虫的照耀下露出了灿烂的微笑，那笑容让她想起了几千年前那位佳人的母亲。母亲的笑容能够抚平内心的忧伤，雾驱散了，天打开了。萤火虫越飞越高，与远处的星星混在一起，那样宁静，那样谐和。醒来后，她知道该做什么了。

　　她再次召见了多样派领袖。你仍然坚持自己的观点，地球绝不能进入启示星的引力圈。你想从她那里获得肯定的答复，但只看到了神秘而洋溢着母性的笑容。她要你将全部精力投入虫洞捕捉和穿越技术，暂时终止与统一派的纷争。她要你为局势的缓和做出自己的贡献，她将任命你为时空穿越探险队的队长。她给你十年时间去探明流浪地球航线四周的虫洞，绘制虫洞分布四维图，并积累穿越技术。你有些不解，但她不给你提问的机会。她只是用慈爱的双眼凝视着你，这是一种极陌生又极熟悉的感觉，你毫无招架之功，答应了所有的要求。

　　她又召见了统一派激进者的领袖，给他安排了用十年时间建造巨型飞船的任务。地球内部还有大量物质可以利用，新人类掌握的改变物质结构的技术，仿佛古人幻想的炼金术。激进者领袖不清楚这个任务的含义，她不做解释，仅凭自己的权威让对方服从。言多必失，轻诺寡信，她在梦中学到了不少政治技巧。然后她对全球宣布，宇宙之神的第二次启示将在十年后通过一个古人向全人类宣告。那个古人就是地球逃逸时期那场大灾难中牺牲的老者，那时的联合政府的首脑。

　　他在十年后重新回到了五千个雕塑中间，站在同样的位置上，向全球一千亿人发表了演讲。他特意穿上了两千年前的老式宇航服，他的声音和表情通过头盔中的新式电脑传遍了全世界。每个人，无论是在地下、地面还是太空，都打开了手腕上或头盔里的微型电脑，全息老人惟妙惟肖地出现在大家的眼前。新人类没有见过这种长相的人。老人的眼睛不大，鼻子扁平，嘴唇饱满，头发稀疏，还有一串浓密的络腮胡。新人类诧异于老人的长相，但对他闪耀着古人智慧的双眼印象深刻。在人们的印象中，超级电脑老师总是说古人未经开化，科学落后，野蛮无知。人们深知老师在讲解科学知识方面的厉害，所以对古人的印象深信不疑。在短暂的不适应后，所有人都被老人的眼神征服了。

这种眼神是新人类模仿不了的，他们感受到了来自另一个时空的力量。老人说着改造后的世界语，他说自己很荣幸在两千年后复活。他感到震惊的是，新人类全都那么英俊美丽，实现了永生，还把科技提高到了他难以理解的高度。他说，光明时代的人类显然走在了正确的道路上，聚焦于科学技术，热心于人类一统。他用手指着四周的雕塑说，两千年前的他们之所以有此一难，就在于科技不发达，也在于人与人之间信任程度不够。他们之所以愿意赴死，是因为他们听从了真理的召唤。那不是科学的真理，而是宇宙真神的启示真理。他们愿意牺牲自己以换取人类文明的延续，不愿意看到文明之光在宇宙中熄灭。老人抬头望了望天上的繁星，他说，宇宙真神的第二次启示不会在地球进入启示星引力范围之后到来。老人停顿了一下，环视了一圈雕像群，他宣布了一个信息。他说，宇宙之神的第二次启示已经降临。

老人听不见一千亿人的窃窃私语，他的头盔电脑没有启动对话功能。老人需要这种安静，他才听得见内心的声音。他相信，这也是神通过他的内心发出的声音。老人的声音又响彻在一千亿人的耳旁，他说，他就是宇宙之神的信使。老人的话在统一派与多样派之间引起不同的反响。统一派有深厚的信仰基础，尽管面临多样派的挑战，他们仍然是虔诚的。老人的笃定与他们的虔诚很快匹配起来，七百亿统一派人士通过各自的微型电脑瞬间形成了一致，他们愿意倾听信使传达宇宙真神的启示。

三百亿多样派人士的反应区别很大。有人怀疑，有人惊诧，有人欢喜。作为多样派领袖的你是怀疑者，但你与她有高度的默契，你没有通过微型电脑传播怀疑，你反而号召多样派人士认真倾听。很短的时间后，一千亿人安静了下来，尽管想法不同，他们都期待老者下面的话。老者说，宇宙真神的第二次启示是，地球不要飞入启示星的引力范围。老者接着讲了她看见的那个梦。黑色的小球代表地球，萤火虫代表希望。地球是母体，希望是子女。从母体释放出来的那些萤火虫，那些希望，它们的故乡在远方。

老人回顾道，光明时代以来，人类听从了宇宙真神的第一次启示，才有了彼此之间的绝对信任，并因抑制了非科技的智力诉求才有科技的飞速发展。但仅凭科学技术是难以认识神的。虽然人类的科技水平已经很高，但仍然回答不了放之宇宙而皆准的数学法则和物理规律是从哪里来的问题，仍然回答不了创世的目的、宇宙的归宿和存在的意义。这些问题意味着，相比神在更高维度所知道的全部真理，人的存在视野是较低的和局部的。人要认识全部真理，离不开神的启示。但神并不愿意干涉人类走过的每一步，神更愿意看到人类文明是在自行沿着一个上升的通道前进。可在没有上下高低的宇宙中，哪里才是文明向上的方向呢？老人的问题明显引起了沉默。有人在沉默中思索，有人在沉默中打消了最初的怀疑。

老人接着回顾了前光明时代人类文明的得失。丰富是得，混乱是失。当无序和混乱给全人类带来灾难的时候，为了人类的生存和文明的延续，牺牲文明的丰富是必要的。所以太阳爆炸时的联合政府没有错，他们接到的神的启示必然是不惜代价保护地球和延续人类。将地球驶向比邻星也就是你们所说的启示星，是延续人类和文明的唯一希望。过去两千年，人类就是在这个希望的支撑下才发展到了今天。可是今天的新人类毕竟不同于两千年前的旧人类，你们相貌堂堂，消灭了疾病，实现了永生。

但你们目前也面临着分歧和纷争。如果任由纷争扩大和冲突升级，将导致过去的人类想都不敢想的灾难，因为你们制造灾难的能力与你们的科技能力相当。老人指了指四周的塑像，继续他的演讲。他说，他们是灾难的牺牲者，也是真理的殉道者。他们在这里静静注视了你们两千年，想看你们在科技高度发达之后，是否有更好的方式解决人类的纷争。你们的分歧是深刻的，是文明层面的分歧。是继续维系人类一体，还是在更高的层面恢复文明的多样性？人类一体和思想统一为过去两千年做出了巨大的贡献，没有那个基础，人类或许早在临近启示星之前就因冲突导致的灾难而灭亡了。那将是人类的最大罪过，人类或许早已自杀式地熄灭了宇宙中唯一的文明之灯。

老人停顿了一下，他反问道，难道这不是一个奇迹吗？难道只有一盏文明之灯不是特别不可思议吗？难道人类身上不应该有某种神圣的使命，一种比自身的生存更高的使命吗？老人接着问，人类已有能力不凭借一颗固定恒星的能量而发展自身，科技到了这个层面，人类最该做什么呢？想想广阔的宇宙吧，想想那么多虫洞和已经勘察到的上万颗适宜人类自然生存的行星。你们为什么要为多样性与统一性的矛盾而苦恼甚或冲突呢？为什么不可以统一之中有多样，多样之上有统一呢？老人的一连串问题使一千亿人沉默，长久的沉默。老人知道沉默的力量，知道沉默越久期待越甚。老人重新开始说话，他的话惊醒了全人类，也惊醒了整个宇宙。

九

十年以后，地球按照计划将要进入启示星的引力范围。人类看到三颗很大的星星闪烁着耀眼的光芒。好多星星在这光芒前隐退了，这是两千多年前人类在大灾难时期心中期盼的新的故乡，那时的人们称其中的一颗星为比邻星，而在光明时代和后光明时代人类称之为启示星。人类在地球上空发射了三颗人造太阳，光芒瞬间盖过了启示星所在的三星系统，人类是在以这种别致的方式向曾经梦寐以求的三颗新太阳致敬。从启示星的方位上会看到，繁星满天的黑夜被三颗小太阳点亮了，这是人类文明为宇宙风景做的贡献。然后三颗小太阳沿着与三星系统相反的方向移动了，越来越小，直到变成围绕着一个看不见的球体旋转的三颗小星星。人类在完成了向启示星致敬的仪式后，使地球偏转了航线，光明时代维持了两千年的目标终止了。后来的人类把后光明时代分成三个阶段，分别是播种世代、收获世代和未知世代。

过去十年，人类一直在宇宙中播种文明。大量的宇宙飞船通过虫洞飞向了遥远的目标行星。有一阵子，人类看到满天的飞船四处游动，有圆形的，有环形的，有三角形的，有方形的，还有叫不出名字的形状。有的飞船很小，只能够容纳几万

人，有的飞船很大，足以装下上千万人。人类的统一派与多样派已经和解了，宇宙那么大，既多样又统一，人类已经学会了超越数学和逻辑的非此即彼。随着人类捕捉虫洞的能力越来越强，他们捕捉自由和文明之光的能力也越来越强。

每一艘飞船都是人类自愿重组的结果。有纯粹的统一派，他们虔诚而不喜欢多样性，他们要在一起过只有科技的宗教生活。他们不想要哲学、文学和艺术，他们将用全部资源去发展科技，就像在光明时代一样。有极端的多样派，他们中有无神论者，有怀疑论者，也有信仰者。信仰者也五花八门，有信一神的，有信多神的。信多神的会说，每个宇宙至少有一个神，就像过去的每个国家至少有一个首领。极端的多样派对自己选择的文明实验将会怎样发展并没有理论上的定论，多样性既有活力也会产生很大的不确定性。这些极端的多样派人士说，他们早就厌恶了确定性，他们说，趣味与美都扎根于不确定性。当然了，还有处于纯粹统一派和极端多样派之间的各种组合，人类关于文明的想象力和创造性被彻底激发了。

出于慎重，绝大多数组合在实施文明创新实验前都动用了最先进的量子计算机进行模拟和排险。那些明显会导致问题的文明组合被参与者理性地取消了。还有很多组合导致的结果过于复杂混沌，超级计算机无法给出明确的建议。复杂性来源于几个方面：组合者在价值观和信仰上的差异会导致的后果，带上飞船的动植物对目标行星的生态干扰，目标行星的生态环境对人类的心理、行为和思维方式产生的影响，科技发展的不确定性，以及这些因素的互为因果的复杂关系。

无论怎样，人类开始向宇宙播种文明了。那个画面蔚为壮观，在未来不到一千年的时间里，人类的文明之花将在银河系内外的一万颗行星上结出丰硕的果实。至于这些文明之果是苦涩的还是甘甜的，是平庸的还是精彩的，是丑陋的还是美好的，则超出了地球上的联合政府的控制。

各行星将实行自我管理，治理方式注定是五花八门的。有的行星仍然有统一的联合政府，有的行星会生出政治不统一的国家或部落，其中有民主政府，有集权政府，也有各式各样的混合政府，甚至有彻底无政府的社会。仅仅想一想这样一幅宇宙文明画卷都是令人激动的。人类文明走过了前光明时代的混乱和灾难，走过了光明时代的偏狭，如今可以在浩大的宇宙中自由而任性地生长。

也许多年以后，有些文明的科技能力可以提升到控制黑洞能量的程度，有的文明则发现停止科技发展是更好的选择，有的文明愿意孵化出人类与机器的混生后代，有的文明则愿意返璞归真去享受传说中的田园生活。更重要的是，不同的文明会产生理解自己和宇宙的不同方式。很多年以后，有些文明之间仍然觉得亲如姊妹，有些文明之间已经无法交流形同陌路。甚至有些文明会侵略另一些文明，有些文明则会永远消失在时间的长河里。那个时候，宇宙的文明之花会开成什么样子，已经远远超越了人类的想象。

她在登上自己那艘飞船前问了老者一个问题。她问他那一番动人的演讲真是受到了宇宙之神的启示吗？他反问她，如果神不像人那样说话，要怎样判断心中的一个念头是或不是神的启示呢？她不知道该如何回答。他说，要诚实地倾听内心的声音。她又问，不同人的内心声音有冲突又该怎么办呢？他说，要尽力站在神的视野去捕捉启示的声音。她不理解这句话的含义。他解释道，如果确有神，文明之灯的点亮就绝不会无缘无故。

他认为神不愿意人类文明再起冲突并引发文明毁灭的灾难，他说自己真实地相信这一点，也相信神就是在通过自己宣读它的启示。她仍然感到很困惑。她问，假如宇宙间没有神，以这种方式宣告神的启示不显得很荒谬吗？他笑了。他反问，假如宇宙没有神，宣告不存在的启示去拯救文明更荒谬呢，还是宣告启示不存在而毁灭文明更荒谬？他说，无论有没有神，他的选择都一样。她有些无奈，不知道该怎么回应。他耸耸肩，露出一丝狡黠的笑。他说，论科技是新人类强于旧人类，论政治则正好相反。但他很快收住了微笑，他指了指天上的那些飞船，说每一艘飞船都代表一种文明，每一种文明里都有神，就像每个人心里都有神。

她用更加迷惑的眼睛看着他，眼神中有些忧伤。他觉得这忧伤很迷人，在他看来，忧伤使她成为一个更像人的人。他以为她忧伤的原因是刚才的玩笑话，于是严肃地阐述了他理解的文明与宇宙。他说，没有文明之灯，宇宙本质上就是黑暗的。纵然有数以万亿的恒星，在缺乏自我认知的意义上，宇宙仍然是黑暗的。假如只有一种文明，宇宙就只有一种认识自己的方式。文明之灯越多，文明的差别越大，宇宙的自我认知就越丰富。文明就是宇宙躯体内的精神，本质上与神相通。假如没有神，文明就是宇宙中最大的奇迹。假如有神，文明就是神显现自身的最佳路径。他猜测，甚至神都要通过不同的文明来认识自己的丰富性，因此神喜欢多样性。他又猜测，在同一个宇宙中的多样性中认识自己的神毕竟还是同一个神，因此神也喜欢统一性。

他的思辨的智慧并没有消除她的忧伤。她现在关心的并不是文明与宇宙的关系，而是生与死的问题。照理说，作为永生人的她已经摆脱了死亡，不应该再有困扰。可她在复活棺中的经历，反而让她感受到了永生的困境。她时常觉得，永生是一场无法终止的荒谬。一切都是轻飘飘的，一切都不会太认真，一切都可以反悔，一切发生的都可以当作没有发生。不会有那位佳人凄美的吟唱，也不会产生惊天动地的文学和艺术。永生的代价是巨大的，永生人无法从本质上理解美。

她没有办法给美下定义，但她觉得美既不是天上的星星，也不是无边的黑暗。美是星星在黑暗中，美是黑暗中有星星。总之，美离不开黑暗，而真正的黑暗是死亡，是那堵无限高无限宽无限厚的黑色的墙。他现在才知道她忧伤的根源，其实是那颗恐惧死亡又向往死亡的狂野的心。恐惧是真实的，但她毕竟永生过，对只此一生的追求最终战胜了恐惧。她将选择只此一生的生活，她渴望在只此一次的生活中活出独一无二的意义。她将与数百万人一起登上被命名为"缘起"号的飞船，穿越虫洞，到另一颗星球上去播种由死亡滋养的文明。

在穿越虫洞的那一刻，超级电脑将彻底清除永生技术，为宇宙留下一块珍惜死亡的净土。她把他当作精神的父亲，但她和数百万人的共同选择还是深深震撼了他。她问他的选择是什么，他说，宇宙这么大，他想多看看。他目送她的飞船带着数百万人对只此一生的执念起航了，飞船越来越小，直至消失在人造太阳的光芒中。那个时候，他又看到了蓝天白云，闻到了空气的芬芳，听见了风的呢喃。那个时候，他的脑海中闪过几句不知道出处的诗：归去来兮，为荒芜的故乡，归去来兮，也为心灵的远方！

后 记

　　曾有一位文学博士对我讲，科幻小说往往欠缺文学性。另一位文学博士则说，像《三体》这样的小说很有想象力，但文学审美的水平不高。然而，我在阅读《三体》三部曲后却得出了相反的结论。回顾我个人的阅读史，除了少年时代阅读金庸武侠小说，还没有哪部小说能让我达到像阅读《三体》三部曲那样废寝忘食的程度——无论是雨果、狄更斯还是托尔斯泰。我的偏爱当然构不成文学批判的标准，毕竟，小说使读者着迷的程度，既不是使之成为伟大文学作品的充分条件，甚至不是必要条件。但我还是想说，即使是从严肃文学的标准来看，刘慈欣的科幻小说都具有相当强的文学性。特别是，因为他的科幻小学是融文学、科学和哲学思考于一体的，蕴涵于其中的文学性就有了传统文学作品难以承载的丰富内涵。从这个意义上讲，要成为一个伟大的科幻作家，就要有不同于传统文学家的更多或更高的要求。

关于科幻和科幻作家，刘慈欣曾有这样一段评语——"科幻对于我们已不仅仅是一种文学形式，而是一个完整的精神世界、一种生活方式。我们是精神上的先遣队和探险者，先于其他人游历了各种各样的未来世界，这些世界有些是可以预见的，有些则远远超出了人类发展的可能。我们从现实出发，放射状地体验各种可能。我们就像站在复杂路口上的爱丽丝，她问柴郡猫路怎么走，柴郡猫反问她要到哪里去，她说去哪儿都成，柴郡猫说那你走哪条路都无所谓了。"① 科幻作家习惯于在可能世界中穿梭，他们有时像未来的先知，有时又像将不可能变为现实的魔术师。优秀科幻作品的魅力大大突破了传统文学的边界，能从不同维度去吸引不同年龄或层次的读者，传统文学评论家感到无所适从是可以理解的。

过去数年，我为了了解未成年人的阅读情况，拜访过不少中小学。不止一次，有小学校长和老师在我面前夸奖自己学校孩子的阅读面很广，我屡次听到《三体》被小学生喜爱的例子。在深入阅读和研究了《三体》三部曲之后，我的立场却是，《三体》不太适合一般的小学生阅读。我的理由是，阅读行为要与心智的成熟程度相匹配。《三体》相当复杂，对背景知识的要求较高，而且架构整个故事的"黑暗森林法则"较为灰暗。这当然不是刘慈欣的错，因为《三体》本来就不是定位于小学生这个读者群体的。责任在老师们，他们应有意识地避免孩子们以阅读的名义错过阅读。像《三体》三部曲这样了

---

① 《最糟的宇宙，最好的地球——刘慈欣科幻评论随笔》，四川科学技术出版社，2015年，第62页。

不起的著作，太小的孩子只能把握一些故事概况，满足一时的新奇感。长大后，他们很难有动力重复阅读过早消费了新奇感的作品。就算重复阅读，也难以通过原生态的心灵震撼去迎接思想上的冲击。本质上讲，《三体》这样的作品不能只是读读而已。以不可磨灭的阅读体验去激发深度思考，是这类作品的正确打开方式。

不同于《三体》三部曲，像《流浪地球》《朝闻道》《诗云》等刘慈欣的优秀中短篇科幻小说，则非常适合小学中高年级以上的学生阅读，本书对这些作品的解读也适合包括他们在内的不同层次的读者。本书对《三体》三部曲的解读适合中学生及以上的读者阅读。"黑暗森林法则"是刘慈欣关于宇宙中文明之间关系的了不起的构想，但本书的解读却具有批判性。在我看来，"黑暗森林法则"的逻辑基础尽管是错误的，但由之诞生的科幻小说却是伟大的，读者获得的思想激发也是独一无二的。因为刘慈欣创作的科幻小说实在是太迷人了，一般读者较易陷入对"大刘"的崇拜，从而错失不外于批判性反思的思维发展的契机。

《为什么人类还值得拯救？》是刘慈欣与科学史家江晓原的一篇对话文章。在这篇对话中，刘慈欣承认，"我是一个疯狂的技术主义者，我个人坚信技术能解决一切问题"[1]。江晓原则持相反的立场，认为科学技术只是不同知识体系当中的一支。特别在科学技术具有巨大功效的时代，更要警惕科学技术

---

[1] 《最糟的宇宙，最好的地球——刘慈欣科幻评论随笔》，四川科学技术出版社，2015年，第175页。

至上论。刘慈欣与江晓原围绕科学技术的地位问题，展开了一系列发人深省的探讨，他们最后过渡到了关于人性与文明的冲突问题。简要地讲，这个问题指的是，如果人性限制了文明的生存和发展，是坚持人性和人道主义的立场，还是毅然放弃对人性的坚守？考虑到在科幻的世界里，文明可以脱离人而发展，甚至人性也可以在人类消失后通过另外的物质形式而复活，人性与文明的冲突就是真实不虚的。为了凸显自己的立场，刘慈欣做了一个思想实验，他问江晓原：如果世界上只有我、你和她三个人，我们必须吃掉她才有生存的机会，你吃还是不吃？仅仅为了自己的生存，江晓原是坚决反对吃人的。

但是，刘慈欣的思想实验却是关于文明的延续的——"可是，宇宙的全部文明都集中在咱俩手上，莎士比亚、爱因斯坦、歌德……不吃的话，这些文明就要随着你这个不负责任的举动完全湮灭了。要知道宇宙是很冷酷的，如果我们都消失了，一片黑暗，这当中没有人性不人性。现在选择不人性，而在将来，人性才有可能得到机会重新萌发。"[1] 对此，江晓原的回答是——"为什么人类还值得拯救？在你刚才设想的场景中，我们吃了她就丢失了人性。丢失人性的人类，就已经自绝于莎士比亚、爱因斯坦、歌德……还有什么拯救的必要？"[2] 看来，在科幻作家构造的异于现实生活的语境中，吃人还是不吃人，这绝对是一个问题。

在这篇对话的最后，刘慈欣还提到了哲学家康德的一句名

---

① 《最糟的宇宙，最好的地球——刘慈欣科幻评论随笔》，第180—181页。
② 同上，第181页。

言——"有两样东西，越是经常而持久地对它们进行反复思考，它们就越是使心灵充满常新而日益增长的惊赞和敬畏：我头上的星空和我心中的道德法则。"① 我没有办法在这里去解读这两句话，读者直接感受就是了。刘慈欣因为是一个彻底的科技主义者，并不认为人性和道德在宇宙中有任何特殊地位。在《三体》中，刘慈欣试图构造一种零道德的外星文明，就是基于一种解构道德神圣性的理性思考。刘慈欣显然对康德的这句名言持有异议，所以在《为什么人类还值得拯救？》的最后，他对江晓原说，他本人"敬畏头顶的星空，但对心中的道德不以为然"②。读者千万不要误解，认为刘慈欣是在蔑视日常道德。刘慈欣只是在强调，站在自然演化的视野看，道德与人性都没有特殊地位，太将这两者当回事就是太不把宇宙当回事。

从某种意义上讲，本书对刘慈欣科幻文学的解读正好是围绕着"吃还是不吃"的问题来展开的。但在回答这个问题之前，需要真正理解这个问题。或许，吃还是不吃，还有第三种思考路径，可以突破刘慈欣与江晓原之间的非此即彼的对立。然而本书并不承诺找到了第三种路径。我只是希望，读者通过阅读本书围绕刘慈欣科幻文学而展开的相关思考，能在吃还是不吃的复杂、有趣而严肃的问题上获得一些启发。

刘　革

2020 年 12 月

---

① ［德］康德：《实践理性批判》，李秋零译注，中国人民大学出版社，2011 年，第 151 页。

② 《最糟的宇宙，最好的地球——刘慈欣科幻评论随笔》，第 182 页。

图书在版编目(CIP)数据

宇宙的真理：刘慈欣科幻文学解读／刘莘著.—桂林：
广西师范大学出版社，2021.1
（刘教授经典导读）
ISBN 978 – 7 – 5598 – 3283 – 2

Ⅰ.①宇… Ⅱ.①刘… Ⅲ.①幻想小说－文学欣赏－
中国－当代 Ⅳ.①I207.425

中国版本图书馆 CIP 数据核字(2020)第 193130 号

宇宙的真理：刘慈欣科幻文学解读
YUZHOU DE ZHENLI: LIU CI XIN KEHUAN WENXUE JIEDU

出 品 人：刘广汉
策划编辑：刘美文
责任编辑：周 伟
装帧设计：李婷婷
插画绘制：侯翔宇 陈佳铭

广西师范大学出版社出版发行

（广西桂林市五里店路9号　　　邮政编码：541004）
（网址：http://www.bbtpress.com）
出版人：黄轩庄
全国新华书店经销
销售热线：021 – 65200318　021 – 31260822 – 898
山东韵杰文化科技有限公司印刷
（山东省淄博市桓台县桓台大道西首　邮政编码：256401）
开本：890mm×1 240mm　1/32
印张：10.25　　　　　字数：221 千字
2021 年 1 月第 1 版　　2021 年 1 月第 1 次印刷
定价：38.00 元

如发现印装质量问题，影响阅读，请与出版社发行部门联系调换。